DIE HERAUSGEBERINNEN:

Magda Birkmann ist seit ihrer Jugend begeisterte Schatzsucherin in Bibliotheken, Antiquariaten und auf Bücherflohmärkten, seit 2018 teilt sie diese Begeisterung für Literatur als Buchhändlerin in der Berliner Buchhandlung Ocelot und als freiberufliche Literaturvermittlerin auch regelmäßig mit der Öffentlichkeit. 2021 war sie für den Börsenblatt Young Excellence Award nominiert.

Nicole Seifert ist gelernte Verlagsbuchhändlerin und promovierte Literaturwissenschaftlerin. Sie lebt in Hamburg und arbeitet frei als Autorin, Übersetzerin und Literaturkritikerin. Ihr Literaturblog nachtundtag.blog wurde 2019 vom Börsenverein des deutschen Buchhandels als bester Buchblog ausgezeichnet. Zuletzt erschien bei Kiepenheuer & Witsch ihr Buch *FRAUEN LITERATUR, Abgewertet, vergessen, wiederentdeckt.*

Louise Meriwether
Eine Tochter Harlems

ROMAN

Aus dem Englischen
von Andrea O'Brien

VORWORT VON
JAMES BALDWIN

Herausgegeben
von Magda Birkmann
und Nicole Seifert

ROWOHLT TASCHENBUCH VERLAG

Die Originalausgabe erschien 1970
unter dem Titel «Daddy Was A Number Runner»
bei Prentice Hall, New Jersey.

Die deutsche Ausgabe wurde nach der
Ausgabe von Feminist Press at the
City University of New York übersetzt.

Das Vorwort von James Baldwin
wurde übersetzt von Hannes Riffel.

Deutsche Erstausgabe
Veröffentlicht im Rowohlt Taschenbuch Verlag,
Hamburg, November 2023
Copyright © 2023 by Rowohlt Verlag GmbH, Hamburg
«Daddy Was a Number Runner» Copyright © 1970
by Louise Meriwether
Vorwort Copyright © 1987 by
The Beneficiaries of James Baldwin
«Trouble in Mind» words and music by
Richard M. Jones © 1926, 1937 vy MCA Music,
a division of MCA, Inc., New York.
«What Did I Do to Be So Black and Blue»
Harry Brooks, Andy Razaf and Thomas Waller,
© 1929 by Mills Music, Inc.
Covergestaltung FAVORITBUERO, München
Coverabbildung Bettmann/Getty Images
Satz aus der Feijoa Medium
bei Dörlemann Satz, Lemförde
Druck und Bindung CPI books GmbH, Leck
ISBN 978-3-499-01295-2

Niemand ist eine Insel, deswegen möchte ich den vielen Menschen danken, die mich während der Entstehung dieses Buchs ermutigt haben, auf die eine oder andere Weise. Danke Catherine C. Hiatt, George Griffin, James Baldwin, Professor Joseph A. Brand, The Watts Writers Workshop, dessen Gründer Budd Schulberg und dessen Präsident Harry Dolan, The Atlantis Writers' Workshop, Venia Martin, Junita Jackson

und an erster, letzter und ewiger Stelle meiner Mutter und meiner swingenden Familie, die mich immer geliebt hat.

Zum Andenken an meinen Vater Marion Lloyd Jenkins

VORWORT VON
JAMES BALDWIN

Vor Kurzem habe ich einen Fragebogen erhalten – die Demokratie bildet sich viel auf ihre Fragebögen ein, ebenso wie sie unaufhörlich bei Meinungsumfragen Bestätigung sucht und sich von ihnen in die Irre führen lässt –, und die erste Frage lautete: *Warum schreiben Sie immer noch?* Schriftsteller mögen diese Frage nicht, denn ebenso gut könnte man sie fragen: *Warum atmen Sie immer noch?* Aber manchmal genügt es beinahe, zur Antwort auf das Werk einer anderen Schriftstellerin zu deuten und triumphierend auszurufen: Seht doch, dort! Genau darum geht es – das öffnet uns die Augen – das führt uns wieder zurück zur Wirklichkeit.

Die Straßen, die Mietshäuser, die Feuertreppen, die älteren Menschen und alles, was einem als Kind wichtig ist – oder vielmehr die Heftigkeit des Schmerzes, mit dem wir, ohne etwas tun zu können, unsere Kindheit entschwinden sehen –, ist wahrlich aufs Anschaulichste von Louise Meriwether dargestellt, und zwar in ihrem ersten Roman *Eine Tochter Harlems*. Ein solches Leben haben wir aus dem Blickwinkel eines schwarzen Jungen betrachtet, der zum Mann heranwächst und ein oft kurzes Leben voller Gefahren führt; ich weiß nicht, ob wir es schon einmal aus dem Blickwinkel eines schwarzen Mädchens betrachtet haben, das an der Schwelle eines furchterregenden Daseins als Frau steht. Als Metapher dafür, wie diese stählernen und unüberwindlichen Schwierigkeiten in zunehmendem Maße wahrgenommen werden, steht hier das in Harlem sogenannte Nummernspiel, bei dem die Möglichkeit besteht, einen «Treffer» zu landen: der amerikanische Traum schwarz eingefärbt, der entblößte Horatio Alger, die amerikanische Erfolgsgeschichte mit weithin sichtbarem Preisschild! Wenn wir die Heldin dieses Buches – von ihrem Umfeld ganz zu schweigen – mit der Heldin des Romans *Ein Baum wächst in Brooklyn*[1] vergleichen, sehen wir nur allzu deutlich, dass Armut eine ganz bestimmte Farbe hat – und dass sie, wie wir es in Harlem ausdrücken, eine ganz bestimmte *Haltung* nach sich zieht. Mittlerweile gehört die Heldin von *Ein Baum wächst in Brooklyn* (die, sofern ich mich recht entsinne, ebenfalls Francie heißt) längst jener schweigenden (!) Mehrheit an, die sich fragt, was die schwarze Francie

---

[1] *A Tree Grows in Brooklyn*, ein erstmals 1943 erschienener, teils autobiografischer Roman von Betty Smith (1896-1972), der in den USA nicht nur zu einem Bestseller und zur Schullektüre, sondern auch für den Pulitzer-Preis nominiert wurde. A.d.Ü.

eigentlich will und warum sie als Dienstmädchen so unzuverlässig ist.

Scheiße, sagt Francie, als sie am Ende des Buches wieder mal in einem Hauseingang auf der Treppe sitzt, in das Land der unbegrenzten Möglichkeiten hinausblickt und mit einer dünnen, knochigen, schwarzen Hand versucht, den Blutfluss zu stillen, der einer beinahe tödlichen Wunde entströmt. Diese zwei Silben erklingen überall in diesem Land, überall auf der Welt: Damit ist ein Urteil über diese Zivilisation gesprochen, das umso unerbittlicher ist, weil es aus dem Mund eines Kindes kommt. Die tödliche Wunde ist nicht körperlich, und dieses Buch, weit davon entfernt, ein Melodram zu sein, ist auf brillante Weise zurückhaltend. Die Wunde ist eine Wunde, die von der Erkenntnis zugefügt wird, als wertloses menschliches Wesen angesehen zu werden, und bei ebendiesem schwarzen Mädchen darüber hinaus von der Erkenntnis, dass die Männer, auf denen alle Hoffnung ruhte, ebenfalls niedergemacht wurden und keine Rettung bringen. Louise Meriwether beendet ihr Buch klugerweise, bevor sie uns damit konfrontiert, was es heißt, *über den Besenstiel zu springen*. Sklavenhalter zwangen schwarze Männer und schwarze Frauen voller Häme, über einen Besenstiel zu springen, um ihre Sklaven miteinander zu verheiraten – dieselben Weißen, die sich heute beschweren, die Schwarzen wären bar jeder Moral. Das Herzstück des Buches, das ihm seine eigentliche

Wucht verleiht, bildet die immer stärker werdende Einsicht eines Kindes, dass es zu den Opfern einer kollektiven Vergewaltigung zählt, denn Geschichte wird, und das gilt ganz besonders auf dem schwarz-weißen Kampfplatz, nicht in der Vergangenheit geschrieben, sondern in der Gegenwart. Diese gewaltige, allumfassende, öffentliche historische Schändung ist als unerträgliche Kränkung im Privaten gegenwärtig, und der mächtige Zwang, den diese nicht beachteten Vergewaltigungen ausüben, bedeuten den Untergang jeder Zivilisation, die so tut, als fänden diese Vergewaltigungen gar nicht statt oder als wären sie bedeutungslos oder als wäre morgen ein schöner Tag. Dieses Buch sollte ins Weiße Haus geschickt werden oder an unseren beflissenen Justizminister, an alle in diesem Land, die lesen können – was, so fürchte ich, eine zutiefst verzweifelte Äußerung sein mag. Wir lieben – und damit meine ich die weißen Amerikaner – die Vorstellung von den kleinen Frauen hinter den großen Männern: Vielleicht wird uns Louise Meriwether eines Tages mit *ihrer* Version von *Was jede Frau weiß*[2] beschenken.

---

[2] *What Every Woman Knows*, ein erstmals 1908 uraufgeführtes Schauspiel von J.M. Barrie (dem Schöpfer von Peter Pan), in dem vorausgesetzt wird, jede Frau wisse, dass sie für den Erfolg der Männer in ihrem Leben verantwortlich ist. A.d.Ü.

Bis es hoffentlich so weit ist, hat sie, weil sie die Welt äußerst wahrheitsgemäß aus der Sicht eines schwarzen Mädchens schilderte, allen, die lesen können und über Empathie verfügen, gezeigt, was es heißt, in diesem Land ein schwarzer Mann oder eine schwarze Frau zu sein. Sie hat, mit bewusst leisen Tönen, über eine ungeheure Tragödie berichtet und geurteilt. Das ist eine bedeutende Leistung, und ich hoffe, dass Louise Meriwether sich nicht aufhalten lässt, sondern einfach immer weitermacht.

TEIL I

Eine Tochter Harlems

EINS

Letzte Nacht hab ich von Fisch geträumt, Francie», sagte Mrs Mackey, als sie die Kette zurückschob und die Tür öffnete, um mich hereinzulassen. «Welche Zahl steht in Madame Zoras Traumbuch bei Fisch?»

«Ich hab letzte Nacht auch von Fischen geträumt», rief ich aufgeregt. Vielleicht würde die Zahl ja heute gewinnen. «Ich hab geträumt, ein großer Katzenfisch ist vom Teller gehüpft und hat mich gebissen. In Madame Zoras Traumbuch steht bei Fisch fünf vierzehn.»

Ich lächelte Mrs Mackey glücklich an. Dass ich zu spät zur Schule kommen und Mrs Oliver mich wieder nachsitzen lassen würde, wenn ich hier noch länger rumstand und mit Mrs Mackey über Träume plauderte, war mir egal.

«Muss da einer noch lange rumdenken» – Mrs Mackey grinste – «wenn wir beide von Fischen träumen? Im Traum letzte Nacht geh ich zur Brücke, ein paar Brassen kaufen, und da fängts an zu regnen. Keine Tropfen, Francie, Fische. Brassen. Also halt ich einfach meinen Beutel auf und fang mir ein paar. Ist das ein Träumchen?»

Beim Lachen blies sie die Backen auf; sie sahen aus wie schwarze Pflaumen, und ich lachte mit. Bei Mrs Mackey musste man immer mitlachen, sie war so lustig und dick. Als sie zum Esstisch watschelte, musste ich ihr die ganze Zeit aufs hüpfende, breite Hinterteil gucken. Wenn Mrs Mackey auf der Straße vorbeiging, riefen die Jungs immer: «Muss Pudding sein, weil Mus nicht wackelt», und sie lachte glatt mit. Sie hatten recht. Ihr Hinterteil war ein wabbelndes, bebendes Wunder, und ich hoffte inständig, dass ich, wenn ich groß wäre, genug Speck auf dem mageren Po hätte, damit ich auch so schön damit schuckeln könnte.

Mrs Mackey setzte sich an den Esstisch, um ihren Schein auszufüllen.

«Mrs Mackey», sagte ich zaghaft, «mein Vater möchte, dass Sie bitte Ihre Zahlen schon vorher fertig ausfüllen, damit ich nicht warten muss. Ich komme immer zu spät zur Schule.»

«Alles schon tippitopp fertig, Schätzchen. Ich will nur noch fünf vierzehn dazuschreiben. Auf die setz ich 'nen Quarter, und sechzig Cent auf Kombination. Wie gehts deinem Daddy und deiner Mama?»

«Beiden gut.»

Sie drückte mir ihren Schein in die Hand, dazu zwei Dollarnoten, die ich in die Tasche meiner Matrosenbluse steckte.

«Die da sind meine letzten zwei Dollar, Francie, also

bring mir heute Abend 'nen Gewinn ins Haus, hörst du? Ich wollt gar nicht so viel ausgeben, aber bei so 'nem Fischtraum wie unserem kann man nicht knausern, hä?»

Wir kicherten beide, dann zog ich weiter.

Mit angehaltenem Atem sauste ich die Treppe runter. Himmel, was für ein Gestank im Hausflur, alle Gerüche aus Harlem prallten da aufeinander. Gammelnder Müll im Schacht für den Lastenaufzug mischte sich mit gebratenem Fisch. Ein Säufer hatte in eine Ecke Wein erbrochen und in die andere gepinkelt, und die Fäulnis, die aus dem Keller aufstieg, sagte mir, dass da unten irgendwo eine tote Ratte lag.

Draußen war die Luft nicht viel besser. Der 2. Juni 1934 war ein heißer, drückender Tag. An den Bordsteinkanten standen lauter vollgestopfte Mülltonnen, die in den Rinnstein überquollen, und der müde Gaul, der den Gemüsekarren hinter sich herzog, hatte gerade mitten auf der Straße einen dampfenden Haufen hinterlassen.

Die plötzliche Hitze hatte alle aus den Mietblöcken getrieben. Kleinkinder, die noch zu jung waren für die Schule, spielten auf den Gehwegen, und ihre Mamas hingen aus den Fenstern, um einen kühlen Luftzug zu erhaschen, oder gönnten sich ein paar Minuten auf der Feuertreppe.

Männer hatten sich zusammengerottet, knobelten ihre Zahlen aus, saßen auf Vortreppen oder standen breitbeinig vor den Geschäften rum, die Hemden so schweißschlapp, dass man darunter ihre schwarzen Rippen sehen konnte. Die meiste Zeit schlossen sie Einfachwetten ab - tippten jede Zahl, die ausgeknobelt wurde - und blieben den ganzen Tag auf der Straße, bis die letzte feststand. Ich war froh, dass Daddy nur die Einsätze einsammelte und nicht wie diese Männer an den Straßenecken rumlümmelte. Die Leute fragten mich dauernd, ob ich schon wüsste, welche Zahl rausgekommen war, als wäre ich was Besonderes, und wahrscheinlich war ich das auch. So ein ehrlicher Mann wie Daddy, der gleich am Abend die Treffer auszahlte, war überall beliebt. Der Einsammler, der auch die Gewinne verteilt, ist so was wie der Weihnachtsmann, und am Tag, an dem deine Zahl rauskommt, ist Weihnachten.

Ich bog um die Ecke und rannte über die verbotene 118th Street, weil ich zu spät dran war und für den Umweg um den Block keine Zeit mehr hatte. Daddy wollte nicht, dass ich mich hier rumtrieb, wegen der Prostituierten, aber ich wusste wieso über alles Bescheid. Sukie hatte es mir erzählt, und die kannte sich aus. Ihre Schwester, China Doll, war eine Hure und arbeitete genau an dieser Straße. Außerdem wars noch zu früh fürs Huren, Daddy brauchte sich also keine Sorgen machen, dass ich was Verbotenes sehen könnte.

Ein halbes Dutzend Jungs machten wie immer vor dem Drugstore Faxen, taten, als würden sie mit Rasiermessern kämpfen; ihre Knickerbocker hingen ihnen unter den Kniekehlen, damit sie wie lange Hosen aussahen. Drei von ihnen gehörten zu den Ebony Earls, da war ich ganz sicher. Ich wollte mich vorbeischleichen, aber sie hatten mich schon gesehen.

«Hey, Skinny Mama», rief einer von ihnen. «Wenn du mal zwei Koteletts auf den Rippchen hast, mach ich Liebe mit dir.»

Die anderen Jungs bogen sich vor Lachen, aber ich sauste vorbei, ohne sie weiter zu beachten. An einer Horde Jungs vorbeizugehen war mir furchtbar unangenehm, weil sie mir immer irgendwelche Sprüche hinterherriefen, meist fiese, besonders jetzt, wo ich zwölf war. Ich war mager und schwarz und sah doof aus mit meinen kurzen Haaren und dem langen Hals und der ganzen nackten Haut dazwischen. Wie ein gerupftes Huhn sah ich aus.

«Hey, da läuft ein gelber Hurensohn!», rief einer der Jungs. Sie vergaßen mich und guckten stattdessen rüber zu einem dünnen Jungen, der daraufhin abzischte wie der Seventh Avenue Express. Mit wildem Geheul jagte die Bande ihm hinterher und rannte dabei jeden um, der ihnen in die Quere kam.

«Verdammtes Pack», murmelte eine Frau und rieb sich den Fuß, auf den einer von ihnen getrampelt war.

Hoffentlich konnte der hellhäutige Junge ihnen entkommen. Die Meute verschwand in der Lenox Avenue, und ihr Geheul wurde leiser.

Ich rannte weiter, aber als ich in die Fifth Avenue bog, wich ich rasch zurück, denn da war Sukie, allein vor meinem Haus beim Hüpfspiel, als wärs ihr egal, ob sie zu spät zur Schule kommt oder nicht. Diese Sukie. Sie war ein Jahr älter als ich, aber nicht viel größer. Ich wartete, bis sie sich von mir weggedreht hatte, dann sprintete ich auf unseren Hauseingang zu. Aber sie hatte mich gesehen, ihr kupfriges Gesicht wurde ganz rosa, und sie jagte mir nach wie eine Feuerhexe. Ich galoppierte um den Absatz im ersten Stock, als ich sie unten im Eingang hörte.

«Irgendwann musst du runterkommen, du Miststück, und wenn ich dich erwisch, gibt es Prügel.»

Diese Sukie. Wir waren beste Freundinnen, aber wenn sie giftig war, was oft passierte, zettelte sie Streit an, und wenn sie mir drohte, mich zu verprügeln, dann machte sie das auch.

Ich rannte weiter, bis ich ganz oben war, dann sackte ich auf der letzten Stufe zusammen und lehnte meinen Kopf ans rostige Geländer. Da hörte ich was auf der Dachtreppe, und mein Herz fing einen wilden Stepptanz an, wie immer, wenn ich Angst hatte.

Jemand flüsterte: «Hey, Kleine!»

Ich schlich ums Geländer herum und spähte nach oben, direkt ins Gesicht dieses weißen Mannes, der mir letzten Montag ins Kino gefolgt war. Als er versucht hatte, meine Beine zu betatschen, hab ich den Platz gewechselt. Aber er ist hinterher, hat sich einfach neben mich gesetzt und mir einen Dime gegeben. Dann hat er mir die Hände untern Rock geschoben, aber als er sich unter mein enges Schlüpfergummi vorfummeln wollte, hab ich mich schnell wieder umgesetzt. Ja, das war derselbe Mann, klein, vorn Glatze, hinten so 'n Kranz mit fisseligen Haaren. Er stand in der Tür zum Dach.

«Komm ein Weilchen zu mir rauf, meine Kleine», flüsterte er.

Ich schüttelte den Kopf.

«Ich hab einen Dime für dich.»

«Schmeiß runter.»

«Komm und hol ihn dir. Ich tu dir nichts. Du sollst den hier nur mal anfassen.»

Er fummelte an seiner Hose rum und holte seinen Pipimann raus. Der war richtig hässlich, lila und nass. Sukie hat erzählt, dass es alle tun. Ficken. So werden Kinder gemacht, hat sie gesagt. Dass die Huren das machten, glaubte ich schon, aber doch nicht meine Eltern. Sukie behauptete jedoch steif und fest, alle täten es, und sie hatte meist recht.

«Komm hoch zu mir, meine Kleine. Ich tu dir nichts.»

«Will aber nicht.»

«Ich geb dir einen Dime.»

«Schmeiß runter.»

«Komm hoch und hol ihn dir.»

«Ich sags meinem Daddy.»

Er warf den Dime runter. Als ich ihn aufhob, verschwand der Mann durch die Tür aufs Dach. Ich stemmte mich gegen unsere Wohnungstür, die einfach aufsprang. Daddy versprach dauernd, das Schloss zu reparieren, machte es aber nie.

Unsere Wohnung war wie ein Schlauch, jedes kleine Zimmer führte direkt ins nächste. Durch die Haustür kam man gleich ins Esszimmer, das wegen der vielen schweren Möbel kleiner wirkte, als es war. Mitten im Zimmer stand ein schwerer, runder Mahagoni-Tisch mit Drachenkopffüßen. An der Wand ragte ein passendes Büfett auf, mit Drachenköpfen an den Regalen. Vier Stühle mit fehlenden Latten standen kreuz und quer in der Gegend rum, in ihre hohen Lehnen waren auch hässliche Drachenköpfe geschnitzt. Die verkratzten Möbel hatte uns der jüdische Klempner von unten geschenkt, der war ein Jahr älter als Gott.

«Mutter», brüllte ich. «Ich bin wieder daha!»

«Brüll nich so, Francie», sagte Mutter aus der Küche, «und pack die Einsätze weg.»

Ich zog die Schublade aus dem Büfett und ertastete seitlich auf der Platte den Umschlag mit den Lottoscheinen und Einsätzen. Ich legte Mrs Mackeys Schein und das Geld dazu, schob den Umschlag auf die Platte und setzte die Schublade zurück auf die Schienen, aber sie verkeilte sich. Also zog ich sie wieder raus und schob den Umschlag ein bisschen zur Seite. Jetzt glitt die Lade leicht zu.

«Hast du den Umschlag ganz nach hinten geschoben, damit die Schublade zugeht?», fragte Mutter, als ich in die Küche kam.

«Ja, Mutter.»

Ich setzte mich an den Tisch; auf der Platte war überall das Porzellan abgeplatzt, wegen seiner ungleichen Beine stand er völlig schief. Geistesabwesend wischte ich eine Kakerlake vom Tisch und zertrat sie unter meinem Turnschuh.

«Wenn du nicht aufhörst, so die Treppe hochzurennen, fällst du mir noch mal tot um.»

«Ja, Mutter.»

Ich wollte ihr von Sukie erzählen, die mir wieder Prügel angedroht hatte, aber von Mutter käme sowieso nur wieder, dass Sukie erst mit dem Triezen aufhören würde, wenn ich nicht mehr vor ihr wegliefe.

Mutter war klein und pummelig, irgendwo in der Mitte gingen ihre langen Brüste in die breiten Hüften über. Das Beste an ihr war ihre Haut, ein sanftes Braun mit ein paar Sommersprossen auf der Nase. Ihre Haare waren kurz und dünn, und die paar Zähne, die sie noch hatte, gelb verfault. Ehrlich gesagt hatte sie mehr Lücken im Mund als Zähne, aber dass ihr das was ausmachte, konnte man nur erkennen, weil sie selten lächelte. Es war überhaupt schwer zu wissen, was ihr was ausmachte. Daddy brüllte und schimpfte, wenn er wütend war, und wenn es ihm gut ging, tanzte er rum und nahm einen in den Arm. Aber bei Mutter war das nie ganz klar. Sie beschimpfte einen nicht, aber küssen tat sie einen auch nicht.

Jetzt stellte sie mir ein Sandwich vor die Nase, Büchsenfleisch, mit Mayonnaise bis zum Sankt-Nimmerleins-Tag gestreckt, das ich misstrauisch beäugte.

«Ich mag kein Fleisch aus der Büchse.»

«Du magst nie was. Deswegen bist du so mickrig. Wenns nicht willst, lass stehn. Was anderes gibts nicht.»

Sie stellte mir dünnen Tee hin.

«Haben wir Zucker?»

«Borg dir welchen von Mrs Caldwell.»

Ich zog eine gesprungene Tasse aus dem Schrank, ging ans Esszimmerfenster und klopfte bei unseren Nachbarn gegen den Fensterrahmen. Die Caldwells wohnten im Gebäude neben uns, und unsere Esszimmerfenster lagen praktisch Mauer an Mauer. Sie waren karibischstämmig, und Maude war meine beste Freundin, außer Sukie. Wir waren gleich alt, ich hatte lange Beine, Maudes Beine waren krumm. Maudes Vater war im Jahr davor gestorben, und Pee Wee, ihr ältester Bruder, war gerade wieder ins Gefängnis gewandert, sein zweites Zuhause. Maude kam ans Fenster.

«Kann ich 'ne halbe Tasse Zucker borgen?», fragte ich.

Sie verschwand mit der leeren Tasse und kam kurz darauf mit einer fast vollen zurück. «Habt ihr Brot?», fragte sie. «Ich brauch nur noch eine Scheibe für'n Sandwich.»

«Maude will sich 'ne Scheibe Brot borgen», sagte ich zu Mutter.

«Gib ihr zwei», sagte Mutter.

Ich gab Maude zwei Scheiben Weizenbrot.

«Elizabeth kommt heut zurück, mit den Kindern und Robert», sagte sie. «Ihr wurden die Möbel auf die Straße gestellt.»

Elizabeth war die älteste Schwester und Robert ihr Mann. Er war mal Schneider gewesen, aber jetzt arbeitete er nicht mehr.

«Das wird voll bei euch», sagte ich.

«Ja», sagte sie, dann war ihr Kopf verschwunden.

Ich kehrte zurück in die Küche und erzählte Mutter, dass Elizabeth zurückkommen würde.

«Du lieber Himmel, wo solln die alle schlafen?», fragte sie.

Maude und ihre sechzehnjährige Schwester Rebecca teilten sich ein Schlafzimmer, die Mutter hatte das andere, und ihr Bruder Vallie schlief im Wohnzimmer.

Ich setzte mich wieder an den Tisch, und während ich meinen Tee schlürfte, betrachtete ich die fettigen Wände mit ihren Dellen, wo der aufgeplatzte Putz einfach immer wieder überpinselt worden war. Kotzgrün, so hatte Daddy die Farbe genannt. Die Decke war mit braunen und gelben Wasserflecken übersät. Daddy hatte die größeren Lecks abgedichtet, aber das half nicht viel, wenn es draußen regnete, regnete es auch drinnen. Als der Vermieter das letzte Mal vor der Tür stand, um seinen Zins zu kassieren, hatte Daddy ihm gesagt, dass das Dach repariert gehört, und wenn die Decke runterkommen und eins von seinen Kindern erschlagen würd, dann würd er den Vermieter eigenhändig die Treppe runterschubsen. Der Mann ist schnell abgehauen, aber davon sind unsere Lecks auch nicht repariert worden.

Die Wohnungstür knallte, und mein Bruder Sterling kam in die Küche und ließ sich auf einen Stuhl fallen. Er war vierzehn, hatte braune Haut, war schlaksig, und sein langes, angespanntes Gesicht schaute meist finster drein. Heute war da keine Ausnahme.

«Wo ist James Junior?», fragte Mutter.

«Bin ich dem sein Aufpasser?», brummte Sterling. «In der Pause hab ich ihn nicht gesehn.»

James Junior, mein ältester Bruder, war ein Jahr älter als Sterling und sah so gut aus wie Daddy. Außerdem war er netter als Sterling, aber langsam im Lernen, und weil er ständig Ehrenrunden drehen musste, hatte Sterling ihn schon überholt; diesen Monat machte er seinen Abschluss.

Die Tür knallte wieder, und die schweren Schritte verrieten mir, dass es Daddy war. Ich sprang auf, rannte ins Esszimmer und warf mich in seine Arme. Er lachte und wirbelte mich durch die Luft. Mutter erzählte mir immer, bei Männern heißt das gut aussehend und nicht schön, aber sie hatte keine Ahnung. Gut aussehen bedeutete was anderes als schön sein, und ich wusste genau, was Daddy war: wunderschön. Erst mal war er ein echter Riese von einem Mann, breit und stämmig und muskulös. Er war dunkelbraun, eigentlich schwarz, mit dicken, krisseligen Haaren und einem breiten, lachenden, wunderschönen Mund. Daddys Mund mochte ich am liebsten.

Er setzte sich an den Esstisch und zog Tippscheine aus der Hosentasche.

«Hol mir den Umschlag, meine Süße.»

Ich zog die Schublade raus und gab ihm lächelnd den Umschlag. «Ich hab geträumt, ein großer Katzenfisch wär vom Teller gehüpft und hätte mich gebissen, Daddy. Im Traumbuch steht bei Fisch fünf vierzehn. Und Mrs Mackey hat geträumt, es regnet Fische.»

«Herrgott und Jim», rief Daddy, und wir grinsten uns an. «Nach meiner Tabelle liegt fünf heut vorn. Ich setz einen Dollar direkt auf fünf vierzehn, und sechzig Cent auf Kombination.»

Daddy sagte immer, dass meine Träume von der ganzen Familie am häufigsten Treffer landeten. Wenn heute 514 rauskäme, wären wir reich, und das wär 'ne feine Sache, weil Mutter sich immer beschwerte, wir würden unsere Kommission immer gleich wieder verspielen.

Aus Gewohnheit kuschelte ich mich an die Heizung,

obwohl sie jetzt kalt war. Das grün-rot gemusterte Linoleum drumherum war so abgewetzt, dass man das Muster nicht mehr erkennen konnte, und neben dem Rohr war sogar ein Loch im Boden, so groß, dass man den Fuß durchschieben konnte. Daddy vernagelte es ständig mit Pappe und Linoleum, aber das hielt nie lange.

«Henrietta», rief Daddy, «wo sind die Jungs?»

Mutter kam an die Küchentür. «Sterling hockt hier und isst, aber James Junior is noch nicht nach Haus gekommen.»

Daddy schlug so plötzlich mit der Faust auf den Tisch, dass ich hochschreckte. «Wenn der Junge wieder nicht in der Schule war, dann versohl ich ihm den Hintern. Sterling», brüllte er, «wo ist dein Bruder?»

«Hab ihn seit heute Morgen nicht mehr gesehn», rief Sterling aus der Küche.

Daddy ging auf Mutter los. «Wenn dieser Junge sich Ärger einhandelt, lass ich ihn mit dem Hintern im Knast vergammeln, hörst du? Ich warne dich. Wie oft hab ich ihm gesagt, er soll nicht mit diesen Ebony Earls rumlümmeln, aber er hat einen verdammten Dickschädel. Die landen alle in Sing-Sing, sag ich dir, und bisher is noch nie 'n Coffin eingebuchtet worden.»

Mutter nickte. Sie wusste so gut wie ich, dass Daddy die ganze Stadt nach Junior absuchen würde, wenn ihm was passiert wäre.

Junior hatte vor ein paar Monaten angefangen, sich mit den Ebony Earls rumzutreiben, zusammen mit seinen Kumpeln Sonny und Maudes Bruder Vallejo. Sterling gehörte nicht zur Bande. Banden nannte er blöd, und Jungs, die wie sie dauernd zusammen rumlümmelten, nannte er Dummköpfe.

Daddy addierte die Einsätze auf den Tippscheinen und zählte das Geld. Mutter setzte sich neben ihn an den Tisch und erzählte nervös, sie hätte gehört, Slim Jim wäre verhaftet worden. Er war ein Einsammler wie Daddy.

«Slim Jim ist ein Schwachkopf», sagte Daddy. «Sein Banker denkt, der könnte ohne das Syndikat arbeiten, aber niemand kommt an Dutch Schultz vorbei. Die Cops nehmen jeden hoch, den seine Jungs bei ihnen anschwärzen, und genau das haben sie jetzt gemacht. Slim Jim und seinen Banker angeschwärzt.»

«Vielleicht solltest du mit dem Einsammeln aufhören, bevor …», setzte Mutter zögerlich an, aber Daddy fuhr dazwischen.

«Meine Güte, Henrietta, nicht schon wieder die alte Leier. Wie oft muss ich dir noch sagen, dass Einsätze einsammeln nicht viel gefährlicher ist als das Wetten selbst? Solange die Cops ihr Geld kriegen, lassen die mich in Ruhe. Schultz bezahlt sogar diesen dummen Esel Dodge, der sich Staatsanwalt schimpft, also hör auf, dir Sorgen zu machen.» Wie alle in Harlem wettete Mutter auf Zahlen, aber sie machte sich Sorgen, weil Daddy die Einsätze einsammelte. Daddy hatte vor ungefähr sechs Monaten für Jocko auf Kommission zu arbeiten angefangen, weil er seine Arbeit als Anstreicher verloren hatte, auf die aber auch kein Verlass gewesen war.

Jocko hieß eigentlich Jacques und war ein hochgewachsener Kreole aus Haiti mit olivfarbener Haut. Sein blaues Barett saß immer schief auf seinen schwarzen, gelockten Haaren. Dieser Jocko, der sah gut aus, aber schön war er nicht. Er verkaufte Bonbons im Süßwarenladen an der Ecke Fifth Avenue und 117th Street, aber das war nur Tarnung, jeder behauptete, er wäre ein enger Vertrauter von Big Boy Donatelli, seinem Banker, der wiederum ein enger Vertrauter von Dutch Schultz war. Daddy meinte, Jocko wär im Syndikat so weit oben, wie's für einen Schwarzen ging, seit die Gangster das Nummernspiel übernommen hatten. Daddy meinte, die Gangster kontrollierten alles in Harlem – die Wetten, die Huren und die Zuhälter, die ihnen die weiße Kundschaft besorgte.

Mutter grummelte: «Ich dachte, Bürgermeister La Guardia wollte den ganzen Dreck aufräumen.»

«Wenn die in dieser Stadt wirklich aufräumen wollten», sagte Daddy, «würden sie nicht auf armen Negroes rumhacken, die ihren letzten Dime verwetten, damit sie nicht verhungern. Wo kann ein Schwarzer sonst aus einem Dollar sechshundert machen? Die sollten sich die Gangster schnappen, die die Einsätze horten, weil die machen den großen Reibach. Aber kein Bulle schlachtet nicht den eignen Goldesel. Jetzt hör schon auf zu jammern, Henrietta. Mir passiert schon nichts, verstanden?»

Mutter nickte langsam. Dann sah sie mich an. «Francie, steh auf und geh zur Schule, sonst kommst du wieder zu spät. Sterling!», brüllte sie.

«Jaha!», rief er aus der Küche. «Ich komm schon.»

«Francie! Ich sags nicht noch mal.»

«Jaha, Mutter. Ich geh schon. Bye, Daddy.»

«Bye, meine Süße.»

Als ich unten war, spähte ich vorsichtig aus der Tür, aber von Sukie keine Spur. Obwohl ich fast den ganzen Weg gerannt war, kam ich trotzdem viel zu spät zur Schule.

ZWEI

Meine Klassenlehrerin Mrs Oliver hatte nicht mal gemeckert, als ich zu spät in die Bank rutschte. Das hat mich richtig enttäuscht. Vielleicht mochte sie mich nicht mehr.

Ich war in der ersten Klasse der Junior High Public School 81, zwischen St. Nicholas und Eighth Avenues, eine der schlimmsten Mädchenschulen in Harlem, gleich nach der richtig schlimmen P.S. 136 Uptown. Da hatten sie erst letzte Woche ein frisches Neugeborenes im Klo runtergespült. An meiner Schule gabs so was nicht, noch nicht, aber alles andere schon.

Alle waren aufgeregt, denn es gab Gerüchte, dass Saralees und Luisas Bande allen Lehrerinnen, die sie durchfallen ließen, eine Abreibung verpassen würde. Das müsste dann eigentlich jede Lehrerin an unserer Schule treffen, außer Mrs Roberts. Ich glaube, nicht mal Saralee, die Anführerin der Ebonettes, würde es wagen, sich mit Mrs Roberts anzulegen. Sie unterrichtete uns in Kunst und war die einzige schwarze Lehrerin an unserer Schule. Niemand legte sich mit ihr an. Bei ihr nahmen wir nicht mal unsere Heftchen raus, so streng war die.

Die Ebonettes waren die Mädchenbande von den

Ebony Earls, die brutalsten Straßenkämpfer zwischen hier und Mt. Morris Park. Wenn sich die Earls mit ihren Rivalen, den Harlem Raiders aus Uptown, bekriegten, floss Blut die Avenue runter. Wenn sie sich nicht bekriegten, überfielen die Banden die Judenjungs, die die Synagoge in der 116th Street besuchten, oder jeden Weißen, der nach Sonnenuntergang allein in Harlem unterwegs war. Es wurde so schlimm, dass der Mann von der Metropolitan-Versicherung einen der Ebony Earls bezahlen musste, um ihn beim Beiträgeabkassieren zu beschützen. Ja, die Ebony Earls waren zähe Kerle, aber die Ebonettes waren genauso schlimm. Die Glocke schrillte, und wir marschierten alle über den Flur zur ersten Stunde. Maude war in meiner Klasse, deswegen gingen wir zusammen.

«Hoffentlich verhauen Saralee und die anderen nicht unsere Mrs Oliver», sagte sie. Maude hatte ein kantiges, schwarzes Gesicht und dicke, üppige Haare. Wenn ihre Beine nicht so krumm wären und sie nicht so komisch über den großen Zeh gehen würde, hätte sie gar nicht so übel ausgesehen.

«Hoffentlich nicht», sagte ich. Ich mochte Mrs Oliver. Sie hatte weiße Haare und sah aus wie eine Großmutter.

Bei Miss Haggerty saßen Maude und ich nebeneinander. Sie war unsere Mathelehrerin und wirklich bedauernswert, eine blasse Bohnenstange, die sich vor Angst fast in die Hose machte. Jetzt nuschelte sie vor sich hin, wir sollten unsere Bücher rausholen und auf Seite achtundfünfzig aufschlagen. Fast jede von uns, ich eingeschlossen, kramten stattdessen unsere Liebesschmonzetten und «wahren Geschichten» hervor. In Miss Haggertys Stunde bemühten wir uns nicht mal, unsere Heftchen zu verstecken, und sie hatte solche Angst, dass sie tat, als würde sie's nicht sehen.

Das war eine gute Gelegenheit, meine Liebesgeschichten weiterzulesen, denn Daddy erlaubte mir nicht mal, die Heftchen ins Haus zu bringen. Mit diesem Schund sollte ich mich ja nicht von ihm erwischen lassen.

Normalerweise hörte ich Miss Haggerty aber die ersten fünf Minuten zu, bis ich die Rechenaufgabe verstanden hatte und lösen konnte. Deswegen meldete ich mich heute auch freiwillig, als sie eine von uns nach vorn an die Tafel holen wollte.

«Hinsetzen», knurrte Saralee mich an. Ich setzte mich wieder.

Miss Haggerty ignorierte uns. «Meldet sich jemand freiwillig?», fragte sie. Niemand rührte sich.

«Tja, dann», sagte Miss Haggerty, ging an die Tafel und nahm die Kreide, «rechne ich es euch vor. Das Wichtigste ist ...»

«Nicht so laut», sagte Luisa. «Ich kann mich nicht auf meine Geschichte konzentrieren.» Die Klasse kicherte, und Miss Haggerty senkte die Stimme zu einem Flüstern.

Seufzend wandte ich mich meinem Heftchen zu. Ich konnte nichts daran ändern, denn Saralee und Luisa würde ich ganz sicher nicht ins Gehege kommen.

Luisa war Puerto Ricanerin – eine weiße Puerto Ricanerin – und ziemlich hübsch, sie trug einen Pagenkopf mit Pony wie Claudette Colbert. Ihre Kampfgefährtin Saralee hatte schwarzbraune Haut, aber rote Haare, ausgerechnet. Sie war besonders hässlich. Manche behaupteten, dass Saralee ein kesser Vater wäre. Ich weiß nicht, was dran war an diesen Gerüchten, aber auf jeden Fall war sie rabiat genug, um ein Mann zu sein.

Beide waren älter als wir, weil sie so oft sitzen geblieben waren, und alle, auch die Lehrerinnen, hatten Angst vor ihnen. Sie kämpften mit Rasiermessern, und die Ebony Earls schlugen jeden zusammen, der sich mit ihrer Mädchenbande anlegte.

Statt zu unserer zweiten Unterrichtsstunde schickte man uns früher nach Hause. Bevor Saralee ihre Bande zusammentrommeln konnte, waren die Lehrerinnen, die sie verprügeln wollten, schon längst über alle Berge.

Ich war auch froh, dass wir früher freihatten, denn so konnte ich mich nach Hause schleichen, um Sukie nicht in die Quere zu kommen. Weil sie zweimal sitzen geblieben war, ging sie noch auf die Grundschule an der Madison Avenue.

Maude wollte unbedingt über die 118th Street nach Hause, und ausgerechnet da hat uns Daddy erwischt. Wir drückten uns immer heimlich dort herum, weil wir hofften, dass die Prostituierten was Aufregendes anstellen würden. Aber die machten nichts, außer mit bis zum Bauchnabel hochgeschobenen Kleidern auf den Stufen zu hocken und den vorbeilaufenden Männern zuzurufen, also versuchten wir herauszufinden, welche das Kleid am weitesten hochgeschoben hatte und ob man wirklich ihr Dingsbums sehen konnte, die hatten nämlich keine Schlüpfer an. Daddy verjagte uns ständig aus der 118th Street, und da stand er jetzt, auf China Dolls Vortreppe, und wartete auf uns.

«Wie oft muss ich euch Mädchen sagen, dass ihr aus dieser Straße wegbleiben sollt?», fragte er, sehr wütend. «Und du, Maude, ich dachte, dir könnt ich vertrauen.»

«Das war nicht meine Schuld, Mr Coffin. Francie wollte ...»

Ich trat ihr gegens Schienbein, und Daddy fiel ihr ins Wort.

«Vor seinem Tod hat mich dein Vater gebeten, auf dich aufzupassen. Wenn ich euch noch mal hier erwische, setzts 'ne Tracht Prügel, ist das klar?»

«Ja, Daddy.»

«Ja, Mr Coffin.»

Wir rannten um die Ecke Richtung Fifth Avenue.

«Was sollte das?», fragte ich Maude. «Willst du, dass er mich auspeitscht?»

«Du weißt, dass dein Vater dich nicht auspeitscht, Francie.»

«Darauf würd ich's nicht ankommen lassen.» Sie setzte sich auf unsere Vortreppe, und ich ging nach oben. Aufs Dach würd ich nie allein gehen, solange der Weiße immer noch da oben rumlungerte. Falls Sukie und ich später noch beste Freundinnen wären, würde ich ihr von ihm erzählen, und sie würde schon wissen, wie wir uns sicher was verdienen konnten.

Er flüsterte mir zu, ich sollte zu ihm hochkommen, aber ich ignorierte ihn, stemmte mich gegen unsere Tür, das Schloss sprang auf, und ich war drin.

Nachdem ich Bohnen fürs Abendessen abgezogen hatte, setzte ich mich auf die Feuertreppe und guckte Sukie, Maude, den Zwillingen und ein paar anderen Kindern aus dem Viertel beim Seilspringen zu. Die Zwillinge sahen einander so ähnlich, dass wir Maybelle nicht von Florabelle unterscheiden konnten, daher nannten wir die beiden einfach die Zwillinge.

Sie spielten *Chase*, hüpften einmal übers Seil und folgten der Anführerin. Ich sang mit ihnen: «*Chase the white horse over the rocky mountain.*» Seilspringen war mein Lieblingsspiel, deswegen ärgerte es mich besonders, dass ich hier oben auf der Feuertreppe festhing. Mein einziger Trost war, dass Sukie die anderen verprügeln würde, wenn sie mich nicht in die Finger kriegte.

Diese Sukie. Ich fragte mich, warum sie so fies war. Sie war viel zu hübsch, um so böse zu sein, wie ein reifer Pfirsich sah sie aus, wo das Gelbe aufs Rote traf, ihre rotbraunen Haare hingen ihr in zwei dicken Zöpfen bis zu den Schultern. Ich beneidete sich um ihre schönen langen Haare. Wo ich flachbrüstig war und eingefallen, war Sukie voll und wurde immer voller. Aber sie mochte nie irgendwen, nicht mal ihre Eltern. Es stimmte zwar, dass Papa Dan den ganzen Tag King Kong soff, bis er umkippte. Aber er war ein nettes Kerlchen mit O-Beinen, das immer dümmlich grinsend umherwankte und bei jeder Frau, die an ihm vorbeikam, die Finger zum Gruß an die Mütze hob. Gegrinst hatte er sogar damals, als er sich vor Annette, der Hure, zu tief verbeugt hatte und deswegen die Kellertreppe runtergefallen war. Alle hatten gelacht, außer Sukie, die so giftig wurde, dass sie ihn einen besoffenen Hurensohn schimpfte, als er immer noch grinsend wieder die Treppe hochkam.

Sukie fluchte die ganze Zeit, ich musste mir richtig Mühe geben, mit ihr mitzuhalten. Daddy wollte nicht mal, dass ich «verflixt» sagte.

Er erklärte mir immer: «Was heute noch ‹verflixt› heißt, ist morgen schon ‹verflucht› und übermorgen ‹gottverdammt›. Wir erziehen dich zu einer Dame, Francine, und Damen fluchen nicht.»

Um mit Sukie befreundet zu bleiben, musste ich ein bisschen fluchen, aber bei *Dozens* spielte ich nicht mit, über meine Mutter wollte ich nichts Schlechtes sagen, und vor dem Namen Gottes hatte ich zu viel Angst, um ihn zu missbrauchen.

Sukies Mutter verpasste ihr dauernd Ohrfeigen, weil sie so frech war, und sie schimpfte, sie würde enden wie ihre Schwester China Doll. Mrs Maceo war eine große, magere Frau, verschrumpelt wie eine Pflaume, aber kupfrig wie Sukie. Sie jammerte ständig darüber, dass man ihr mit ihrem saufenden Mann und ihren dickschädeligen Kindern ein viel zu schweres Kreuz aufgebürdet hätte. Es stimmte, dass Sukie einen dicken Schädel hatte und China Doll nur ein paar Straßen weiter als Hure arbeitete. Sie nannten sie China Doll, weil sie früher zart und hübsch war, mit langen schwarzen Haaren und Mandelaugen. In letzter Zeit war sie etwas auseinandergegangen, aber der Name blieb hängen.

Sukie behauptete, ihre Mutter hätte ihre Schwester lieber als sie, aber wie sie darauf kam, hab ich nie verstanden, wo Mrs Maceo mit China Doll doch nicht mal redete.

Wegen China hat mich Sukie das letzte Mal verprügelt. Ich hatte sie nur gefragt, warum ihre Schwester ausgerechnet in der Nachbarschaft auf den Strich geht, da ist sie auf mich los und hat mir voll auf die Nase geboxt. Ich bin schnell abgehauen, aber drei Wochen später hat sie mir vor dem Süßwarenladen aufgelauert. Kaum zu glauben, dass jemand drei Wochen lang so giftig bleiben kann, dass sie dir eine blutige

Nase verpasst, dir die Haare büschelweise ausreißt, dir fast einen Zahn ausschlägt und einen festen Tritt in die Seite verpasst, aber genau das hat Sukie getan.

Am selben Tag haben wir uns wieder vertragen, ich musste zuerst was sagen, weil Sukie das nie tat, und dann hat sie mir erzählt, wie China ihr Ding machte, und wir haben uns um die Ecke geschlichen und ihr dabei zugeguckt, wie sie Männer auf der Straße ansprach. Diese Sukie. Man wusste nie, was sie wild machte.

Dieses Mal hatte ich nichts getan, nicht mal was gemurmelt. Sie ist einfach eines Tages giftig geworden und hat mich gefragt, ob ich mich prügeln will. Natürlich wollte ich nicht. Diese Sukie. Warum sie wohl so fies geworden ist? Ich sollte einfach runtergehen und mir meine Tracht Prügel abholen, damit wir wieder beste Freundinnen sein konnten.

Ich guckte übers Geländer. Sie hüpften immer noch Seil. «*Chase the white horse over the rocky mountain.*»

Es war schon nach elf Uhr, und wir machten uns gerade fürs Bett fertig. Sterling war in seinem Zimmer hinter der Küche, und Daddy war auch da, aber James Junior war den ganzen Tag nicht nach Hause gekommen. Ich half Mutter, das Sofa im Wohnzimmer von der Wand zu ziehen, damit ich wie immer darauf schlafen konnte. Mutter glaubte, dass mich die Bettwanzen nicht beißen würden, wenn das Sofa mitten im Zimmer stand. Aber da lag sie falsch. Jeden Samstag goss Mutter siedend heißes Wasser und Flit über die Bettfedern, was anscheinend das Leibgericht dieser Bettwanzen war, denn jeden Abend marschierten sie in einer Linie die Wand runter und bissen mich einfach weiter.

Als wir alle im Bett lagen, fingen Mutter und Daddy im Schlafzimmer an zu streiten. Sie fragte Daddy noch mal, ob sie nicht in die Bronx gehen und sich irgendeine Arbeit suchen dürfte.

«Warum hörst du nicht auf zu keifen, Weib?», sagte Daddy. «Ich will nicht, dass du anderer Leute Dreck wegputzt, das weißt du genau.»

«Was wir wollen, ist egal, es geht darum, was wir brauchen. Die Kinder brauchen Schuhe und Schulkleidung. Wir laufen alle in Lumpen rum.»

«Sie brauchen dich zu Hause, wenn sie aus der Schule kommen. Herrje, hab ich nicht genug Ärger? Wozu fängst du jetzt schon wieder mit diesem Mist an? Wir nagen doch nicht am Hungertuch.»

«Noch nicht.»

Daddy schwieg.

Nach einer kurzen Pause sagte Mutter: «Adam.»

«Was?»

«Die von der Fürsorge geben Büchsenfleisch und Butter aus. Mrs Taylor hat sich letzte Woche gemeldet. Ich kann mich nicht erinnern, wann wir das letzte Mal Butter hatten.»

«Wenn wir diese verdammten Sozialarbeiter ins Haus lassen, werden wir auch nie wieder welche kriegen. Die Dreckschweine tun so, als würden sie ihre Almosen aus eigener Tasche zahlen. Wir melden uns nicht bei der Fürsorge, Henrietta, Schluss damit, ein für alle Mal.»

«Was machen wir dann? Wenn du nur Arbeit finden würdest ...»

«Es gibt schon nicht genügend Jobs für die Ofays, wie zum Teufel soll ich da wohl was finden?» Erneut herrschte eine Weile Schweigen, und als Daddy wieder was sagte, klang seine Stimme weicher. «Nächstes Wochenende spiel ich auf drei Feiern Klavier. Bei jeder mach ich bestimmt zehn Dollar. Das hilft schon mal. Es wird schon, Baby, vertrau mir. Hörst du?»

Mutter antwortete nicht. Ich vertraute Daddy. Warum sie das nicht auch tat, war mir ein Rätsel.

Kurze Zeit später öffnete sich quietschend die Esszimmertür. Dieses verdammte Quietschen. Wenn James Junior sich schon mitten in der Nacht in die Wohnung schleichen musste, warum ölte er dann nicht diese laute Tür? Daddy hatte ihn ebenfalls gehört, denn er sprang aus dem Bett, rannte ins Esszimmer und brüllte: «Wo bist du den ganzen Tag gewesen, James Junior?» Bevor er antworten konnte, brüllte Daddy weiter: «Hörst du nicht, wenn ich mit dir rede? Antworte mir, sonst fliegst du die Treppe gleich wieder runter.»

Ich und Mutter schlichen ins Esszimmer, und Sterling kam mit finsterem Gesicht aus der Küche.

«Ich war mit Sonny und Vallie drüben auf der Madison Avenue», sagte James Junior. Er war groß für fünfzehn und hübsch wie Daddy.

«Warst du mit dieser Bande unten in diesem Keller?»

«Das ist ein Versammlungsraum», sagte Junior.

«Ein Räuberlager», brüllte Daddy. «Hast du heute auch Schule geschwänzt?»

Junior antwortete nicht. Er war genauso stur, wie Sterling es an seiner Stelle gewesen wäre, aber er hatte auch keine Angst.

«Hol mir meinen Riemen, Francie.»

«Tu ihm nichts, Daddy!»

«Hol mir meinen Riemen.»

Zitternd ging ich ins Bad, zog den verfärbten Rasierriemen vom verrosteten Nagel und gab ihn Daddy. Wenn Junior doch nur versprechen würde, nicht mehr Schule zu schwänzen und mit den Ebony Earls rumzulungern, würde Daddy ihn sicher nicht verdreschen.

Aber Junior blieb stur, auch als Daddy das geschwärzte Leder über den Kopf hob, sagte er kein Wort. Daddy ließ den Riemen mit voller Wucht herabsausen, und das dicke Ende grub sich in Juniors Schulter. Er zuckte zusammen, gab aber keinen Laut von sich.

«Ich warne dich zum letzten Mal», sagte Daddy keuchend, «du bringst mir keine Schande über diese Familie. Bleib von dieser verflixten Bande weg, hast du verstanden?» Der Riemen zischte über Juniors Brust. «Schwänz noch einmal die Schule, und ich bring dich um.» Der nächste Hieb landete auf Juniors Rücken. «Willst du werden wie Skeeter Madison? Tot in 'ner Gasse liegen wegen 'nem sinnlosen Streit?»

Dieses Mal wich Junior aus und stieß dabei einen Stuhl um.

«Vielleicht willst du zu deinem Freund Pee Wee nach Sing-Sing? Hörst du mir zu?»

Antworte ihm, betete ich innerlich, aber Junior hielt den Mund. Er sprang über den Stuhl, und Daddy drängte ihn in die Ecke. Der Riemen sirrte durch die Luft, sauste auf Junior herab, immer heftiger. Junior zog den Kopf ein und krümmte die Schultern, während Daddy seinen Rücken auspeitschte.

Plötzlich brach ich in Tränen aus und schrie drauflos.

Ich hörte Mutters Stimme, scharf und lauter als meine Schreie: «Hör auf, James Adam! Es reicht!»

Daddy ließ die Hand sinken, sah sich verwirrt um. Dann ließ er den Riemen fallen, marschierte ins Schlafzimmer und knallte die Tür hinter sich zu.

«Francie, hör mit dem Geschrei auf», sagte Mutter. «Man könnte meinen, du wirst abgemurkst.»

Als sie sich Junior zuwandte, wurde ihre Stimme

weich. «Du weißt doch, dass du deinen Vater nicht so wütend machen sollst, James Junior. Eines Tages bringt er dich um. Jetzt aber alle ins Bett.»

Ich legte mich wieder aufs Sofa und trocknete mir mit der Decke die Augen ab. Daddy hatte dem armen Junior das dicke Ende vom Riemen übergezogen. Ob man das dicke oder das dünne Ende vom Riemen abbekam, hing davon ab, wie böse man gewesen war. Ich hatte das dicke Ende noch nie zu spüren bekommen, genauer gesagt schlug Daddy mich gar nicht mit dem Riemen, aber nicht, weil ich immer brav war, sondern weil ich sein Liebling war.

Warum hatte Junior nicht einfach versprochen, nicht mehr mit der blöden Bande rumzuziehen? Er war sowieso nicht gemein genug für einen Ebony Earl. Wie sollte er jemanden überfallen, so lieb und nett, wie er war? Dem sein ganzes Gesicht strahlte, wenn er lachte. Er war nicht wie der alte Sterling, der niemanden mochte und dem sein mageres altes Gesicht voller dunkler, versteckter Schatten war.

Aber trotzdem, wenn Junior doch nur öfter lesen würde und lernen wie Sterling, der das ganze Haus verpestete mit seinen widerlichen Chemikalien, dann würde er's auch nicht so oft mit dem Riemen kriegen. Eigentlich müsste Junior sich doch schämen, dass sein kleiner Bruder vor ihm den Schulabschluss macht, aber das kümmerte ihn gar nicht.

An den Wochenenden gab Daddy Sterling ein paar

Dimes, und er ging runter auf die 42nd Street, wo er seinen Stand zum Schuheputzen aufstellte, den er aus einer Apfelsinenkiste gebaut hatte, und damit richtig was verdiente. Daddy sagte, er würde sich wünschen, Junior hätte auch so viel Geschäftssinn, aber Junior tat, als würde er ihn nicht hören. Sobald in der Wohnung wieder Ruhe war, schlich ich am Schlafzimmer meiner Eltern vorbei.

Meine Brüder schliefen in einer kleinen Kammer hinter der Küche, die so winzig war, dass nur ein Bett und eine Wäschekommode reinpassten. Junior schlief am oberen Ende vom Bett, Sterling unten.

Ich setzte mich aufs Bett, und Junior rutschte beiseite. «Ist es schlimm?»

«Nee, Francie. Geht schon. Aber ich bin zu groß, um von Daddy noch solche Schläge zu kassieren. Das ist die letzte Abreibung, die ich mir bieten lasse.»

Als ich die Schwellung in seinem Gesicht berührte, zuckte er zusammen. Zwei schwarze Striche liefen über sein Gesicht. Es waren Tränen.

«Wenner *mich* so schlägt», brummte Sterling aus seiner Ecke am Bettende, «nehm ich ihm den Riemen weg und zieh ihm damit eins übern Schädel.»

«Ach, hör doch auf», sagte ich. «Du kannst Daddy nicht mit dem Riemen hauen.» Aber es war gut möglich, dass Sterling es versuchen würde, und dann würde Daddy ihn bestimmt umbringen. Ich wandte mich wieder Junior zu. «Warum versprichst du Daddy nicht einfach, dass du nicht mehr mit den Ebony Earls rumziehst? Mehr wollte er gar nicht.»

«Weil ich nich damit aufhör, darum.» Er wischte sich mit dem Handrücken übers Gesicht und zündete sich einen Zigarettenstummel an.

«Bei den Ebony Earls gabs heute Abend ein Einführungstreffen», sagte Sterling. «Warst du deswegen so spät dran, Junior? Lässt du dich aufnehmen?»

«Ja», antwortete Junior. «Da war ich. Bin jetzt ein vollwertiges Mitglied des Kriegsrats.»

«Aber wieso, Junior?», fragte ich. Mir war schlecht.

«Mann, niemand legt sich mit 'nem Ebony Earl an», sagte Junior langsam, als müsste er erst drüber nachdenken. «Wenn sie mich auf der Straße gehn sehn, sagen die Leute, da geht James Adam Coffin Junior. Das ist ein schlimmer Finger. Vor schlimmen Fingern ham alle Respekt. Egal, ob du 'n Böser bist oder nicht, reichts, wenn die Leute das denken. Bist du einer von den Ebony Earls, dann hast du gleich 'nen Ruf. Dann bist du wer, ganz von selbst.»

«Blödsinn», sagte Sterling.

«Komm mit zum nächsten Treffen, Sterling», sagte Junior. «Mit deiner Schuhputzkiste kommst du zu nichts, Mann. Da kriegst du doch nur Pennys für. Nächstes Treffen kommst du mit.»

«Geh nicht mit, Sterling», jammerte ich. «Bleib weg von der doofen Bande. Du hast selbst gesagt, dass sie doof ist.»

«Halt den Mund», sagte Sterling. «Kümmer dich um deinen eigenen Dreck. Wer hat dich überhaupt hier reingebeten? Geh in dein Bett.»

«Kann ich nicht. Ich hab Angst, durch die Küche zu gehn. Da hab ich eine Ratte gehört.»

«Du hattest keine Angst, deine Nase hier reinzustecken.» Als ich drauflosjammerte, stand Sterling fluchend auf und brachte mich bis zu Mutters Schlafzimmertür.

«Sterling, du machst nich mit bei der Bande. Bitte nicht du auch.»

Er schob mich durch die Tür, aber dann sagte er mit sanfter Stimme: «Brauchst dir keine Sorgen nicht machen um mich, Francie. Ich weiß mir schon zu helfen, hörst du?» Er strich mir verlegen übers Gesicht, dann war er weg.

Als ich mich aufs Sofa legte, dachte ich: So, das war das erste Mal, dass Sterling lieb mit mir geredet hatte.

DREI

Eines Nachmittags hatte Sukie mich dann endlich in der Falle. Ich saß auf meinem Stammplatz auf der Feuertreppe und las – obwohl ich wusste, dass ich für Märchen zu alt war – ein Märchenbuch aus der Bücherei, als Mutter mich rief und mir sagte, ich sollte in die Stadt, mir von Tante Hazel drei Dollar leihen. Sie gab mir einen Nickel für die Fahrt.

«Was, wenn sie nicht da ist?», fragte ich. Tante Hazel wohnte an der 131st Street.

«Dann kommst du zurück. So weit bist du schon mal gelaufen.»

Ich fuhr schwarz mit der Subway, um den Nickel zu sparen, und lief dann die Lenox Avenue runter zur 131st Street.

In Tante Hazels Flur stanks wie in allen anderen Hausfluren in Harlem auch. Ich lief eine Treppe hoch und klopfte an ihre Tür.

«Wer ist da?»

«Ich bins, Tante Hazel. Francie.»

Sie schob die Kette zurück, dann ging die Tür auf, Tante Hazel schloss mich in die Arme und zog mich in die Wohnung. Sie roch gut, nach frisch gebackenem Kuchen.

In ihrem Wohnzimmer brannte Licht, wie immer, weil ihr Fenster nur ein Schlitz war und das Haus Wand an Wand mit dem Nachbarhaus stand, sodass keine Sonne reinkam. Deswegen wohnten wir ganz oben, hatte Daddy mal erklärt, damit wir ein bisschen Sonne abkriegten. Tante Hazels Wohnung hatte winzige Zimmer, aber sie war blitzblank, alles hatte seinen Platz, nicht so vollgestellt wie bei uns, und ich kam gern her.

«Sieh mal guck, wer mich besuchen kommt», sagte Tante Hazel, als ich ihr ins Wohnzimmer folgte.

Mr Mulberry saß am Klapptisch, wo er und Tante Hazel *Coon Can* spielten und Gin tranken. Er sprang auf, umarmte mich und meinte, ich sollte auf seinem Stuhl sitzen.

Mr Mulberry stammte aus der Karibik, er war sehr groß und sehr schwarz. Er arbeitete als Handlanger für dieselbe Familie, für die auch Tante Hazel arbeitete. Wenn sie Dienst hatte, schlief sie bei der Familie, er auch, aber donnerstags hatte er frei, genau wie sie. Wo Mr Mulberry dann schlief, wusste ich nicht, aber immer, wenn ich Tante Hazel besuchen kam, war er auch da. Manchmal waren auch Mr und Mrs Atwater da, die schliefen sonst auch bei der Familie, und die vier spielten Whist, trink oder stink, sie lachten und knallten mit Karacho die Karten auf den Tisch. Die Gewinner kriegten einen Drink, die Verlierer mussten warten, bis sie eine Runde gewonnen hatten.

«Gib dem Kind was zu essen, Hazel», sagte Mr Mulberry, «ich geh schnell runter und kauf ihr eine Limo.»

«Danke, Mr Mulberry», sagte ich höflich, «aber bitte machen Sie sich nicht so viel Mühe», dabei hoffte ich natürlich, dass er meine Bitte ignorieren würde, was er auch tat.

«Es ist mir ein Vergnügen, Francie», sagte er mit seinem feinen Akzent, und weg war er.

Während Tante Hazel in der Küche rumwuselte, um mir ein Bratfisch-Sandwich zu machen und ein Glas Milch einzuschenken, bemerkte sie wie immer, wie dürr ich aussah. Eigentlich mochte ich Fisch nicht besonders, aber den hier aß ich trotzdem, und er schmeckte gut. Dann gab sie mir ein Stück Rührkuchen, und Mr Mulberry kam mit einer Kirschlimo zurück. Beide sahen mir beim Essen zu, als könnte ich es ohne ihre Hilfe nicht verdauen.

«Noch ein Stück Kuchen, Schätzchen?»

«Ja, danke, Tante Hazel.»

Während ich das zweite Stück verdrückte, erzählte ich ihr, dass Mutter sich drei Dollar borgen wollte. Ich hatte diesen Gang schon öfter gemacht – der Grund war immer derselbe, ich wurde zum Geldborgen hergeschickt, aber nie, um es zurückzuzahlen.

«Reichen drei Dollar denn?», fragte Tante Hazel, als sie mir drei zerknüllte Dollarscheine in die Hand drückte.

Die gute alte Tante Hazel. Sie schlug uns nie was aus.

Tante Hazel war, wie Daddy es ausdrückte, ein strammes, hübsches Mädchen. Ein Mädchen war sie aber gar nicht, sondern älter als Mutter, und wegen hübsch war ich mir auch nicht so sicher. Daddy bezeichnete dauernd Leute als hübsch – irgendein schwarzes Mädchen mit dicken Lippen und einer breiten Nase, die alle anderen richtig hässlich fanden. Ich und Mutter sahen uns immer kopfschüttelnd an, wenn Daddy mal wieder was von schwarzer Schönheit erzählte.

«Du bist auf einem Auge blind», sagte Mutter dann immer, «und auf dem anderen taub.»

Nicht, dass Tante Hazel hässlich war. Ehrlich gesagt sah sie aus wie Mutter, nur besser, mit langen Haaren, die sie oben auf dem Kopf zu einem Knoten gebunden hatte. Außerdem hatte sie noch alle ihre Zähne, und sie lachte viel. Sie war auch fröhlicher als Mutter, wahrscheinlich weil sie Gin und Wein trank. Mutter trank überhaupt nicht.

Tante Hazel hatte keine Kinder und erzählte ständig, dass sie keine Familie hatte auf der Welt, außer uns. Sie war mal verheiratet gewesen, aber die fiese Laus ist abgehauen und hat sie sitzen gelassen, bevor ich auf die Welt gekommen bin.

Ich holte den letzten Tropfen Limo aus meinem Glas, stand auf, und verschwand gleich wieder in Tante Hazels Armen. Nachdem ich mich von Mr Mulberry verabschiedet hatte, zog ich wieder los.

Auf dem Heimweg ging ich durch den Mt. Morris

Park. Als ich zwei Blocks von zu Hause entfernt war, sah ich eine Menschenmenge, die sich auf der Fifth Avenue direkt vor meinem Haus versammelt hatte. Mit verrückt pochendem Herzen schlich ich ganz langsam weiter.

Das passierte mir öfter, besonders in der Dämmerung. Alles verschwamm mir vor den Augen, und ich konnte nicht mehr unterscheiden, ob auf der Straße einfach nur viel los war oder sich tatsächlich eine Menschenmenge versammelt hatte. Menschenmenge bedeutete immer was Schreckliches – ein Kampf oder ein Mord, oder jemand war vom Dach gefallen oder von einem Auto überfahren worden. Wenn ich also eine Menschenmenge vor unserem Haus sah, kriegte ich immer Angst, dass meinen Brüdern was Schreckliches passiert war.

Ich schlich näher. Es war tatsächlich eine Menschenmenge, direkt vor unserem Aufgang. Ich sah Maude Caldwell am Rand der Menge, sie starrte auf etwas, das am Boden lag. Langsam ging ich auf sie zu, ließ ihr Gesicht nicht aus den Augen. Wenn sie mich ansehen und sich ihr Gesicht dabei vor Schreck verziehen oder sie sofort auf mich zustürzen würde, um mir die schlimme Nachricht zu überbringen, wäre klar, dass Junior oder Sterling was Fürchterliches passiert war.

Als ich dann neben ihr stand, flüsterte ich: «Maude.»

Sie sah mich an, nickte und drehte sich weg. Ich war so erleichtert. Ihr Gesicht sah normal aus.

«Was ist passiert?», fragte ich.

Bevor sie antworten konnte, schrie jemand drauflos. Ich drängelte mich vor und sah, wie China Doll umgestoßen wurde und auf ihrem plumpen, wippenden Hinterteil landete. Ein fremder Mann mit hellbrauner Haut zog sie hoch und haute sie mit einem Schlag gegen den Kopf wieder um.

«Das kannste mit deiner Mutter machen, Schwanzlutscher!», kreischte China Doll.

Der Mann knallte ihr noch eine.

«Das ist ihr neuer Zuhälter», erklärte Maude. «Er haut sie gerade grün und blau», fügte sie unnötigerweise hinzu.

Niemand rührte einen Finger, um China zu helfen. Wenn sich in Harlem zwei bekriegen, hält man sich raus, vor allem bei einem Mann und seiner Frau. Es könnte nämlich sein, dass die dann auf ihren Retter losging.

Aber ich fand es richtig schlimm, dass China Doll so rumgestoßen wurde. Sie war klein, ein bisschen moppelig, aber mit ihren Mandelaugen und den glatten schwarzen Haaren immer noch hübsch.

Sie beschimpfte den Mann ein paarmal als mieses Dreckschwein, aber der hatte sich schon weggedreht, für ihn war die Sache erledigt. Schließlich rappelte sie sich auf.

«Was glotzt ihr so blöd, ihr schwarzen Mistkerle», keifte sie in die Menge. Die Leute bildeten eine Gasse, sie humpelte hindurch und verschwand um die Ecke in die 118th Street.

In diesem Moment entdeckte Sukie mich. Natürlich tat es mir leid, dass ihre Schwester so verhauen wurde, das wollte ich ihr auch gerade sagen, aber da fiel mir ein, dass sie ja wütend auf mich war. Ihr Gesichtsausdruck hatte mich daran erinnert. Sie kam auf mich zu, puterrot vor Wut, die Zähne wie ein Hund gebleckt.

Ihren Schlag hab ich nicht gespürt. Auf einmal saß auch ich auf dem Gehweg, allerdings wippte mein Hintern nicht. Ich landete direkt auf dem Steißbein, und das tat weh.

Die Menge hatte sich schon fast aufgelöst, aber jetzt kamen alle zurück, den nächsten Kampf angucken. Irgendwo über mir kicherte jemand und meinte: «Diese Maceo-Mädchen sind richtige Kampfhennen.» Damit hatte er wohl recht.

Sukie warf sich mit dem ganzen Körper auf mich drauf, sodass ich die Beine nicht mehr bewegen konnte. Ich wollte sie von mir runterwerfen, aber sie war zu schwer. Sie packte mich an den Haaren und zog, bis mir die Kopfhaut brannte.

Ich hielt Mutters drei Dollar fest in der Faust und setzte mich nach Leibeskräften zur Wehr. Mein kläglicher Widerstand ließ sie völlig kalt. Sie boxte mir weiter ins Gesicht. Blut spritzte mir aus der Nase, und ich weinte leise. Dann schlug ich wild um mich, wollte sie unbedingt abschütteln, aber sie bohrte mir die Knie in die Brust. Ein heftiger Schlag traf mich an der Kehle, und ich fing an zu röcheln.

Zum Glück hat jemand Sukie von mir weggezogen. Zuerst hab ich gar nicht gemerkt, dass der Kampf vorbei war. Mir pochte der Kiefer, und ich wusste, dass noch ein Zahn locker war. Ich wischte mir mit der Hand über die Nase, guckte auf das Blut und versuchte, meine Tränen runterzuschlucken. Ohne jemanden anzuschauen, stand ich auf, und dieses Mal machten die Leute mir Platz. Ich rannte nach Hause.

Im Flur fing ich richtig an zu flennen. «Mutter! Mutter!» Als ich in den fünften Stock kam, stand Mutter schon an der Treppe.

«Sukie hat mich verhauen, obwohl ich echt nichts gemacht hab.»

Mutter zog mich ins Bad und sagte mir, ich sollte den Kopf in den Nacken legen, bis das Nasenbluten aufhörte. Sanft wusch sie mir das Gesicht, betastete die blauen Flecken und schmierte Jod auf die Kratzer.

«Sukie hat zwei Wochen lang drauf gewartet, mich zu verhauen.»

«War Tante Hazel zu Haus?»

«Ja. Sukie hats dauernd auf mich abgesehn.» Ich gab Mutter die drei Dollar. «Ich bin nach Hause gelaufen, um den Nickel zu sparen. Kann ich den behalten?» Dass ich den Nickel vom Hinweg auch nicht ausgegeben hatte, sagte ich ihr nicht.

«Ich wollte dir wieso 'nen Nickel geben», sagte Mutter. «Hättest nicht nach Hause laufen müssen.»

«Ich hab Sukie nichts getan, Mutter. Sie triezt mich immer.»

«Du bist zwei Wochen lang vor ihr weggerannt», sagte Mutter, «aber am Ende musstest du dich doch mit ihr prügeln.»

«Ja, aber ...»

«Und in den zwei Wochen hast du immer mehr Angst vor ihr gekriegt.»

«Sie ist größer als ich.»

«Francie, wenn du keine Angst hast, sondern dich hinstellst und kämpfst, kannst du alles und jeden besiegen.»

«Aber Mutter, Daddy sagt, Damen prügeln sich nicht wie gemeines Pack mit Fäusten auf der Straße. Das hat er gesagt.»

«Man kann auf viele Weisen kämpfen, Francie, nicht nur mit Fäusten.»

«Das soll mal jemand Sukie sagen.»

Am nächsten Tag hab ich zuerst mit Sukie geredet, danach waren wir wieder beste Freundinnen. Sie hatte ihrer Mutter am Morgen einen Quarter aus der Geldbörse geklaut und wollte wissen, wie viel ich hatte.

«Nichts», murmelte ich verschämt, weil ich zu viel Angst hatte, meiner Mutter Kleingeld zu klauen. Oder vielleicht nicht Angst. Einmal, als ich einen Dime aus Mutters Handtasche genommen hatte, ist sie eine halbe Stunde auf Knien rumgerutscht und hat unterm Sofa danach gesucht und sich wegen diesem einen lausigen Dime den ganzen Tag Sorgen gemacht. Danach hab ich es einfach nicht mehr fertiggebracht, ihr was zu klauen.

Sukie kaufte zwei Karamelllutscher und gab mir einen ab. Wenn wir beste Freundinnen waren, konnte sie sehr großzügig sein, dann kaufte sie mir dasselbe wie sich selbst. Vielleicht würde ich von Daddy einen Nickel kriegen, dann könnte ich ihr morgen erzählen, ich hätte ihn aus seiner Tasche gemopst. Dann wär sie bestimmt zufrieden.

«Hol uns Gehacktes für zehn Cent und lass dir vom Metzger einen Suppenknochen geben.»

«Ja, Mutter.»

Ich war gerade aus der Schule gekommen und rannte gleich wieder runter zum Metzger. Im Laden war niemand außer Mr Morristein, der dicke Metzger, dem seine Haare so kraus waren, dass sie wie die von Schwarzen aussahen.

«Ich möchte Gehacktes für zehn Cent, und meine Mutter bittet um einen Suppenknochen.»

«Komm mal um den Tresen rum, Francine, und zeig mir, wie groß du geworden bist.»

Mit einem Seufzer schlurfte ich zum Ende vom Fleischtresen, sodass ich dabei Sägemehl vom Boden aufwirbelte. Mr Morristein mit seinem schmuddligen weißen Kittel betatschte erst meine Schulter und ließ die Hand dann nach unten wandern, um meine Brust zu kneten.

«Mei, mei. Ein großes feines Mädel wirste mir.»

Seine Stimme klang wieder so komisch, als wäre seine Zunge zu dick für seinen Mund. Ich blieb geduldig stehen, während seine Hände an meinem Körper rumfummelten. Jedes Mal, wenn ich zum Metzger kam und sonst niemand da war, musste ich für diesen Blödsinn stillstehen.

«Mr Morristein. Meine Mutter hats eilig.»

Seine Hände rubbelten mittlerweile über meine Oberschenkel, und mein Kleid war schon halb hochgeschoben. Da ging die Glocke über der Tür, Mrs Mackey kam herein und strahlte mich an.

«Wie gehts dir, Francie?»

«Gut, Mrs Mackey.»

«Ist die zweite Zahl schon raus?»

«Nein, Ma'am. Nur die beiden, die in Führung gegangen sind.»

«Hoffentlich wirds zwei null zwei. Ich hab von meinem toten Mann geträumt und auf seinen Namen gesetzt. Sag deinem Vater, er soll auf meiner Whist-Party nächste Woche Klavier spielen. Für dieses Wochenende ist er ausgebucht, nich?»

«Ich glaub schon, Mrs Mackey.»

«Hier ist dein Fleisch, Francie. Und zwei Suppenknochen geb ich deiner Mutter umsonst dazu.»

«Danke, Mr Morristein.»

Zwei Suppenknochen. Hoffentlich war Mutter beeindruckt. Ich kam an der Bäckerei vorbei, Max der Bäcker fegte draußen die Fliesen. Von ihm kriegte ich auch ein Brötchen dazu, wenn er mich antatschen konnte. Max der Bäcker sah ziemlich traurig aus. Alles an ihm, von seinem Stecknadelkopf bis zu seinen schmalen Füßchen, war zu klein geraten, und er war teigbleich, nicht dunkel wie die anderen Juden in der Straße. Sein grauer Kater kam aus der Backstube und rieb sich an seinem Bein. Ich streckte Max dem Bäcker die Zunge raus und flitzte in meinen Hausflur.

Sukie brüllte mir hinterher. «Kommste wieder runter? Los, wir gehn in den Park.»

«Ich frag meine Mutter.»

Ich rannte hoch, stemmte mich gegen die Wohnungstür, und das Schloss sprang auf.

«Mr Morristein hat uns zwei Suppenknochen gegeben», erzählte ich Mutter. «Darf ich mit Sukie in den Park?»

«Zwei Suppenknochen. Das ist das zweite Mal diese Woche, dass er uns was dazugegeben hat. Was ist bloß mit dem alten Juden los? Du darfst in den Park, aber vor sechs bist du wieder hier oben, zum Tischdecken. Hörst du?»

«Ja, Mutter.»

Es war ein herrlich warmer Tag, nicht zu heiß. Im Mt. Morris Park gingen wir hoch zum Glockenturm und sahen den Kindern unten auf dem Spielplatz zu. Ich schaukelte gern, hoch, hoch über die Baumwipfel. Wenn man mit zugekniffenen Augen durch das grüne Blättergewebe spähte, konnte man sich vorstellen, man wäre woanders. Überall, wo man sein wollte. Aber Sukie wollte nicht schaukeln gehen, deshalb waren wir hier oben, wo die Säufer auf den Bänken rumlümmelten oder einfach im Gras lagen.

Sukie ging vom Weg runter ins Gebüsch, ich hinterher. Wir kamen an eine kleine Lichtung im Dickicht, es war wie eine Höhle. Ein alter Weißer hockte am Boden und glotzte uns an. Am Kinn hatte er graue Stoppeln, der Rest von seinem Gesicht war ganz fleckig und rot. Seine Hose war starr vor Dreck. Ein paar Schritte vor ihm blieben wir stehen.

«Wollt ihr euch 'nen Nickel verdienen, Mädchen?» Er rappelte sich auf.

«Bleib, wo du bist!», befahl Sukie.

«Ach, komm schon», bettelte der Mann, ließ sich aber wieder ins Gras fallen. «Tut nicht weh. Will euch nur 'n bisschen anfassen.»

«Kein Anfassen», sagte Sukie.

«Dann nur gucken», sagte der Mann, als Sukie sich wegdrehte. «Zieht einfach euren Schlüpfer runter und lasst mich gucken.»

«Ein Nickel für jede?»

«Ein Nickel für jede.»

Der Mann warf jeder von uns ein Geldstück hin,

und wir fingen es aus der Luft, immer noch auf Abstand. Sukie hob den Rock und zog ihren Schlüpfer runter, ich machte dasselbe, guckte dem Mann dabei die ganze Zeit ins Gesicht. Seine grauen Stoppeln wurden ganz lila, und seine Zunge glitschte zwischen seinen Lippen raus und rein, wie ein kleiner Hund, wenn der Milch wegschlappt.

«Kommt her.» Er kroch auf uns zu. Wir zogen die Schlüpfer hoch und flohen durch die Hecke. Wir rannten quer über den Weg den Hügel runter und lachten und kreischten, stolperten und rollten bis nach unten. Kichernd kamen wir wieder auf die Beine und klopften uns das Gras von den Kleidern.

Ich war froh, dass Sukie diesen Pennbrüdern nie erlaubte, uns anzufassen. Es war schlimm genug, dass der Metzger und Max der Bäcker dauernd an mir rumtatschten, aber die waren wenigstens sauber. Dann gabs noch die Männer auf dem Dach, die ihre Dinger zeigten, und den Mann im Vorführsaal mit den Fummelfingern – der kleine Kahlkopf, der jetzt nicht mehr auf dem Dach war, aber mir ins Kino nachstieg.

Beim Runterrollen hatte ich meinen Nickel verloren, aber Sukie hatte ihren noch. Auf dem Weg nach Hause kaufte sie uns bei Mr Rathbone für zwei Cent Selterswasser. Das war der dicke kleine Jude im Süßwarenladen in unserer Straße, den er zusammen mit seiner Frau und seiner mondgesichtigen Tochter Rachel führte. Sie waren nett und wohnten an der 110th

Street gegenüber vom Central Park. Rachel war zwanzig und eins der hübschesten jüdischen Mädchen, die ich je gesehen hatte. Wenigstens fummelte Mr Rathbone nie an mir rum, auch Mr Lipschwitz nicht, der Klempner, der uns die alten Möbel geschenkt hatte und das Klavier.

Ich kam erst nach sechs heim, aber Mutter fiel die Verspätung nicht auf.

«Steck den Überbrücker in den Zähler», sagte sie, als ich in die Küche kam, «dann deckst du den Tisch.»

Den Überbrücker reinstecken mochte ich gar nicht, vor Strom hatte ich Angst. Mutter weichte am Doppelwaschbecken Schmutzwäsche ein. Wenn sie die Wäsche nicht gerade einweichte, dann schrubbte sie sie auf dem Brett oder hängte sie auf die Leine. Bei so viel Aufwand sollte man doch meinen, wir wären blitzsauber, aber das waren wir nicht. Jedenfalls dachte ich, wenn Mutter schon schuftet, könnte ich den Überbrücker reinstecken, also zog ich den Stuhl unter den Zählerkasten und stieg drauf. Ich holte das Metallteil aus seinem Versteck hinter dem Kasten und schob die beiden Stifte hinter die Sicherung, wie Daddy es mir gezeigt hatte. Dann stieg ich wieder runter, zog an der Lichtkette, und es wurde hell.

Seit Monaten war unser Strom abgeschaltet, weil wir nicht bezahlt hatten, deswegen hatte Daddy uns den Überbrücker gebastelt, aber den benutzten wir nur abends, wenn es dunkel wurde. Tagsüber versteckten wir den Überbrücker lieber, weil der Mann von den Elektrizitätswerken einmal im Monat zum Zählerablesen vorbeikam, und wir wussten nie, wann er vor der Tür stehen würde. Er hatte so ein Dingelchen, mit dem er den Zähler heiß laufen ließ, damit er ihn ablesen konnte, aber mit dem Überbrücker sprang der Zähler gar nicht an.

Daddy hatte erzählt, fast jeder in Harlem hatte so einen Überbrücker; schade nur, dass man nicht auch das Gas überbrücken konnte. Wenn uns das Gas abgestellt wurde, benutzten wir den Herd von Mrs Maceo oder Mrs Caldwell. Unseren benutzten sie auch manchmal, also ging das in Ordnung, aber alle sahen zu, dass das Gas nicht abgestellt wurde, und dankten Gott für die Stromzählerbrücke.

Ich fing mit dem Tischdecken an.

Junior und Sterling kamen pünktlich nach Hause, und alle waren ausnahmsweise mal gut gelaunt. Nach dem Abendessen half ich Mutter beim Spülen und trocknete ganz schnell ab, damit die Kakerlaken nichts zu essen kriegten, dann saßen wir alle im Wohnzimmer, wo wir Daddy mit dem Üben für die Feiern am Wochenende halfen.

Das Klavier von Mr Lipschwitz war richtig alt, aber Daddy hatte es gestimmt, und obwohl auf den meisten Tasten das Elfenbein weggescheuert war, klang es warm und weich. Daddy spielte nach Gehör – er konnte jedes Stück, nachdem er's einmal gehört hatte.

Junior lehnte am Klavier und sang was, das er im Radio gehört hatte. Daddy hatte die Melodie schon nach den ersten Tönen erfasst, legte einen swingenden Bass darunter und hatte prompt einen neuen Song im Re-por-tor, wie er es nannte. Sterling schrieb die Titel von den Songs auf, die ich und Junior sangen. Sterling sang so schief, dass einem die Augen tränten, genau wie Mutter, aber ich und Junior hatten eine ziemlich gute Singstimme, hoch, wenn auch bisschen schwach auf der Brust.

«Hör dir den Bass an, Süße», sagte Daddy zu mir, als er zu *Ain't Misbehavin* überging.

«Klingt wie Old Fats, hab ich recht?»

Daddy war ganz versessen darauf, wie Fats Waller zu klingen, der, wie er sagte, auf den Tasten der Größte war. Dann spielte Daddy den Blues und sang dazu:

Trouble in mind,
I'm blue,
But I won't be blue always.
The sun's gonna shine
In my back door someday.

Daddys ungeschliffene Stimme kam nicht an die hohen Töne ran, aber es lag Leidenschaft drin. Wir stimmten ein, sogar Mutter mit ihrem pieseligen Stimmchen. Sterling war so anständig, nur mitzusummen, aber selbst das klang schief.

Cold empty bed
Pains in my head
Feel like ol'Ned
Wish I was dead
What do I do
To be so black and blue?

Dann wars zehn, und Daddy machte sich auf den Weg zu den Feiern. Ich setzte mich ans Klavier und klimperte ein bisschen rum, aber es klang erbärmlich. Ich hatte einfach nicht Daddys Talent, das war ganz klar. Seit ich acht war, hatte ich immer wieder Spielen gelernt, eher mehr als weniger, obwohl Miss Jackson, meine Lehrerin in der 130th Street, nur einen Quarter pro Stunde verlangte, hatte Mutter oft kein Geld dafür. Ich fands ungerecht, dass ich nicht einfach drauflosspielen konnte wie Daddy, sondern den ganzen Firlefanz mit den Noten und das mit der blauen Donau spielen musste. Mit einer Hand klimperte ich *Stormy Weather*, dann ging ich ins Bett.

Mutter sagte, es wär 'ne Katastrophe.

Daddy sagte, so schlimm wärs nicht, und jetzt werd mal nicht gleich hysterisch.

Was passiert war, auf einer der Feiern, wo Daddy gespielt hatte, wurde vor allem in King Kong bezahlt, und weil er nicht trank, hatte er statt Trinkgeld Essen genommen. Das ganze Wochenende hatte er sich mit

Hoppin John und Chitlins und Brathuhn vollgestopft und von drei Feiern nur neun Dollar und dreißig Cent nach Hause gebracht statt dreißig Dollar wie geplant.

Mutter zitterte vor Wut. «Ich kann nicht rumsitzen und zugucken, wie diese Kinder hungern», sagte sie. «Entweder du lässt mich in die Bronx, damit ich mir einen Job suchen kann, oder wir melden uns für die Stütze an. Was anderes gibts nicht.»

Mutter zeterte weiter, bis Daddy brüllte, dass ein Mann nicht mal im eigenen Haus seinen Frieden hatte, und ja, verdammt, sollte sie doch in die Bronx gehen und sich Arbeit suchen, wenn sie unbedingt wollte.

Montagmorgen nahm Mutter die Subway zum Grand Concourse. Später hat sie mir erzählt, dass sie mit den anderen schwarzen Frauen auf dem Gehweg unter einer Markise gewartet hätte. Als eine weiße Dame mit dem Auto kam und fragte, wie viel sie pro Stunde verlangen würde, hatte Mutter fünfunddreißig Cent gesagt, und da hat sie eine Mrs Schwartz für drei halbe Tage die Woche angestellt.

VIER

Ich schob die Tür der Caldwells auf, die so gut wie nie abgeschlossen war. «Hey, Maude!», rief ich. «Biste da?»

Robert kam aus seinem Zimmer. «Musst du so rumschrein? Hier is niemand taub. Maude is im Wohnzimmer.»

«Entschuldige, Robert.» Ich ging an ihm vorbei. Er war bestimmt der fieseste Mann, der je aus der Karibik gekommen ist, besonders seit sein kostbares Auto futsch war. Ich wusste, dass er fast krepiert wäre, weil er das Auto weggeben musste. Als er noch mit Elizabeth zur Fifth Avenue gefahren war, vor der Pfändung und bevor sie zu ihrer Mutter gezogen waren, hat er uns Kinder angebrüllt wie ein Teufel, nur weil wir seine alte Chromkarosse angefasst hatten.

«Lasst mir ja eure Drecksfinger von meim Auto!», hatte er uns zusammengestaucht und einem der Jungs einen Nickel gegeben, damit wir's ja nicht anfassten. Er war ein richtig fieser Kerl, aber er sah gut aus, mit breiten Schultern und kräftigen Armen und Beinen.

Ich ging ins Wohnzimmer. Vallie, im gepunkteten Kleid, suchte irgendwas aufm Sofa und unter den Kissen. Mit seinem pummeligen Kindergesicht hätt man ihn fast für ein Mädchen halten können, wär da nicht die schmuddelige Mütze auf seinem Kopf gewesen.

«Hallo, Vallie.»

«Hi, Francie. Hey, Maude», rief er. «Weißt du, wo Ma meine Hose versteckt hat?»

«Da, wo du als Letztes suchen würdest», sagte Maude von der Feuertreppe. «Im Kleiderschrank.»

Vallie ging ins Schlafzimmer und kam mit seiner Hose wieder raus. Er schlüpfte rein und zog das Kleid rasch über den Kopf aus. Seine Mutter kam ins Zimmer. Mrs Caldwell hatte ich lieb, sie war fröhlich und nett und fett und warmherzig mit ihrem Akzent aus Westindien.

«Na, Sohn, haste deine Hose gefunden?»

«Ja, Ma.»

«Kommst heute zu einer normalen Uhrzeit nach Haus?»

«Ja, Ma.»

Mrs Caldwell seufzte. «Ich weiß nicht, was dein Vater sich gedacht hat, mir einfach wegzusterben und mich mit den ganzen Problemen alleinzulassen.»

«Ma, du machst dir nur unnötig Sorgen», sagte Vallie. «Wieso muss ich Rebeccas Kleider tragen? Willst aus mir 'ne Schwester machen oder so?»

«Besser 'ne lebendige Schwester als ein toter kleiner Junge», sagte sie, während sie Vallie den Hemdkragen richtete. «Hab ich recht, Francie?»

«Könnt hinkommen, Mrs Caldwell.»

Vallie trieb sich so oft auf der Straße herum, dass seine Mutter, wenn er dann mal zu Hause war, seine Hose versteckte und ihn zwang, in den Kleidern seiner Schwester rumzulaufen, weil sie meinte, wenn er wie ein Mädchen angezogen war, würde er ganz sicher nicht aus dem Haus schleichen.

«Wenn du wieder hochkommst», sagte Mrs Caldwell zu Vallie, «bringste mir für zwei Penny Lakritzstangen mit.»

«Na gut», sagte Vallie und hielt die Hand auf. Seine Mutter gab ihm zwei Cent. Sie mochte Lakritzstangen sehr, Mrs Caldwell.

«Francie ist hier», sagte sie zu Maude. «Komm runter von der Feuertreppe und red mit ihr.»

Maude brummte was, blieb aber, wo sie war, und als Sonny vom Dach runterrief, Vallie sollte sich gefälligst nach oben sputen, ging ich ihm einfach hinterher. Sukie war auch da.

«Hey, Mann», sagte Sonny zu Vallie. «Wieso hat das so lange gedauert? Hab dich schon drei Mal gerufen.»

«Musste meine Hose finden.»

«Francie», sagte Sonny und sah mich unter seinen schweren Lidern hervor an, «du wirst mir ja richtig groß für'n Mädchen, und ganz schön *skin-nay*.»

«Hallo, Sonny.» Wie immer fiel mir nichts Besseres ein, also wandte ich mich an Sukie. «Hi. Wo biste gewesen den ganzen Tag?»

«Wir ham doch bis vor zehn Minuten zusammen

Gummiball gespielt. Was ist mit dir? Wirste schwachsinnig oder was?»

Ich hätte sie erwürgen können. Das machte sie immer, mich vor den Jungs bloßstellen.

«Los!», sagte Sonny und rannte nach hinten. «Wir springen über die Gasse.» Am Rand vom Dach blieb er stehen und verbeugte sich. «Damen ham Vortritt.»

Ich folgte ihnen nur zögerlich, weil ich auf keinen Fall springen wollte, egal wie sehr sie mich aufzogen. Fast jeder war schon mal über die blöde Gasse gesprungen, nur ich nicht. Jedes Mal, wenn auf der Straße eine Menschenmenge auf irgendwas in der alten Gasse runterguckte, bekam ich Angst, dass James Junior oder Sterling nun doch danebengesprungen waren. Ich machte das nicht, Punkt.

Vallie zog mich immer am schlimmsten auf. Jetzt sagte er: «Ein langbeiniges Mädel braucht doch nur die Beine breit machen, die spannen sich direkt über die Gasse.»

«Wenn du da man nicht recht hast mit», stimmte Sukie zu, nahm angeberisch Anlauf und sprang aufs Nachbardach. Dann, nur um zu zeigen, wie leicht das ging, sprang sie wieder zurück.

«Na los, Francie», drängte Vallie. «Sukies Beine sind noch nicht mal so lang wie deine.»

«Lass mich in Ruh, du Mädchen», sagte ich, weil ich wusste, dass ihn das wütend machte. Nur der kleinste Mucks darüber, dass er Rebeccas Kleider trug.

Vallies Grinsen verschwand, und er stürzte sich auf mich. Als ich mich wegducken wollte, stolperte ich gegen Sonny, der mich am Arm packte.

«Soll ich sie für dich vom Dach schmeißen, Vallie?», fragte er.

Sonny war groß für sein Alter und breit wie ein Kasten, und als er mich festhielt, dachte ich kurz, dass er es ernst meinte. Vallie gab keine Antwort.

«Schmeiß rüber», sagte Sukie ruhig.

«Hört auf, mich zu ärgern», sagte ich nervös, «oder ich sags Junior.»

«Kannst niemandem nichts sagen, wennde tot bist, tot, tot», sagte Sonny, die Augen halb geschlossen.

«Ach, lass sie in Ruh», sagte Vallie.

Sonny ließ mich los, stieg über die Trennmauer aufs nächste Dach und rannte zur Tür. «Wartet kurz hier», sagte er. «Bin gleich wieder da.» Er verschwand im Haus und kam einen Moment später mit einer schwarzen Katze wieder raus, die er am Nacken festhielt. Ein Seil hing von ihr runter, und wie es aussah, hatte Sonny sie vorher am Geländer festgebunden.

«Was willst mit der Katze von deiner Grandma?», fragte Sukie.

«Wart ab.» Sonny trat an den Rand und ließ die Katze über dem Abgrund baumeln. Plötzlich öffnete er die Hand und ließ sie fallen.

Ich schrie.

«Du Scheißkerl!», brüllte Vallie. «Was soll das?»

Sonny rannte zur Tür. «Komm mit!»

Vallie ging ihm nach, ich hinterdrein, aber langsam, weil eigentlich wollte ich gar nicht. Als ich mich umdrehte, um nach Sukie Ausschau zu halten, sah ich, wie sie still ihr Mittagessen ausspuckte.

Unten im Hof lag die Katze, ganz verdreht auf einem Haufen, die Knochen gebrochen, das schwarze Fell schleimig vor Blut.

Sonny beugte sich vor und guckte sie genauer an, dann richtete er sich wieder auf. «Das Mistvieh ist tatsächlich tot.»

«Was zum Teufel hast du denn erwartet?», fragte Vallie. «Dass sie aufspringt und dich abküsst?»

«Dass das Vieh neun Leben hat, wie immer alle sagen.» Sonny wandte sich angewidert ab. «Sie haben gelogen.»

Ich fing an zu weinen.

«Alles gut, Francie», sagte Vallie und zog mich die Treppe hoch. «Sonny ist nur 'n verrückter Schwarzer. Ich hoffe, seine Grandma vermöbelt ihm den Arsch dafür, dass er ihr die Katze abgemurkst hat.»

Nach dem Frühstück am Sonntag sind Mutter und ich zur Abyssinian Church, Adam anhören. Mutter war methodistisch geboren, aber seit wir in Brooklyn wohnten, ging sie immer zur Abyssinian Church. Damals hat der Alte Mann gepredigt, Adams Vater, und ich dachte immer, mit seinen langen weißen Haaren und alles sieht der glatt aus wie Gott.

Daddy konnten wir nicht dazu bringen, mit uns in die Kirche zu gehen, obwohl er zugab, dass Adam in Harlem eine Menge Gutes getan hatte, besonders letztes Jahr, als er die Suppenküche aufgemacht und tausend Leuten pro Woche umsonst Essen gegeben hatte. Adam war auch einer der Anführer bei den Mietstreiks gewesen. Daddy hat gesagt, das wäre gut gewesen, sonst hätten sie noch viel mehr Leute auf die Straße gesetzt. Aber insgesamt wollte Daddy nichts zu tun haben mit Kirchen und Predigern.

«King James von England hat die Bibel geschrieben», sagte er immer zu Mutter, «der hat euch Negroes zu munteren Holzhauern gemacht und euch befohlen, immer brav euren Herren zu dienen, dann gibts im Himmel 'ne Belohnung. Ihr glaubt diesen Scheiß und betet seitdem einen weißen Jesus an. Wie zur Hölle hätte Gott sich aus schwarzer Erde einen weißen Mann machen solln? Darauf hätt ich gern 'ne Antwort.»

Mutter versuchte nicht mal, ihm diese Frage zu beantworten. Sie schleppte mich einfach mit zur Kirche, und manchmal schickte sie mich auch zur Mt. Olivet Sunday School an der Ecke 120th Street und Lenox Avenue. Da Daddy keinen Wert darauf legte, dass wir zur Sonntagsschule gingen, ließen James Junior und Sterling sich dort natürlich nie blicken.

An diesem Morgen war die Kirche proppevoll. Es war heiß, der Schweiß lief der Gemeinde übers Gesicht, als sie in den Chor einstimmten:

What are they doing in heaven today?
Where sin and sorrow are all washed away,
Where peace abides like a river they say,
What are they doing there now?

Bei dem Lied musste ich immer an die Toten denken, und ich fragte mich gerade, was Mr Caldwell im Himmel wohl so trieb, als die Lady neben mir drauflosbrüllte:

«Lobet Seinen Heiligen Namen. Wirke, Jesus. Wirke.»

Ich rutschte ein bisschen weg von ihr, damit niemand auf die Idee kam, ich würd zu der gehören. Als sie dann auch noch ihren fetten Leib wie so 'n Kreisel rumwirbelte, wär ich am liebsten im Erdboden versunken. Warum mussten die so zetern und brüllen? Adam stand auf, um zu predigen. Er war ein gut aussehender, großer Mann, so weiß, man hätt ihm das Schwarzsein fast nicht angesehen. Aber er hatte den Mund noch nicht aufgemacht, da brüllte die neben mir schon wieder drauflos:

«Predige Sein Heiliges Wort, Adam. Wir danken dir, Heiliger Vater, für Adam Powell Junior.» Sie war immer noch am Brüllen, als sie ruckartig die Arme ausbreitete und mich dabei fast umhaute, dann wurde sie ganz steif und sprang auf. Eine Pflegerin in Weiß kam angelaufen, nahm die Hände der Frau und bugsierte sie zurück auf die Bank. Während die Pflegerin ihr Luft zufächelte, wandte ich mich an Mutter. Sie lächelte mich an, ich lächelte zurück und rutschte näher zu ihr rüber.

Zuerst sprach Adam über Haile Selassie, der den Völkerbund gebeten hatte, ihn vor Mussolini zu beschützen, aber einfach ignoriert wurde. Dann fing er fast zu weinen an wegen dem schrecklichen Lynchmord in Florida, von dem er in der *Amsterdam News* gelesen hatte. Seine Predigt handelte von Moses, der die Israeliten aus Ägypten führte. Der Negro heutzutage, sagte Adam, würde in schlimmerer Knechtschaft gehalten und müsste sich daraus befreien.

Ich mochte Adam. Er sprach über Sachen, die wirklich passierten, und seine Predigten waren so aufregend, dass die Schwestern «Halleluja!» riefen und «Amen!» und mich damit wach hielten. Am Ende seiner Predigt fielen sie in Ohnmacht oder hüpften wie wild durch die Kirche. Als ich hinterher mit Mutter nach draußen ging, war ich froh, dass sie Adam zwar furchtbar gernhatte, aber keine war, die rumschrie.

Am nächsten Tag hämmerte ich nach der Schule an Sukies Tür, und als sie nicht reagierte, suchte ich auf der Straße nach ihr, aber da fand ich sie auch nicht. Also ging ich auf ihr Dach, was zwei Häuser weg von meinem war, und kletterte über die Feuerleiter in ihre Wohnung, die war nämlich auch ganz oben.

«Komm rein, Francie.»

«Ich hab vorhin geklopft, aber du hast nicht aufgemacht», sagte ich.

«Hab dich nicht gehört. Hab aus dem Fenster geguckt.»

«Was willste heut machen?», fragte ich. «Wenn wir Geld hätten, könnten wir ins Kino gehn.»

«Ich hab fünfzehn Cent, und du?», fragte sie.

«Nix. Aber vielleicht krieg ich 'nen Dime von meinem Vater, wenn ich ihn finde.»

«Gut, gehn wir.» Sie musste nie jemand um Erlaubnis fragen, ins Kino zu gehen, weil keiner da war. Papa Dan lag betrunken in irgendeinem Hausflur, und Mrs Maceo arbeitete als Köchin für eine Familie und kam vor neun Uhr abends nicht nach Hause.

Ich fand meinen Vater in Jockos Süßwarenladen. «Nee, keine Hausaufgaben ham wir nicht», sagte ich, und er gab mir einen Dime, und ich und Sukie gingen runter zur 116th Street.

Weil wir uns nicht zwischen dem Jewel und dem Regun Theatre entscheiden konnten, gabs Streit. Im Jewel lief ein Cowboyfilm mit meinem Liebling Ken Maynard, den ich sehen wollte. Sukie wollte «Zombies from Haiti» im Regun angucken. Ich hatte wieso nicht mit ihr streiten brauchen, weil wir gingen direkt am Jewel vorbei die Straße runter zum Regun, und ich wusste, nach dem Film könnte ich vor Angst nicht mehr schlafen.

Der kahlköpfige Weiße, der mich immer aufs Dach locken wollte und mir jetzt dauernd ins Kino nachstieg, wartete schon vor dem Jewel. Beim Vorbeigehen streckte ich ihm die Zunge raus. Er belästigte mich nur, wenn ich allein war, deswegen wusste ich, der kommt uns nicht hinterher.

Vor dem Regun lachten sechs oder sieben Leute einen Trunkenbold aus, er war schwarz und kugelrund und versuchte die ganze Zeit, geradeaus zu laufen. Wie der überhaupt aufstehen konnte, war ein Wunder. Bei jedem Schritt hatte er so Schlagseite, dass alle den Atem anhielten und warteten, bis er hinflog, und wenn er es dann doch ohne Sturz hingekriegt hatte, pfiffen sie und riefen: «Du schaffst es, Alter! Weiter so!»

Der Mann grinste sie an, glücklich, weil sie glücklich waren, tat noch einen wankenden Schritt und knallte auf den Gehweg. Einen Augenblick waren alle still, aus Angst, er hätte sich vielleicht was getan, aber da rappelte er sich wieder auf, kam langsam auf die Knie, und die Leute jubelten. Nach zwei gescheiterten Versuchen, wieder ganz auf die Beine zu kommen, fiel ihm was Besseres ein, und er kroch auf allen vieren weiter. Die Leute lachten, und er kicherte mit.

Dann kam ein weißer Polizistenpinkel angelaufen. «So, jetzt gehn wir mal schön weiter», kommandierte er, packte den Betrunkenen am Kragen und zog ihn auf die Füße. Dem dicken Männlein sackten glatt die Beine weg, er kam ins Taumeln und zog den Cop dabei auch mit runter, der dann fast auf ihm drauf landete. Die Leute lachten. Der Cop war ganz rot im Gesicht und zog dem Betrunkenen mit seinem Prügel von der Seite eins über den Schädel. Der Kugelrunde wich zurück, sackte auf die Knie und rollte sich zu einem Ball zusammen, den Kopf versteckte er zwischen den Armen. Der Bulle trat ihm in den Hintern, dann ließ er den Schlagstock auf seine Schultern runtersausen.

Ich stöhnte auf, fühlte den Schmerz. Der brauchte den nicht so verhauen, dachte ich, war doch nur 'n hilfloser alter Tippelbruder.

Da kam ein Polizeiwagen. Noch ein Cop stieg aus, und die beiden rollten den Betrunkenen an den Straßenrand, packten ihn, pfefferten ihn wie einen Sack Kartoffeln auf die Rückbank und fuhren weg.

Ein Mann murmelte: «Verdammte Cops, wenn man welche braucht, find man nie einen, aber für'n Säufer verprügeln kommse gleich angerannt.»

Der hatte recht, dachte ich. In der Woche davor hatte einer von den Ebony Earls Ärger mit einem Harlem Raider gehabt, und da war kein Cop in Sicht gewesen, bis die Jungs sich so schlimm aufgeschlitzt hatten, dass man sie ins Harlem Hospital bringen musste.

Ein anderer sagte: «Den Cop hättn wir uns schnappen müssen, den armen Teufel so zu schlagen.»

«Ja, hättn müssen», sagte eine magere Frau und verzog böse den Mund, «aber hast du 'nen Muskel bewegt, Nigger?»

«Wen nennst du hier Nigger? Ich beweg gleich 'nen Muskel und hau die Scheiße aus dir raus.»

«Ja», sagte die Frau, «das schaffst du, klar.» Mit einem Seufzen und Kopfschütteln ging sie weg.

Ich und Sukie gingen ins Regun, schoben unsere Dimes unterm Billettfenster durch und kriegten unsere Eintrittskarten. «Der Cop hatte keinen Grund, den Mann so zu verhaun», sagte ich.

«Dem hätte er den lumpigen Arsch verdreschen solln, bis er ihn nich mehr bewegen kann», sagte Sukie. «Ich hasse Säufer.» Sie war wieder giftig, einfach so, wütend und giftig. Im Foyer standen ein paar Jungs rum und guckten, was so reinkam, und als wir vorbeigingen, flüsterte einer: «Muschi, Muschi, wer lässt mich an die Muschi?»

«Deine Schwester», sagte Sukie, so bitterböse, wie sie nur sein konnte.

Sie lachten sich kaputt, entzückt, weil ihnen endlich eine geantwortet hatte. Als ich Sukie in den dunklen Gang hinterherging, hoffte ich, sie würde das mit dem Betrunkenen vergessen, damit sie nicht mehr so giftig wär. Wenn sie so war, machte es keinen Spaß mit ihr, weil man immer aufpassen musste, was man sagte. Das kleinste bisschen brachte sie zum Rasen, und dann wollte sie sich prügeln, aber ich wollte das nicht.

Mittwoch war der letzte Schultag, und ich war ganz froh über mein Zeugnis. Ich hatte viermal A, zweimal B plus und ein C wegen Zuspätkommen. Am nächsten

Nachmittag war Sterlings Abschlussfeier an der Cooper Junior High, und wir wollten alle hin, aber wer hätt gedacht, dass er Theater macht?

An dem Abend warn wir im Esszimmer, und Mutter rutschte auf den Knien vor Sterling rum, wollte ihm seine Hose hochstecken, weil sie ihm über die Schuhe reichte. Oben hing sie ihm viel zu tief am mageren Hintern runter, und die Ärmel seiner Jacke waren so lang, dass nicht mal seine Fingerspitzen rausguckten.

«Ich geh da nich hin», sagte Sterling. «Zu meinem Abschluss zieh ich den Anzug von keinem Toten nicht an.»

«Du gehst und du ziehst den Anzug an, oder du kriegst was mit dem Riemen», brüllte Daddy. «Was glaubst du, mit wem du so redest? Biste auf einmal erwachsen, dass du so mit mir und deiner Mutter reden kannst?»

Daddy hatte den Anzug aus dem Pfandhaus. Zu einem guten Preis, hat er gesagt, weil der Besitzer gestorben war und der Pfandleiher ihn zum halben Preis hergegeben hatte, wegen einem kleinen Schussloch über der rechten Brusttasche.

«Sei bloß still davon, dass du nicht zu deiner eigenen Abschlussfeier gehst, Sterling», murmelte Mutter mit dem Mund voller Stecknadeln. «Du bist der Erste in dieser Familie mit 'nem Abschluss. Hab ich nicht immer gesagt, du bist für alle von uns die Rettung? Dieser Anzug sieht doch nich übel aus, stimmts Francie? Und wenn ich den Bund enger mach und da unten umschlag ...»

Sterling war kurz vorm Heulen.

Daddys Stimme wurde weicher. «Deine Mutter kann gut nähen, Sterling. Wenn sie mit dem Anzug fertig ist, passt er dir wie angegossen. Und das Schussloch flickt sie dir auch. Als Junge hatte ich keinen Anzug, wo die Jacke zur Hose passte, erst mit einundzwanzig, und den musste ich mir selber kaufen. Wär als letzte Zahl heute 'ne Eins rausgekommen, hätt ich dir 'nen neuen Anzug kaufen können, aber so wars nicht.»

Sterling riss sich von Mutter los und zerrte an der Hose rum, bis sie ihm auf die Füße fiel. Wie er so in seinem BVD-Schlüpfer dastand, sah er nackter aus, als hätte er gar nichts angehabt. «Zu meinem Abschluss zieh ich nicht den Anzug von keinem Toten an!», brüllte er, machte einen Satz über die Hose und rannte in sein Zimmer.

Ich hätte gedacht, dass Daddy ihm nachrennt und ihn an die Wand knallt, weil Sterling, so frech er auch war, sich noch nie so gegen Daddy aufgelehnt hatte. Aber Daddy guckte Mutter nur an und zuckte die Achseln. «Morgen früh hat er sich bestimmt beruhigt, Henrietta. Mach ihm den Anzug fertig.»

Aber am Morgen war Sterling noch genauso stur wie vorher. Er guckte Daddy direkt in die Augen und meinte, er geht nicht.

Daddy hat ihm allerdings trotzdem keine Abreibung verpasst. «Es ist deine Abschlussfeier», hat er gesagt. «Mach, was du willst», und dann ist er los, die Einsätze einsammeln.

Mutter hat ein sauberes Hauskleid angezogen und ist zur Tür. «Sterling, du bleibst mir schön hier, bis ich wieder da bin», sagte sie, und weg war sie.

Ich bin Sterling hinterher in sein Zimmer. «Ich will zu deiner Abschlussfeier. Wieso musst du alles versauen?»

«Hau ab, bevor ich dir eins auf die Nase geb.» Er stieß mich aus dem Zimmer und knallte die Tür zu.

Mutter kam kurz nach zwölf mit einer großen Schachtel zurück. Sie marschierte in Sterlings Zimmer und ließ sie auf sein Bett fallen.

«Zieh das an», sagte sie, «und mach hin. Ich will einen guten Platz ganz vorn kriegen.»

In der Schachtel waren ein nagelneuer Knickerbocker-Anzug, ein weißes Hemd, eine passende Krawatte und Socken.

«Aber dazu musst du deine alten Turnschuhe tragen», entschuldige Mutter sich.

Sterling sprang auf und schloss Mutter in die Arme. Die befreite sich schnell wieder. «Mach schon, Sterling, zieh dich an, sonst kommen wir zu spät. Francie, du kommst jetzt her, ich flechte dir die Haare, und zieh deinen karierten Rock an.»

Dass Daddy reingekommen war, bemerkten wir

erst, als er sagte: «Was ist hier los? Wieso die Aufregung?»

Mutter erzählte ihm alles. «Ich bin zu Hazel in die Stadt und hab ein bisschen was geborgt, und davon hab ich Sterling einen neuen Anzug gekauft. Hatte Glück, dass heute Donnerstag ist und sie zu Hause.»

Daddys Blick wanderte von Mutter zum Anzug auf dem Bett. «Und wie zahlen wir Hazel das zurück?»

«Wie sonst auch», zischte Mutter. «Ham wir bisher nie drüber nachgedacht, brauchen wir jetzt auch nich. Kommst du mit zur Abschlussfeier?»

Daddy brauchte lange für seine Antwort. Am Ende sagte er: «Klar komm ich mit.» Dann guckte er mich an. «Francie, wann kämmst du dir endlich den Wirrkopf? Wir kommen nicht zu spät, weil wir auf dich warten müssen!»

Danach wurde der Tag gut. Sterling kriegte eine Medaille für seine guten Noten, und Daddy war so stolz, dass er doppelt so breit aussah, wo er doch schon breit genug war. Junior ist auch gekommen. Zu spät, aber immerhin.

Am Abend sind die Caldwells und Mrs Maceo zu uns gekommen, Sterlings Medaille angucken, Daddy hat Klavier gespielt, wir haben die alten Songs gesungen, und es war richtig schön.

Ich lag im Bett und war schon fast am Schlafen, als ich hörte, wie Daddy mitten in der Nacht aufgestanden ist. Kurz danach ist er halb angezogen zur

Wohnungstür geschlichen, mit dem alten Anzug vom Pfandleiher, den er in eine Papiertüte gestopft hatte, ein Ärmel hing raus.

«Wo gehst du hin, Daddy?», fragte ich. «Was machst du mit dem Anzug?»

«In den Keller geh ich damit, und da zünd ich ihn an», hat er gesagt und leise die Tür hinter sich zugemacht.

FÜNF

Es war schon nach zehn, aber zu heiß zum Schlafen, deswegen suchten wir oben auf dem Dach nach einem kühlen Luftzug. Mutter und Mrs Caldwell saßen auf der Trennmauer zwischen den beiden Dächern und plauderten mit Mrs Taylor, Sonnys Großmutter. Mrs Caldwell hatte Elizabeths Baby im Arm, ein Junge, und Lil Robert, fünf, und David, drei, spielten am Boden vor ihren Füßen.

Maude, ihre Schwester Rebecca und ich lagen auf der Dachschräge, guckten über den Rand nach unten und kauten Teer, weil das die Zähne weiß machen soll.

Rebecca war hübsch – sie hatte funkelnde Karibikaugen und einen Mund, der immer lachte. Sie war auch meine gute Freundin, obwohl Daddy eigentlich nicht wollte, dass ich mit ihr rumzog, weil sie zu alt für mich war. Sie war schon sechzehn. Daddy hatte Angst, sie würde mir was von Jungs erzählen, aber das machte sie nicht, außer Sukie machte das keiner, und die auch nicht viel. Manchmal dachte ich, ich muss wohl das dümmste Mädchen in Harlem sein.

Als ich Sonny unten über die Straße gehen sah, kriegte ich Gänsehaut. Er war sechzehn, seltsam und lächelte nie. Jedes Mal, wenn ich ihn sah, musste ich daran denken, wie er die Katze seiner Grandma vom Dach geworfen hatte.

«Rebecca, meinst du, Mrs Taylor hat Sonny mit dem Riemen verprügelt, weil er ihre Katze vom Dach geworfen hat?»

«Soll das 'n Witz sein?» Rebecca funkelte mich mit ihren Glitzeraugen an. «Der Junge kassiert nicht mal 'ne Ohrfeige, und das ist wirklich schade, weil er könnt so gut aussehen, wenn ihn mal jemand zur Vernunft prügeln würde.»

Rebecca kam gut aus mit den Jungs, klopfte Sprüche mit ihnen und machte Quatsch, auf so 'ne leichte Art, um die ich sie beneidete. Ich glaube, die Jungs mochten mich nicht besonders, aber das war mir egal, denn ich mochte sie auch nicht, und die meisten von ihnen landeten wieso in Sing-Sing, wie Daddy immer sagt, besonders dieser Sonny, dachte ich. Mrs Taylor, seine Großmutter, war allerdings nett, gemütlich und breit wie die meisten Mütter, aber mit schneeweißen Haaren.

«Ich hab mich letzten Monat für die Stütze gemeldet», erzählte sie jetzt. «Weil, ich kann echt keine Hausarbeit mehr machen. Mein Rheuma, wisst ihr.»

Mutter seufzte. «Herrje, ich würd so gern, aber mein Mann will nix davon wissen.»

«Diese Männer», sagte Mrs Caldwell und setzte das Kind auf die andere Hüfte. «Mr Caldwell war auch so einer, Gott hab ihn selig. Würd diese Kleinen hier eher verhungern sehn, als jemanden um einen Dime zu bitten. Mit Robert ist es das Gleiche.»

Mutter brummte. Ich glaube, es gefiel ihr nicht, dass Robert, der ja wieder bei Mrs Caldwell eingezogen war, so hochnäsig tat und sich sogar beschwerte, seine Schwiegermutter und ihre drei Töchter würden seine Söhne verziehen – er, der ohne Arbeit war, muss man sich mal vorstellen, während seine Frau sich in der Wäscherei abrackerte.

Erst gestern Abend hatte Mutter zu Daddy gesagt: «Wenn Robert nicht hier wohnen will, warum zieht er dann nicht weg?»

«Weil er Mrs Caldwell mit der Miete helfen muss, darum», hatte Daddy gesagt.

«Ach», sagte Mutter. «Haben sie etwa Mrs Caldwell die Möbel auf die Straße gestellt? Es ist eine Schande, wie Elizabeth nie Milch für ihre Kinder gehabt hat, aber Robert immer Benzin im Tank, damit er durch Harlem gondeln konnte, als wär er 'ne große Nummer.»

«Ein Mann muss was haben wie so 'n Auto», sagte Daddy, «damit er weiß, dass er 'n Mann ist.»

«Ich dachte, die ganzen Kinder machen hätte dafür gereicht», sagte Mutter, damit sie das letzte Wort hatte.

Jetzt erklärte Mrs Caldwell, dass es ihr egal wär, was Robert darüber dachte, sie würd sich auch für die Stütze melden, und wenn ihm das nicht passt, kann er ja aufhören, mit den ganzen Politikern rumzuziehen, und sich Arbeit suchen.

«Habt ihr das von Mrs Petrie gehört?», fragte Mrs Taylor. «Das arme Ding hat wieder 'nen Braten in der Röhre.»

Mrs Petrie war die Mutter der Zwillinge.

«Wie viel sinds dann jetzt?», fragte Mrs Caldwell.

«Neun», sagte Mutter.

«Die Katholen und denen ihre Kalendermethode, irgendwann brennt denen noch der Ofen ab, sag ich», meinte Mrs Taylor, und alle lachten.

«Was ist die Kalendermethode, Rebecca?», fragte ich.

Sie kicherte nur und zog ein albernes Gesicht, also hatte es was mit diesem Liebemachen zu tun, von dem die Erwachsenen immer flüsterten. Wie gesagt, Daddy musste sich keine Sorgen machen, dass ich was von Rebecca lernen könnte, die erzählte mir wieso nichts. Aber egal. Was auch immer diese Kalendermethode sein mochte, die Petries waren wohl Meister drin, denn sie kriegten jedes Jahr ein nigelnagelneues Baby.

Fünfvierzehn hatte endlich gewonnen, und das wurde auch Zeit.

«Da tritt mir doch einer in den Hintern», sagte Daddy. «So richtig, weil ich so 'n verdammter Idiot bin. Wenn ich nur den Dollar auf fünf vierzehn gelassen hätte, wärn wir heute Abend reiche Leute. Hab ich euch gesagt, ich setz auf die Zahl, weil Francie geträumt hatte, ein Katzenfisch hätt sie gebissen? Und dann geh ich hin, träum vorgestern Nacht von meiner Mutter und setz den Dollar auf neun neunundsechzig, weil das ist die Zahl für Tote. Da verpass mir doch einer 'nen kräftigen Tritt in den Hintern.»

Daddy saß mit dem Rücken zu den Tasten auf der Klavierbank, unseren Nachbarn zugewandt, die Gerüchte gehört hatten, dass Daddy mit einem Quarter die richtige Zahl erwischt hätte, und beim Bolita noch dazu, und alle sind hoch zu uns, beim Feiern helfen. Mutter hatte auch gewonnen, mit zehn Cent auf Zahl und dreißig Cent auf Kombination. Zusammen hatten sie ein Vermögen kassiert, hieß es, fast dreihundert Dollar.

Mrs Maceo saß im großen Sessel am Fenster und guckte mit gerunzelter Stirn ihren Mann an, der in der Ecke hing und King Kong trank, bis er rote Augen hatte. Sie schüttelte angewidert den Kopf, aber Papa Dan ignorierte sie und strahlte wie immer breit übers gelbe Gesicht.

Mrs Maceo wandte sich an Daddy. «Dasselbe ist mir letzte Woche passiert, Mr Coffin. Wisst ihr bestimmt alle noch, wie letzten Dienstag sechs zweiundvierzig rausgekommen ist. Einen ganzen Monat hab ich auf diese Zahl gesetzt, weil ich geträumt hab, ich wär wieder zu Hause in Georgia beim Süßkartoffelnpflanzen im Garten. In Madame Zoras Traumbuch steht bei

Kartoffeln sechs zweiundvierzig, und am selben Tag seh ich ein Auto mit genau der Zahl auf dem Nummernschild. Da hab ich richtig viel drauf gesetzt. Mein Geld rausgeworfen für diese dumme Zahl, einen ganzen Monat, und zwei Tage bevor sie gewinnt, hab ich's sein gelassen.»

«Ich weiß genau, was du meinst», sagte Slim Jim. «Genauso hab ich meine Zahl verpasst letzten Monat, und ich hab immer zwei Dollar drauf gesetzt.» Slim Jim arbeitete jetzt für Jocko, einige Wochen schon, seit er aus dem Gefängnis gekommen war.

Dann erzählten Mrs Taylor und alle anderen, wie sie sich auch die Gewinne versaut hatten.

Papa Dan rülpste in seiner Ecke vor sich hin, und Sukie murmelte was Unverständliches. Wir saßen mit Maude und Rebecca am Boden, aßen Eiscreme und Kuchen und tranken ein bisschen von dem Punsch, den Mutter gemacht hatte. Daddy hatte zwei Quarts Vanille und Erdbeer für uns gekauft und einen großen Krug King Kong für die Erwachsenen, obwohl er selbst nicht trank, aber außer Papa Dan und Slim Jim nahm niemand was davon. Die Frauen aßen uns den Kuchen weg.

«Was kriegst du neu?», fragte Sukie.

«Ein Paar Sonntagsschuhe und das gelbe Kleid, was ich unten bei *Woolworth's* gesehen hab.»

«Morgen wasch und glätte ich dir die Haare», sagte Rebecca, «als nachträgliches Geburtstagsgeschenk.»

«Danke dir, Rebecca.» Die Woche davor war ich zwölf geworden. Mutter hatte mir einen Dime gegeben, Daddy einen Quarter, und jetzt kriegte ich auch noch ein neues Kleid und neue Schuhe. Ich lächelte Sukie an, froh, dass wir wieder beste Freundinnen waren, aber auch ein bisschen verschämt, weil ich ihr letzte Woche meine fünfunddreißig Cent verheimlicht hatte. Was sie ihrer Mutter aus der Geldbörse stibitzte, teilte sie immer mit mir, und in diesem Moment beschloss ich, ihr so was nie wieder zu verheimlichen. Ab nächste Woche.

Die Zwillinge und ihre Eltern kamen rein, wobei Mrs Petries Bauch wie immer vor ihren Beinen da war. Jede von den Zwillingen hatte ein kleineres Kind an der Hand, ein Mädchen und ein Junge, ungefähr ein Jahr auseinander, eines hellbraun, das andere sehr schwarz. Alle Petrie-Kinder hatten verschiedene Hautfarben. Mrs Petries Haut war heller, Mr Petries Haut dunkler, und wie es aussah, wollten sie unbedingt, dass ihre Kinder alle Farben dazwischen hatten. Die Zwillinge waren rund und gelb wie Butterkugeln, und es schien sie nicht zu stören, dass sie immer ein jüngeres Geschwisterchen mit sich rumschleppen mussten. Mutter ging in die Küche und brachte jedem von ihnen einen kleinen Teller Eiscreme.

«Hör mit der Sabberei auf», sagte ein Zwilling zu ihrer kleinen Schwester und wischte ihr mit dem Handrücken den Mund ab.

«Willst du mehr Eiscreme?», fragte ich Rebecca.

«Nein, aber ich glaub, ich hol mir noch Punsch.»

Als ich hinter ihr her in die Küche kam, verstand ich, warum sie den Punsch so mochte. Die Jungs standen im Kreis um die große Spülschüssel herum, in der Mutter den Punsch gemacht hatte, und James Junior frisierte ihn mit King Kong. Sterling und Vallie sahen ihm zu, zusammen mit Sonny und ein paar anderen Jungs aus der Madison Avenue. Der große Schwarze mit den gekringelten Haaren, das ist Luke Washington, dachte ich, und der Junge, der genauso aussah wie er, wahrscheinlich sein jüngerer Bruder. Ich hatte gehört, dass die beiden zu den Ebony Earls gehörten.

Rebecca grinste Junior an. «Mr Punch Man, haste was für mich?» Sie hielt ihm den Becher hin, und Junior lächelte zurück, während er ihn in die Schüssel tauchte. Sie klopfte Sprüche mit den Jungs, stand rum und trank den Punsch, als würde sie nicht wissen, dass da King Kong drin war, und ich dachte, wenn ihre Mutter sieht, wie sie hier rumsteht und das Zeug trinkt, kriegt sie eine gepfeffert. King Kong war selbst gebrannter Gin, und Daddy sagte immer, die Negroes tun, als wissen sie nicht, dass die Prohibition vorbei ist, weil sie immer noch selbst brennen.

Ich holte mir einen Becher und gab ihn Junior, und er machte ihn voll, aber da sagte der alte Sterling: «Und was soll das hier werden?»

«Ich hol mir ein bisschen Punsch. Wonach sieht es denn aus?»

Er zeigte auf den Milcheimer auf der Spüle, wo einfacher Punsch drin war. «Trink den da», sagte er, nahm mir den Becher weg und schüttete alles zurück in die Schüssel.

«Dann will ich keinen», sagte ich.

Rebecca rauchte einen von den Halmen, aus denen wir auf dem Spielplatz Körbe machten, und gab ihn weiter an die anderen. Ich hatte auch schon Halme geraucht, aber vor Sterling traute ich mich nicht. Der war der seltsamste Bruder, den ein Mädchen haben konnte, immer schrie er mich an und boxte mich, wenn ich ihn wütend machte, aber nie ließ er mich Spaß haben.

«Deine Schwester wird groß, Sterling», sagte Sonny, dem eine Zigarette von den Lippen hing. «Musst sie auch mal einen Schluck trinken lassen.»

Alle sahen mich an, und ich kam mir dumm vor und war wütend auf Sterling, weil er mich vor allen wie ein Kleinkind behandelt hatte.

«So groß isse nicht.»

«Aber bald reif», sagte Vallie. «Francie, unser Früchtchen Isbaldreif.» Alle lachten, aber Sonny, der mich unter seinen halb geschlossenen Lidern hervor ansah, trieb mich endgültig aus der Küche, zurück ins Wohnzimmer.

Elizabeth saß auf dem Sofa und guckte sehnsüchtig

zur Tür. Daddy hatte ihr gerade gesagt, sie wär schön wie eine schwarze Königin vom Nil, und das stimmte auch. Ihre Augen strahlten, und sie lachte, dass man ihre Grübchen sah. Sie war die Hübscheste von den Caldwell-Mädchen, und lieb war sie auch. Wieder guckte sie zur Tür – bestimmt hoffte sie, ihr Mann Robert würde von der Arbeit heimkehren und noch rüberkommen. Aber auch wenn er von der Arbeit zurück wär, würde er nicht rüberkommen, das wusste ich. Er hatte mit keinem von uns groß was zu tun, obwohl er die ganze Zeit mit Daddy durchs Wohnzimmerfenster über die Scottsboro Boys redete und über Äthiopien und so Sachen. Robert mochte niemand außer Daddy, und wohl auch Elizabeth.

Mr Edwards, unser trauriger Hausmeister, hockte auf der Sofalehne, die sowieso schon wackelig war, und redete mit Elizabeth, die ihn bald zum Lachen brachte. Darüber war ich froh, weil Mr Edwards nicht mehr viel lachte, seit er letztes Jahr seine Frau verloren hatte.

Es ist wohl anders, wenn einem ein geliebter Mensch wegstirbt, so wie letztes Jahr, als wir Mr Caldwell begraben haben. Alle haben geweint, aber Mrs Caldwell hat sich gut gehalten, bis sie auf dem Friedhof Erde auf seinen Sarg geschmissen haben. Da hat sie geheult wie am Spieß. Aber danach konnten wir über Mr Caldwell reden und über seine lustigen Sitten aus der Karibik lachen, darüber, wie er seine Kinder ausgesperrt hat, wenn sie abends nicht pünktlich nach Hause gekommen sind.

Aber so war es nicht, als Mr Edwards seine Frau verloren hat. Er hat sie nämlich nicht in echt verloren, sie hat ihn verlassen, ist einfach eines Nachts aus ihrer Dreizimmerwohnung hinter der Treppe abgehauen. Sein Cousin Gabriel, der aus New Orleans angereist war, um ihm zu helfen, bis er wieder auf die Beine kommt, war auch weg. Seit damals sagen alle, wie traurig das ist, weil Mr Edwards ist so ein guter Mann und alles, auch wenn er zwanzig Jahre älter war als Mrs Edwards und es besser wissen sollte, als eine Hellschwarze zu heiraten, so eine heißblütige Kreolin aus New Orleans. Es war wie eine ewige Beerdigung, alle machten mitleidige Geräusche, wenn sie Mr Edwards sahen, aber niemand sprach den Namen seiner Frau aus, und er war so zusammengeschrumpft, dass seine Haut jetzt an ihm runterhing wie eine Decke. Ich mochte Mr Edwards. Wenn er mich für ihn zum Einkaufen schickte, gab er mir immer einen Dime. Er war nett, deswegen war ich froh, dass Elizabeth ihn mal zum Lachen gebracht hatte.

Als Daddy sich ans Klavier setzte, kamen alle aus der Küche und drängten sich in die Mitte vom Zimmer, um den Lindy Hop zu tanzen. Dann spielte Daddy Foxtrott, und die Erwachsenen tanzten. Alle hatten richtig Spaß, sogar Papa Dan, der an der Wand runtergerutscht war und jetzt in seiner Ecke leise schnarchte.

Als alle weg waren, saßen Mutter und Daddy am Küchentisch und zählten ihr Geld, das konnten sie schon im Schlaf. Aber an diesem Abend waren sie anders als sonst, da war was Weiches, wie sie sich ansahen, mit den Augen, und dann lächelten.

Bevor ich schlafen ging, zog ich das Sofa nicht mal von der Wand weg, so froh war ich. Sollten sie doch beißen. Jeder, sogar Blutsauger, durfte mal was abkriegen.

Wir lebten wie die Maden im Speck, vorbei wars mit Pökelfleisch, das man die ganze Nacht einweichen musste, damit das Salz raus war, und dann den Sud und die Haut aufbewahren, um damit wochenlang Bohnen und das Gemüse zu würzen. Niemand musste mich lange bitten, diese köstlichen Koteletts mit Soße zu essen und Putenbraten, den Daddy mit seinem geheimen Geechee-Rezept füllte. Daddy war ein famoser Koch, wenn er ein paar Zutaten hatte. Das war er im Krieg gewesen, Koch bei der Navy.

Es war schön, wie in alten Zeiten. James Junior und Sterling kamen jeden Abend zum Essen nach Hause, wir saßen alle am Esstisch, danach spielten wir Dame oder sangen mit Daddy am Klavier oder schnappten frische Luft auf dem Dach, und Daddy knallte keine Türen mehr und fluchte nicht mehr so viel.

Er zahlte die zwei noch fälligen Monatsmieten, und Mutter schleppte uns alle in die Stadt zu *Klein's*, wo wir Schulkleidung und jeder zwei Paar Schuhe kriegten – ein Paar Sonntagsschuhe und Turnschuhe für alltags – und ich kriegte das gelbe Rüschenkleid aus dem Untergeschoss von *Woolworth's*.

Ich hatte sogar wieder Musikstunden bei Miss Jackson, aber nur zwei Wochen, weil dann standen wir wieder da, wo wir vorher waren, als wär der große Gewinn nie gewesen. Ich glaube sogar, wir waren danach ärmer dran. Weil wir nämlich so fett im Speck gelebt hatten, fanden wir das Knapsen und Knausern jetzt besonders schlimm. Es dauerte nicht lang, bis uns alles um die Ohren flog.

An dem Samstag war Mutter auf der Arbeit und Daddy schon auf seiner Runde. Ich stand in der Küche und machte zum Frühstück Maisgrütze mit getrockneten Heringen für zehn Cent, mit Fischsoße gestreckt. Heringe fand ich so widerlich, dass ich mir auf der Stelle schwor, wenn ich mal groß war, würd ich nie wieder einen Hering angucken. Mutters Soße war cremig, aber meine war wie Brei, und die Grütze hatte Klumpen drin. Junior aß still sein Frühstück, aber Sterling musste natürlich rummeckern.

Er guckte mich finster an und schob seinen Teller weg. «Dieser Fraß ist nich mal für die Schweine gut», sagte er.

«So ein Schwein wie du!», brüllte ich.

«Nenn mich noch mal Schwein, und du landest auf dem Hintern.»

«Du bist ein Schwein.»

Er verpasste mir eine Ohrfeige.

«Lass sie in Ruhe», sagte James Junior.

«Immer haut er mich wegen nichts.» Ich fing an zu weinen.

Sterling stampfte mit seinem Schuhputzkasten davon. James Junior sah zu, dass ich mir die Nase putzte, und versprach mir einen Nickel, wenn ich das Weinen sein lassen würde. Also ließ ich es sein, und er ging auch. Ich würde ihn den ganzen Tag nicht mehr zu sehen kriegen, das wusste ich. Jetzt, wo Mutter auf der Arbeit war, blieb Junior noch öfter weg als vorher.

Ich war noch in der Küche und ließ den Reis fürs Abendessen anbrennen, als sich zwei Cops in Zivilkleidung gegen die Tür stemmten und einfach reinkamen, weil Daddy das kaputte Schloss nie repariert hatte.

Als ich ins Wohnzimmer kam, schnüffelten sie schon rum, als hätte sie jemand reingebeten. Ich wusste sofort, dass es Polizisten waren. Der Ältere war ein bulliger, übergroßer Mann, dem wie bei 'ner Bulldogge die Backen wabbelten. Der Jüngere war nervös und bewegte sich hektisch wie ein Vogel.

«Wo versteckt dein alter Herr die Tippscheine?», fragte Mister Bulldogge, während er die Schubladen der Anrichte rauszog.

Ich hatte solche Angst, dass ich kein Wort rausbrachte, deswegen schüttelte ich nur den Kopf.

Bulldogge zog die Schublade ganz raus und stellte sie auf den Tisch. Der Jüngere kramte darin herum, schob dabei Mutters Nähtasche und die alten Stoffreste beiseite, die sie aufhob, um sie an den Lumpensammler zu verkaufen. Als er die Schublade wieder reinschieben wollte, verkeilte sie sich. Ich heulte fast laut auf. Dann verpasste er ihr einen Stoß, und sie ging zu.

Sie durchsuchten alle anderen Schubladen auf dieselbe Weise, dann ging Bulldogge in die Küche und knallte mit den Töpfen und Pfannen im Schrank herum.

Da hörte ich Daddy die Treppe hochkommen und rannte zur Tür. «Komm nicht rein, die Cops sind da!», rief ich.

Bulldogge brüllte: «Schnapp sie dir!»

Der junge Cop hob mich hoch. Ich schrie und trat um mich, zielte auf seine Weichteile, wie Mutter immer gesagt hatte, dass ich's tun soll, wenn ein Mann mir blöd kommt.

Daddy trat durch die Tür. Mit einem langen Schritt war er neben dem Cop. Er packte mich und schubste gleichzeitig den Cop weg.

«Hat er dir was getan?», fragte Daddy.

Ich schüttelte den Kopf. Er stellte mich ab und richtete sich auf.

«Keine Bewegung», sagte Bulldogge. Er hielt Daddy eine Waffe vor die Brust.

«Haben Sie eine amtliche Erlaubnis, mir so die Wohnung durcheinanderzubringen?», fragte Daddy. «Und hören Sie auf, mit der Waffe rumzufuchteln. Ich hau nicht ab. Sie erschrecken meine Kleine zu Tode.»

Bulldogge steckte seine Waffe wieder ins Schulterhalfter. «Keine Erlaubnis brauch ich nicht», sagte er. «Jetzt gib mir deine Scheine und komm schön brav mit.»

«Sie haben keine Erlaubnis», sagte Daddy stur.

«Filz ihn», befahl Bulldogge dem Jüngeren, der vorsichtig auf Daddy zuging und seine Taschen durchsuchte. Er zog einen Umschlag hervor. Herrje, ich dachte, die sperren Daddy weg, tief unters Gefängnis. Der Cop machte den Umschlag auf und zog eine noch offene Gasrechnung raus.

«Die einzige Wohnung, wo wir keinen Tippschein finden, ist das Haus vom Einsammler», sagte Bulldogge. «Sonst ist keiner so vorsichtig.» Er wippte auf seinen Schuhen nach hinten. «Aber ich sag dir, was ich jetzt tu. Ich nehm dich mit wegen Angriff und Körperverletzung, weil du meinen Kollegen hier so gestoßen hast. Auf gehts!»

Mittlerweile weinte ich laut.

«Schsch», machte Daddy. «Du bist jetzt ein großes Mädchen und weißt, was zu tun ist.»

Ich nickte. Er meinte, dass ich, wenn er weg war, die Scheine zu Jocko runterbringen und ihm sagen musste, dass Daddy festgenommen wurde. Er gab mir einen Dollar für ein bisschen Fleisch zum Abendessen, ging zur Tür raus und die beiden Polizisten hinterher.

Ich rannte ins Wohnzimmer und kletterte auf die Feuertreppe. Unten hatte sich eine Menschenmenge versammelt. Die Cops stießen Daddy zu einem blauen Auto am Straßenrand. Ich sah dem Auto nach, bis es an der 116th Street um die Ecke verschwand, und rief unter Tränen: «Daddy! Daddy!»

Ich zog immer noch die Nase hoch, als ich die Scheine aus der Anrichte runter zu Jocko brachte und ihm erzählte, dass die Cops Daddy hatten.

Mutter und ich tranken am Esstisch Tee, ganz still und traurig, als Daddy um zehn an diesem Abend zurückkam. Sterling war in seinem Zimmer, aber Junior hatte sich nicht blicken lassen, seit er am Morgen aus dem Haus gegangen war, und das machte Daddy mehr Sorgen als die Verhaftung.

«Verdammte Cops», murmelte er, als er sich auf den Stuhl fallen ließ. Sie hatten bei ihm keine Scheine gefunden, als er nach oben gekommen war, weil Mr Edwards ihn auf dem Treppenabsatz getroffen und ihn gewarnt hatte, dass zwei fremde Weiße im Haus rumlungerten. Alle in Harlem hielten nach den Bullen Ausschau – es hieß, man könnte sie an ihren Plattfüßen erkennen.

«Ich dachte, das Syndikat zahlt denen so viel, dass so was nicht passiert», sagte Mutter.

«Es gab 'nen Patzer beim Bezahlen», erklärte Daddy, «deswegen haben die Cops ein paar Leute mitgenommen, damit alle sehen, wer der Boss ist. Die großen Jungs haben sie nicht angerührt, nur ein paar kleine Laufburschen wie mich. Wenn die bei den Straßenlotterien richtig aufräumen wollten, hätten sie sich Dutch Schultz geholt.»

«Vielleicht machst du jetzt besser Schluss mit dem Einsammeln, bevor noch Schlimmeres passiert», sagte Mutter.

Daddy war bedrückt. «Das Schlimmere ist schon passiert. Jocko meint, mein Fall kommt nicht vor Gericht. Aber sie kennen mich jetzt. Fingerabdrücke und alles.» Er sah Mutter an und schüttelte traurig den Kopf. «Wie soll ich James Junior jetzt an die Kandare nehmen, wenn ich bei der Polizei bekannt bin?»

Langes Schweigen. Irgendwann räusperte sich Mutter und sagte: «Tut mir leid, dass das passiert ist, weil … na, ich muss es dir ja irgendwann sagen, dann mach ich's am besten gleich.»

«Was?»

«Wenns nur ich und du wärn, täts mich nicht kümmern. Wir würden uns schon durchmauscheln. Aber ich kann nicht mal genug Essen für die Kinder zusammenkratzen. Bei uns kommt jetzt kein Geld mehr rein, nur die paar Pennys von Mrs Schwartz. Und in letzter Zeit hast du deine Kommission gleich wieder eingesetzt.»

«Und? Ich setz mein Geld wieder ein. Machst du da etwa nicht mit?»

«Doch, mach ich schon. Aber wenn meine zwei Cent gewinnen, so wie letzte Woche, geht mein ganzes Geld dafür drauf, deine Schulden bei Jocko zu bezahlen.»

«Schon gut, schon gut. Ich geb dir deine verdammten zwölf Dollar schon noch zurück.»

«Darum gehts nicht, Adam. Es kommt nichts Regelmäßiges rein, wodrauf ich mich verlassen kann.»

«Ich versuch doch nur, wieder einen dicken Gewinn zu angeln, wie 's letzte Mal», sagte Daddy. «Deine mickrigen zwei Cent reichen nicht. Neun sechsunddreißig hätte heut fast gewonnen, da hatte ich zwei Dollar drauf. Lieber Herrgott, ich hatte so gebetet, dass die letzte Zahl eine Sechs sein würde, und dann kommt 'ne verdammte Neun raus. Fast hätten wir uns zwölfhundert Dollar geangelt, Liebling. Mehr versuch ich nicht. Bloß einen Volltreffer landen.»

«Wir können nicht warten, bis du einen Volltreffer landest», sagte Mutter mit wackeliger Stimme. Sie holte tief Luft und redete so schnell, als hätte sie die Wörter auswendig gelernt. «Ich bin gestern zur Fürsorge und hab einen Antrag ausgefüllt. Die Sozialarbeiterin kommt Montag mit dir reden.»

Daddy sprang überraschend schnell auf die Füße.

Die Muskeln an seinem Hals zogen sich zusammen, und er klappte den Mund auf, aber da kam nichts raus. Er sah aus wie erwürgt.

Mutter jammerte, als würde es ihr wehtun, ihn so zu sehen. «Dein Stolz wird diese Kinder nicht satt machen», sagte sie leise.

O lieber Gott, dachte ich, als Daddy die Hand hob, er will sie schlagen, das hatte er noch nie getan. Aber er nahm nur meine Tasse und schleuderte sie mit voller Wucht an die Wand.

Als sie in Tausende Scherben zersprang, brüllte er: «Ich bin ein gottverdammter Mann. Warum kannst du das nicht verstehn?»

Ich jammerte, aber Mutter rührte sich nicht. Dann war Daddy weg, die Tür knallte hinter ihm zu.

Die Wände vom Zimmer fielen auf mich drauf. Ich musste hier raus. Als ich aufsprang und zur Tür rannte, kam Sterling aus seinem Zimmer, und als ich die Treppe runterstürzte, hörte ich ihn oben rufen, ich soll zurückkommen.

Ich bin immer weitergerannt, bis ich an der 115th Street war, und da bin ich nur stehen geblieben, um Luft zu holen. Erst jetzt merkte ich, dass mein Gesicht vom Weinen ganz nass war.

An der 114th Street stand ein Straßenredner oben auf einer Leiter, eine kleine amerikanische Flagge war in eine Sprosse geklemmt, er quatschte auf eine kleine Menge ein. Der Mann war einer aus der Karibik, dunkelschwarz und kurz, und sein Gesicht war vom Schwitzen ganz lila.

«Gott hat euch schwarz geschaffen, das war kein Fehler», rief der Redner. «Das hat schon Marcus Garvey gesagt, und die Zeiten haben sich nicht geändert. Immer noch brauchen wir unser eigenes Land. Schwarze sollten nicht ermutigt werden, im Land der Weißen zu leben. Wollt ihr für immer Sklaven bleiben?» Er funkelte die Menge an, die gleichgültig zurückglotzte.

Ich zog weiter. Diese Straßenredner waren meistens aus der Karibik und verrückt, dachte ich. Wer bitte wollte zurück nach Afrika? Hatten wir hier nicht schon genug Ärger? Ein berittener Polizist kam herbei und brüllte der Menge zu, sie sollte sich auflösen.

An der nächsten Straße wimmelte es von Puerto Ricanern, die auf Spanisch palaverten, als wärs Mittag statt Mitternacht. Es war deprimierend, wie wenn man eine andere Welt betrat, wo man nicht versteht, was die anderen reden.

Ich lief zur 110th Street und guckte rüber zum Central Park, wo in den Wolkenkratzern Lichter blinkten. Das war auch eine andere Welt, die ganzen Lichter da drüben und dieser unheimliche Park davor. Aber das war wieso egal, was hatte ich von diesen Lichtern? Schwarze durften bestimmt nicht in diese großen Häuser rein, wetten?

Ich drehte mich um und machte mich auf den Heimweg, langsam, weil es mir egal war, wann ich ankam. Die ganze Zeit hab ich nach ihm gesucht, in jedem schwarzen und braunen Gesicht, aber gar nicht gewusst, dass ich das machte. Daddy, Daddy, wo bist du? Und als ich zu Hause ankam, wusste ich, dass er dort auch nicht sein würde.

 War er auch nicht.

SECHS

Am Sonntag entdeckte ich gleich morgens im Bad Blut in meinem Schlüpfer. Zuerst hab ich es nur ungläubig angeguckt, dann hab ich losgeschrien: «Mutter, Mutter! Ich blute.»

Mutter kam angerannt. «Krakeel hier nicht so rum, Francie. Du wirsts überleben. Das ist nur deine erste Periode. Warte, ich hol dir einen sauberen Lumpen.»

Dass man mit zwölf jeden Monat zu bluten anfängt, hatte ich schon gehört, aber keiner wollte mir Genaueres verraten, deswegen hatte ich es wieder vergessen. Aber jetzt musste Mutter endlich mit der Sprache rausrücken.

Sie kam mit einem abgerissenen Stück Laken und zwei Sicherheitsnadeln zurück. Den Stoff faltete sie zu einer Einlage zusammen, schob sie mir zwischen die Beine und befestigte sie mit den Nadeln an meinem Unterhemd.

«Dann muss ich dir wohl auch einen Büstenhalter besorgen», sagte sie.

Ich reckte stolz die Brust vor. Mir war schon aufgefallen, dass ich nicht mehr so platt war.

«Francie, das heißt, du wirst erwachsen.»

«Ja, Mutter.» Ich guckte sie an und wartete.

Unsere Blicke trafen sich. «Das heißt ...» Sie zögerte. Dann sah sie weg und sagte mit zackiger Stimme: «Das heißt, lass keine Jungs Blödsinn mit dir machen.»

«Ja, Mutter.»

«Diese Einlage wechselst du alle paar Stunden. Im Schrank liegt ein altes Laken, davon reiße ich dir ein paar Streifen ab. Verstanden?»

«Ja, Mutter.»

Dann war sie weg, und ich verstand nicht mehr über meine Periode als vorher. Was hatte Blödsinn mit den Jungs damit zu tun?

An diesem Abend waren alle zu Hause, wir saßen im Wohnzimmer rum. Junior und Sterling spielten Dame, Daddy spielte Klavier.

Mutter nähte an einem Mantel aus dem neunzehnten Jahrhundert rum, den ihr die jüdische Lady für mich mitgegeben hatte. Er hatte Keulenärmel, so alt war der, nie im Leben würde ich den anziehen, das hatte ich geschworen. Mutter sagte, es wär gute Wolle, und sie hätte ein Stück Fell aus der Truhe – abgetrennt von einem aufgetragenen Paradestück –, das wollte sie mir an den Kragen nähen. Dieser verlauste Fellkragen sollte das alte Ding glamouröser machen? Meine Proteste waren laut, aber zwecklos. Wir wussten alle, wenn der Wind erst um die Ecken unserer Straßen pfiff, wäre ich froh, dass dieser Mantel mir den Hintern warm hielt.

Plötzlich wirbelte Daddy auf seinem Klavierhocker

herum. «Hört mal alle zu», sagte er. «Die Frau von der Stütze wird euch morgen alle aushorchen, damit wir was kriegen. Wegen so was muss sich keiner schämen. Überall in diesem Land kommen die Leute auf den Hund, wie wir auch, und ... na, was ich sagen will, vergesst nie, wo ihr herkommt.»

Als Sterling aufstöhnte, warf Daddy ihm einen finsteren Blick zu. Wir wussten alle, was folgen würde. Daddy würde uns wieder von Ur-Urgroßmutter Yoruba erzählen. Diese alte Geschichte hatten wir schon zigmal gehört, und ehrlich gesagt glaubte sie keiner von uns, nicht mal Mutter.

Ich wollte ihr zuzwinkern wie sonst auch immer, wenn Daddy von Yoruba anfing, aber sie guckte Daddy jetzt mit so was wie Traurigkeit an. Da wusste ich, dass es kein guter Zeitpunkt war, um zu zwinkern und über Daddys alte Geschichten zu lachen.

«Eure Ur-Urgroßmutter Yoruba war die einzige Tochter von Danakil, dem Stammeskönig von Madagaskar», fing Daddy an.

«Vor wie vielen Urs war das?», fragte Sterling.

Auf so eine Frage reagierte Daddy eigentlich immer mit langen und breiten Erklärungen, wer wen gezeugt hatte, bis wir alle lachten und uns köstlich über unsere emsigen Vorfahren amüsierten, die sich mit dem Kinderzeugen wohl richtig gut auskannten. Aber heute war ihm nicht zum Lachen zumute.

«Um genau zu sein», sagte er, «war sie die Mutter

meiner Großmutter, kannst du dir also selbst ausrechnen.»

Die Geschichte ging so: Danakil hatte Yoruba mit einer Truhe voller Gold ausgestattet und zur Erziehung nach England verschickt.

Richard Sommers, Sohn eines Plantagenbesitzers aus Charleston, war zu dieser Zeit gerade auf Geschäftsreise in England unterwegs und verliebte sich Hals über Kopf in die wunderschöne Yoruba. Er heiratete sie und brachte sie mit sich nach Hause. Yoruba war eine stolze Amazone, die sich nicht von der Geringschätzung ihrer Schwiegereltern kleinmachen ließ. Sie und Richard kauften (mit Yorubas Gold) eine Reismühle in Charleston, und sie schenkte ihm vier Kinder. Als Richard starb, begruben ihn die weißen Sommers nicht mal auf ihrem Familienfriedhof, auch mit seiner nicht weißen Familie wollten sie nichts zu tun haben. Aber die Mühle, ja, die haben sie gleich übernommen, und die wirft da unten noch immer stattliche Gewinne ab.

«Damit will ich euch sagen, dass ihr stolz sein sollt», erklärte Daddy, «weil ihr Yorubas Kinder seid. Das hat uns unsere Mutter unten im Süden immer gesagt. ‹Lasst euch von keinem Knallkopf nichts sagen›, hat sie uns immer eingeschärft, ‹ihr seid kein würdeloser Dreck, ihr seid Yorubas Kinder.›»

Daddys Stimme wurde leiser, als hätte er seinen Text vergessen. Die Stille lastete schwer auf uns.

«Erzähl uns von deinem Vater, Daddy», sagte ich, um die gedrückte Stimmung aufzulockern.

Daddy reagierte, aber seine Stimme klang müde. Der Vater von seinem Vater war ein geflohener Sklave, der sieben Jahre lang in den Sümpfen nur Wurzeln und Beeren gegessen hatte; vielleicht hat ihm seine Frau ab und zu mal Essen aus dem großen Haus geschmuggelt, das weiß ich nicht, auf jeden Fall hat er auch eine Frau gehabt, weil die nämlich einen kleinen Jungen gekriegt hat, gerade als der Bürgerkrieg ausgebrochen ist. Jedenfalls wollten sie eines Nachts mit ein paar anderen Sklaven in einem Ruderboot auf die Unionsseite abhauen. Gerade als sie an den Feinden am Ufer vorbeigeglitten sind, hat der Kleine angefangen zu weinen. Seine Mutter hat ihn tüchtig gewiegt und auf seinen winzigen Rücken geklopft und ihm das Gesichtchen geküsst, aber er hat weiter geheult.

«Schmeiß das Kind über Bord», hat der Anführer vom Ruderboot gesagt, «es bringt uns allen den Tod.»

Der Kleine hat laut gebrüllt. Verzweifelt hat die Mutter ihr Kleid aufgerissen und ihrem Kind die Brust in den Mund gestopft. Der Junge hat gegluckst und gespien, dann war Ruh. Das Boot ist an den Posten der Konföderierten vorbeigeglitten, und die Sklaven sind auf der Seite der Union angelandet.

Der kleine Junge, Daddys Vater, wurde als Erwachsener Kapitän eines Fischerboots. Aber er ist in einem

Hurrikan vor dem Hafen von Charleston mit seinem Boot gekentert und zusammen mit seiner achtköpfigen Mannschaft ertrunken. Ihre Leichen wurden nie gefunden.

«Dein Großvater war ein furchtloser Kapitän, der mit seinem Schiff untergegangen ist», sagte Daddy jetzt mit kräftiger Stimme. «Sieh zu, dass du das nie vergisst. Es wird nicht immer so bleiben, und wenn bessere Zeiten kommen, musst du bereit sein, die Gelegenheit beim Schopf zu packen. Deswegen wollen ich und deine Mutter dich in der Schule behalten, damit du eine gute Ausbildung kriegst. Unten im Süden sind wir beide nur bis zur Fünften gekommen, aber hier im Norden habt ihr bessere Möglichkeiten. James Junior, hörst du mir zu?»

«Ja, Daddy, ich hör dir zu.»

Daddy sah ihn böse an. «Was ist mir da über Sonny zu Ohren gekommen, er hat ins Klassenzimmer gepinkelt kurz vor Schulende? Habe ich gerade erst gehört.»

«Er hat die Lehrerin gefragt, ob er aus dem Klassenzimmer gehen darf», sagte Junior, «aber sie hat Nein gesagt, also ...»

«Also ist er aufgestanden und hat einfach in die Ecke gepisst?»

Junior kicherte. «Ja, Daddy, genau das hat er gemacht.»

«Diese Jungs sind so wild, die Lehrerin verbringt

fast die ganze Zeit damit, die Ordnung zu wahren», sagte Sterling und guckte Junior dabei mit gerunzelter Stirn an, als wär das ganze Durcheinander seine Schuld. Junior hörte auf zu kichern.

Daddy schüttelte missmutig den Kopf. «Ihr solltet euch lieber auf die Zukunft vorbereiten, das kann ich euch nur dringend raten. Die bessere Zeit kommt, aber ihr seid nicht bereit.»

«Hört auf euren Vater», sagte Mutter.

«Mach ich doch», sagte ich. «Ich geh gern in die Schule.»

«Du bist ein Mädchen», sagte Sterling, der sich auf einmal mit Junior verbündete. «Du hast doch keine Ahnung.»

«Und ob!»

«Schluss», unterbrach Daddy, «das reicht jetzt. Ich wollte euch nur sagen, dass ihr stolz sein könnt auf eure Herkunft.» Leiser fügte er hinzu: «Wegen der Stütze muss sich keiner schämen.»

Sie war 'ne Hellschwarze, Anfang zwanzig, hatte den Busen ganz oben, und ich hasste sie sofort. Sie hielt sich für schlau. Nicht nur Sozialarbeiterin war sie, sie sang auch im Abyssinian Baptist Chor.

Man hatte uns beigebracht, Erwachsenen gegenüber höflich zu sein, aber Miss Peters hockte einfach in unserm Wohnzimmer und redete meine Eltern mit ihren Vornamen an, was mich richtig gallig machte.

«Hast du eine Versicherung, Adam?», fragte sie Daddy.

«Metropolitan Life für uns alle», antwortete Daddy.

«Und welche Rate zahlst du da?»

«Zehn Cent pro Woche.»

«Hast du sonst noch eine Versicherung?»

«Ich habe eine Ausbildungsversicherung für alle Kinder», sagte Daddy stolz. «Tausend Dollar fürs College. Hab ich am Tag ihrer Geburt abgeschlossen.»

«Die wirst du verkaufen müssen.»

«Ich soll was?»

Miss Peters trug ihre Brille vorn auf der Nase. Die setzte sie jetzt ab und glotzte Daddy an, als würde er sie so besser verstehen.

«Die Lebensversicherung kannst du behalten, Adam, aber die Ausbildungsversicherungen haben einen Gegenwert. Die musst du auflösen und dir das Geld auszahlen lassen. Du kannst nicht erwarten, dass wir dich unterstützen, wenn du Vermögenswerte besitzt.»

Sie klemmte sich die Brille wieder auf die Nase. Daddy wollte protestieren, aber sie unterbrach ihn einfach mit einer neuen Frage.

Ein paar Minuten später war sie weg, und Daddy brüllte: «Das ist nicht ihr gottverdammtes Geld, was sie da verteilt! Das ist nicht ihr Geld! Und so eine singt in deinem Kirchenchor.» Er sah Mutter gequält an. «Benehmen sich so Christen? Gott sei Dank bin ich Atheist.»

«Deine Mutter würde sich im Grab umdrehen, wenn sie wüsste, wie du unseren Herrn beleidigst», sagte Mutter.

«Dann kann sie sich umdrehen, bis Gabriel in sein Horn stößt. Und wechsel du mir ja nicht das Thema. Ich verkauf keine Versicherungen, hörst du? Ich verkauf die nicht.»

Aber Daddy hat sie verkauft, und mal kurz kriegten wir auch Stütze, nach der ersten gewonnenen Schlacht im langen Krieg gegen die ach so hochheilige Miss Peters, die wir prompt Madame Queen nannten.

Papa Dan war tot. Er hatte die ganze Nacht betrunken hinter der Treppe gelegen und sich schließlich eine Lungenentzündung geholt. Er starb so schnell im Harlem Hospital, dass nur Mrs Maceo ihn vorher noch zu sehen kriegte, und meine Mutter, die sie begleitet hat.

Aber zur Trauerfeier im neuen Beerdigungsinstitut neben dem Lebensmittelgeschäft sind alle gekommen. Die Klappstühle in dem kleinen Laden waren voll besetzt. Zuerst meinte Sukie, sie würde nicht hingehen, aber ihre Mutter hat ihr gedroht, noch ein Widerwort und sie stößt sie gleich zu ihrem Daddy ins Grab, das sie für ihn gebuddelt hatten.

Auf der Trauerfeier saß ich mit Mutter und Daddy ein paar Reihen hinter Sukie, und als der Pastor an die Stelle kam, wo er unseren geliebten, nun von uns gegangenen Bruder einen ergebenen Ehemann und

Vater nannte, dachte ich, Sukie wär vor lauter Kummer verrückt geworden, so laut hat sie geschluchzt.

«Ihm wird der Lohn der Gerechten zuteil», sagte der Pastor mit zittriger Stimme, «ein guter Mensch, ein guter Mensch.»

Sukie heulte so laut, dass man ihn fast nicht hören konnte, und mit ihrem ganzen Gezeter steckte sie die anderen an, die lauthals zu jammern und kreischen begannen, sogar ich.

China Doll und ihre Mutter lagen sich in den Armen und sprachen zum ersten Mal seit Jahren wieder miteinander, weswegen die arme Sukie nur noch doller weinen musste, und alle anderen auch. Es war eine richtig gute Beerdigung.

Rebecca wollte nicht hingehen. Es war ihr peinlich, mit der Einkaufstasche voller Almosen von der Fürsorge gesehen zu werden, Trockenpflaumen, Butter und Blechbüchsenpampe.

«Lass uns früh am Morgen hingehen», sagte sie zu mir.

«Die machen vor neun nicht auf, Becky.»

«Dann stellen wir uns vor die Tür, Francie. Ich sag dir, was wir tun. Ich lad dich morgen Abend ins Kino ein. Ken Maynard spielt. Frag deine Mutter, ob du gehen darfst.»

Wir unterhielten uns durchs Esszimmerfenster. Es war zu heiß zum Schlafen, und wir waren gerade vom Dach gekommen. Es war nach zwölf, aber mitternachts wars genauso stickig wie mittags. Ich ging vom Fenster weg ins Wohnzimmer, wo Mutter saß.

«Mutter, kann ich morgen Abend mit Becky ins Kino?»

«Francie, komm, lass uns dein Bett von der Wand wegziehen, damit du reinkriechen kannst. Wie soll ich wissen, was du morgen Abend machen kannst? Frag deinen Vater, wenn er kommt.»

«Wo ist er denn?»

«Beim Poker wahrscheinlich.» Sie murmelte noch was dazu. Letzte Woche hatten sie sich gestritten, weil Daddy jeden Abend so spät vom Kartenspielen nach Hause kam. Daddy behauptete, er würde fast immer gewinnen, was sie denn zu nörgeln hätte. Mutter sagte, sie hätte noch nichts davon gesehen, und bei Gott, würden sie nicht jeden Dime brauchen, den sie kriegen könnten, statt alles fürs Kartenspiel rauszuwerfen.

Ich wollte Daddy eigentlich nicht um Erlaubnis fragen, mit Rebecca ins Kino zu gehen, weil er immer meinte, ich wär zu jung, um mit ihr rumzuziehen, deswegen fragte ich Mutter noch mal, und dieses Mal sagte sie Ja, aber jetzt husch ins Bett.

Am nächsten Morgen standen Becky und ich ganz vorn in der Schlange bei der Fürsorge, und da wusste ich, warum sie mich ins Kino eingeladen hatte. Wir waren auf dem Heimweg, und Becky marschierte vor mir her, mit der Nase in der Luft wünschte sie jedem

Guten Morgen, als wär sie eine Königin bei der Parade. Ich folgte ihr in gebührendem Abstand, mit der Nase fast am Boden, weil ich ihre schwere Einkaufstasche schleppen musste und meine noch dazu. Die Blechbüchsenpampe wog eine Tonne.

Becky blieb an der 119th Street stehen, um mit drei Jungs zu sprechen, die verdächtig früh vor einem Hauseingang hockten. Ich blieb auch stehen, stellte die Einkaufstaschen ab und wischte mir die schwitzigen Handflächen ab. Rebecca warf mir einen bösen Blick zu, also raffte ich die schweren Taschen zusammen und wankte weiter.

«Morgen, Becky», sagte ich, als ich an ihr vorbeikam.

«Hallo, Francie. Wo warste denn so früh?»

Ohne auf die Antwort zu warten, drehte sie sich wieder zu den Jungs um, und alle brachen in Gelächter aus. Ich schleppte mich weiter. Teufel, das Kino war dieser ganze Scheißdreck nicht wert.

Als ich in unserem Aufgang angekommen war, kam Becky angerannt und nahm mir ihre Einkaufstasche ab.

«Hättest nicht so tun brauchen, wie wenn du mich kaum kennst», nörgelte ich, während wir gemeinsam die Treppe hochgingen.

«Sei nicht albern. Ich hab doch mit dir geredet, oder etwa nicht?»

«Gehn wir noch ins Kino heut Abend?»

«Vielleicht. Dieser Duke, mit dem ich grad geredet hab, wollte wissen, ob ich mit ihm ins *Rennie* geh. Da gibts heute Abend 'nen Barn Dance.»

«Becky. Du hasts mir versprochen!»

«Okay, wir gehen früh, um drei, vielleicht lässt Mama mich dann noch tanzen gehen. Halt Wache, wenn ich über die Dächer steig.»

Wir gingen die letzten Stufen hoch, durch die Tür zum Dach, und ich hielt Wache, während sie über die Trennmauer zwischen unseren Häusern stieg und ihre Tür aufzog.

«Halt dich um drei bereit», sagte sie. «Und wenn du vorher zu mir kommst, mach ich dir Locken.»

«Ich komm vorher», rief ich, als sie in der Tür verschwand. Die Becky war richtig geschickt mit dem Lockenstab. Ich war froh, dass sie meine Freundin war. War mir egal, was Daddy sagte.

Ich trug die Einkaufstasche in die Küche, und als Mutter die Lebensmittel aufs Abtropfbrett stellte, beguckte sie das Büchsenfleisch in seinem lustigen gelben Papier mit harten Augen. Ich wusste, was sie dachte – mit was für einem Rezept sollte sie das dieses Mal retten?

Auf den Büchsen stand «Feinstes Rindfleisch», aber in Harlem schworen alle, dass es Pferdefleisch war, und egal, ob unsere Mütter es aufschnitten, im Ofen schmorten, im Eintopf kochten, niemand wollte den Fraß, den wir Blechbüchsenpampe nannten.

Mrs Maceo hatte sich ein Rezept aus den Südstaaten ausgedacht und das Fleisch in Fett ausgebacken, aber ihre Familie stach nicht mal die Kruste auf. Mrs Caldwell verwandelte es mit Kochbananen zu einer karibischen Spezialität, aber ihre Kinder meinten, es schmeckt eklig. Meine Mutter schob es mit Tomaten und grünen Paprikaschoten in den Ofen, aber keiner von uns rührte es an, außer Daddy, den wir zum Scherz menschliche Mülltonne nannten. Irgendwann verloren unsere Mütter das Interesse daran, ihre tollen Rezepte auszutauschen, und die Blechbüchsenpampe stapelte sich bei allen im Schrank, so viel davon, dass sich die Regale bogen.

Rebecca ging an dem Nachmittag doch nicht mit mir ins Kino. Ihre Mutter hat sie gefragt, ob sie den Verstand verloren hätte, entweder Kino oder Barn Dance. Natürlich hat Becky sich für den Barn Dance entschieden, aber sie hat mir einen Dime für die Vorstellung gegeben, und deswegen war ich nicht wütend auf sie. Weil ich den ganzen Tag auf Becky gewartet hatte, schaffte ich es gerade noch rechtzeitig vor fünf Uhr ins Kino, bevor die Preise hochgehen.

Keine zehn Minuten war ich drin, als der fette kleine Weiße mit der Glatze, der mich immer aufs Dach locken wollte, neben mir in den Sitz glitt. Ich musste kichern. Er war wohl ganz verrückt auf Western. Fast jedes Mal, wenn ich allein in die Vorstellung ging, setzte er sich neben mich, drückte mir einen Dime in die Hand und befummelte mich unter meinem Rock. Nie sagten wir ein Wort zueinander, er gab mir nur das Geld und fing an zu fummeln.

Ich hab aber immer aufgepasst, dass er mir nicht zu weit in den Schlüpfer griff. Wenn er die Hand unters Schlüpferbein schob und mir zu nah kam, rutschte ich mit dem Po zur Seite, und er musste wieder von vorn anfangen, oder ich wechselte den Platz.

Aber dieses Mal war ich wohl zu tief in den Film versunken, weil ich ihn fast vergessen hatte. Ken Maynard war mir der Liebste. Er und seine Ranger hatten gerade einen ganzen Indianerstamm niedergemetzelt, um dieses Mädchen zu retten, das Maynard gernhatte, und jetzt, im Mondschein, war er kurz davor, sie auf seine liebe, schüchterne Art zu küssen.

In meinem Bauch kribbelte es. Erst da bemerkte ich, dass dieser fette Wicht mir die Finger ganz reingesteckt hatte. Da unten pochte es wie unter einer Trommel. Ich wand mich. Meine Beine gingen weiter auseinander und sein Finger schob sich tiefer rein. Es war, als drängten sich meine Eingeweide ihm entgegen. Ich stöhnte. Ich gab nach, mein ganzes Inneres bäumte sich auf, diesem Punkt entgegen, wo seine Finger mich zum Schmelzen brachten. Mein Gott. Ich brannte lichterloh.

Da kam seine Hand an einen Nerv, und mich durchfuhr ein scharfer Schmerz. Ich ließ die Beine zuschnappen und klemmte dabei seine Finger ein. Mit aller Kraft zog ich seine Hand zwischen den Beinen raus und schlug sie weg von mir. Ich sprang auf und taumelte durch den Gang auf die Straße.

Mit diesem seltsamen Pochen zwischen den Beinen hastete ich die 116th entlang. Es war nass da unten. Ich spürte, wie es sich in meinem Schlüpfer sammelte. An der Fifth Avenue bog ich ab und rannte nach Hause.

Meine Mutter war im Schlafzimmer und plauderte durchs Fenster mit Mrs Caldwell. Ich schlich auf Zehenspitzen ins Bad und zog mir mit zitternden Fingern den Schlüpfer runter. Es war tatsächlich nass. Schleimig. Mutter würde mich umbringen. Ich zog den Schlüpfer aus und tupfte mit einem nassen Waschlappen an dem Schleim herum.

Wieso hatte ich ein solches Gefühl gekriegt? Dieser Mann stieg mir dauernd nach, weil er wusste, dass er mir so ein Gefühl machen konnte. Beim Gedanken daran, dass ich die Beine breit gemacht hatte, schämte ich mich in Grund und Boden. So benahmen sich die Mädchen in *Wahre Geständnisse*, und mit denen nahm es immer ein schlimmes Ende. Wenn ich las, wie sie rumknutschten und Schweinereien machten, kriegte ich da unten auch immer so ein Kribbeln – deswegen las ich das Zeug ja –, aber das war nichts gegen das, was ich gefühlt hab, als der Mann mich befummelte. Wenn Mutter diesen schmutzigen Schlüpfer sah, würde sie wissen, dass ich was Schlimmes gemacht hatte, und dann würde sie mich mit dem dicken Ende vom Rasierriemen verhauen.

Immer doller schrubbte ich an meinem Schlüpfer rum. Ich hatte Angst, man könnte mir meine Schande irgendwie ansehen. Und da kam mir ein blöder Gedanke: Vielleicht werden so Babys gemacht. In meinem Kopf wirbelte alles durcheinander, aber ich riss mich zusammen. Natürlich wusste ich genau, dass man ficken musste, um ein Baby zu machen. Sukie hatte gesagt, die stecken ihr Ding in dich rein. Das fand ich so widerlich und schmutzig, dass ich auf der Stelle beschloss, keinem Mann nie zu erlauben, mir sein Ding reinzustecken.

Als ich an diesem Abend im Bett lag, konnte ich nicht schlafen. Ich kratzte und zerquetschte massenhaft Bettwanzen und gab mich meinem neuesten Tagtraum hin.

Ich stand oben auf dem Treppenabsatz, und er kam auf seinem mächtigen weißen Ross die Fifth Avenue entlanggaloppiert. Ken Maynard. Ich rannte auf die Straße, und ohne langsamer zu werden, beugte er sich zu mir herab, hob mich in die Arme und setzte mich hinter sich auf den Sattel. In diesem Traum warf ich einen letzten Blick auf den Glockenturm im Mt. Morris Park, dann ritten wir aus Harlem hinaus in den Sonnenuntergang.

Kurz vorm Einschlafen krampfte sich mir bei dem Gedanken an die Hand dieses Mannes in mir drin wieder der Magen zusammen, und ich fragte mich traurig, ob es mit mir auch ein schlimmes Ende nehmen würde.

SIEBEN

Nach dem Labor Day gingen wir wieder zur Schule, Sterling und ich jedenfalls, James Junior ging wieder Schwänzen. Sterling war jetzt auf der Highschool in der Innenstadt und beschwerte sich, weil die weißen Kinder besser angezogen waren als er und lange Hosen hatten, während er noch in seinen Knickerbockern rumlief. Daddy sagte, hätte er mal den schönen Anzug mit der langen Hose aus dem Pfandhaus behalten, weil Gott weiß, wann er sich wieder einen leisten könnte.

Wir hatten überhaupt kein Geld, so sah es aus. Wenn der Scheck mit der Stütze kam, brachten wir ihn direkt rüber zu Mr Burnett, dem karibischstämmigen Lebensmittelverkäufer, und zahlten unsere Schulden. Damit war das Geld weg, sodass wir gleich am nächsten Tag wieder bei ihm anschreiben lassen mussten. Daddy sagte, so kommen wir nie auf einen grünen Zweig.

Es war so, dass ich gar nicht mehr rüberwollte zu Mr Burnett, weil seine Frau dich nämlich schief anguckt, wenn du dir die Taschen mit Lebensmitteln vollpackst und dann statt Geld nur dein Schuldenheft auf den Tisch legst. Und denen ihre hochnäsige

Tochter Yolanda war noch schlimmer. So schlimm, dass Rebecca und ich keinen Fuß mehr in den Laden setzen wollten und sie sogar anfing zu weinen, wenn ihre Mutter sie hinschickte, um was auf Pump zu kaufen.

Ich war gerade in der Küche beim Erbsenschälen, als Mutter mir eine Liste von Besorgungen für Mr Burnett und dazu das Schuldenheft in die Hand drückte. Da hab ich versucht, einen auf Rebecca zu machen, hab 'nen Flunsch gezogen und gesagt, ich will nicht gehen. Mutter guckte mich an, als hätte ich sie nicht mehr alle.

«Riskier hier keine dicke Lippe, Francie. Nimm das Heft mit rüber und hol die Sachen, oder du kriegst das dicke Ende vom Riemen auf den Hintern, bis er Blasen schlägt.»

«Ja, Mutter.»

«Und hol mir drei Kaiserbrötchen vom Bäcker.» Sie gab mir einen Nickel.

Ich hastete zwar zur Tür raus, setzte mich aber auf den vierten Treppenabsatz, weil ich drüber nachdenken musste, wie schlimm alles geworden war. Gestern hatte ich zum ersten Mal im Leben mit dem dicken Ende vom Riemen Dresche gekriegt, und heute drohte Mutter mir schon wieder Schläge damit an. Ich hatte so dringend einen Nickel gebraucht, dass ich Mr Edwards gestern selbst darum gebeten hatte, es ihm also von mir aus vorgeschlagen hatte. Er hatte mir zwar einen Dime gegeben, mich aber gleich bei Mutter verpetzt, als die von der Arbeit nach Hause kam.

Kaum war sie in der Wohnung, hat sie fuchsteufelswild gerufen: «Hol mir den Rasierriemen!» Weil keiner da war außer sie und ich, hatte ich ziemlich Schiss, dass sie mich so um den Riemen bittet.

«Willst mich verdreschen?», fragte ich. «Was hab ich denn gemacht?»

«Wie oft muss ich dir noch sagen, Francie, wenn jemand was für dich hat, gibt er's dir von selber, da musst du nich für betteln. Hol mir den Riemen.»

Mr Edwards, dachte ich. Dieser Mistkerl hatte mich verraten. Ich ging ins Bad, um den Riemen zu holen, gab ihn Mutter und wich zurück.

«Ich hab ihn nur um 'nen Nickel gebeten, Mutter, und es war ja nicht so, als hätt ich 'nen Fremden gefragt.» Sie kam auf mich zu, und ich sah entsetzt, dass sie den Riemen in der Hand hatte. «Prügelst du mich mit dem dicken Ende?» Fassungslos wich ich so hastig zurück, dass ich einen Stuhl umhaute.

Mutter war auf hundertachtzig. «Ich jag dich durch das Zimmer», sagte sie, packte mich, zerrte mich ins Schlafzimmer und schmiss mich aufs Bett. Übers Knie konnte sie mich nicht mehr legen, dafür waren meine Beine zu lang, also kniete sie sich halb auf meinen Rücken, zog mir mit einer Hand den Schlüpfer runter und ließ mit der anderen den Riemen runtersausen.

«Ich habs dir schon tausendmal gesagt, und ich sags dir nicht noch mal. Du bettelst keinen an.»

Jedes Wort wurde mit einem Peitschenhieb auf meinen nackten Hintern unterstrichen, und bei jedem Hieb blieb ein Striemen zurück und ich schrie laut auf, bis ich heiser war.

«Du. Bettelst. Keinen. An.»

Mutter schlug mich so lange, bis ihr Arm müde war.

Ich hatte Mr Edwards um den Nickel gebeten, damit ich mir für fünfzehn Cent bei *Father Divine's* was zum Essen kaufen konnte, weil zu Hause hatte es nur aufgewärmten Kohl gegeben, und der hatte schon am Tag davor nicht geschmeckt. Sonst gabs nur Blechbüchsenpampe, und niemand, der noch richtig tickte, würde diesen Fraß anrühren. Mit Mr Edwards' Geld bin ich jedenfalls in die 130th Street und hab mir eins von Fathers köstlichen Brathühnern geholt. Himmel, was war das wunderbar.

Father Divine's war unten in einer Kellerwohnung. Ich zahlte meine fünfzehn Cent an der Tür und setzte mich an einen runden Tisch mitten im Zimmer voller Männer, Frauen und Kinder, die alle schweigend aßen. Manche waren Anhänger von Father – was ich an ihren Krausköpfen erkennen konnte –, andere hatten einfach Hunger wie ich.

Einer von Fathers Engeln, eine riesige Schwarze in einem Laken, brachte mir aus der Küche einen Teller voll goldbrauner Hähnchenteile. Sie zeigte mit dem

Kopf zum Tisch, wo Brot und Gemüse standen, was hieß, dass ich mich bedienen sollte. Statt ein Tischgebet zu sagen, musste man Fathers heiligen Namen lobpreisen, deswegen sagte ich zu meinem Tischnachbarn: «Father Divine ist Gott, könnten Sie mir bitte mal die Augenbohnen rübergeben?»

Als ich mit dem Essen fertig war, lief ich am Mt. Morris Park entlang nach Hause. Ich mochte das Essen bei *Father Divine's*, für nur fünfzehn Cent kriegte man genug zum Sattwerden, aber ich musste immer allein hingehen. Niemand wollte mitkommen, nicht Sukie, nicht Rebecca, nicht mal Maude. Sie fanden die krausköpfigen Engel peinlich, die sich ihr Haar nicht glätteten und weiße Laken als Robe trugen und sich Beloved Theresa oder Sweet Morning Glory nannten, nachdem sie sich Fathers Königreich angeschlossen hatten.

Nein, dachte ich jetzt, als ich wieder aufstand und runterging zum Laden, das Essen war die Prügel dicke wert gewesen.

Rebecca saß auf der Treppe vor unserem Haus und redete mit Duke aus der 119th Street. Er war ein zerlumpter schwarzer Junge, und ich wusste nicht, was Rebecca in ihm sah.

«Ich muss nie mehr zu Mr Burnett gehn», prahlte sie. «Hab meiner Mutter heute Morgen gesagt, dass ich nicht geh.»

«Hat sie dir eine gescheuert?», fragte ich.

«Nein, sie hat Maude geschickt.»

Maude war irgendwie unheimlich. Was ich meine, sie kriegte nicht gleich wegen irgendwelcher Sachen 'ne Wut im Bauch wie Rebecca und ich. Nun ging Maude immer mit mir, Blechbüchsenpampe und Trockenpflaumen von der Fürsorge holen und zur Kirche an der 121th Street, wo wir Brot vom Vortag für fünf Cent pro Laib kriegten.

Ich bin erst zum Bäcker und hab mir gewünscht, ich hätte auch eine jüngere Schwester, die ich zum Lebensmittelladen schicken könnte.

«Drei Mohnbrötchen», sagte ich zu Max, der hinter seinem hohen Tresen stand. Er war so klein, dass sein Stecknadelkopf gerade so oben rausragte. Ich guckte die Zimtteilchen an und wünschte mir, ich hätte einen Nickel, um mir ein paar zu kaufen.

Als Max merkte, wie ich sie anguckte, schob er mir die Tüte mit den Brötchen rüber und sagte: «Willst ein Zimtteilchen, Francie?»

«Hab kein Geld nicht mehr», sagte ich, während ich ihm den Nickel für die Brötchen gab.

Er steckte ein Zimtteilchen in die Tüte. «Komm kurz nach hinten», sagte er.

«Nein, danke», sagte ich. «Ich muss für meine Mutter zum Lebensmittelladen.»

Da zog er das Teilchen wieder raus.

Geizkragen, dachte ich, als ich über die Straße schlich, mit jedem Schritt wollte ich weniger weitergehen. Max hätte mir ein Teilchen geben müssen fürs Gratisgrapschen am Abend davor. Ich hatte mit den Zwillingen und Sukie *Ringolevio* gespielt und mich in der Telefonkabine in der Bäckerei von Max versteckt. Er ist mit dem Besen angekommen und hat getan, als würde er vor der Kabine fegen, und bevor ich da wieder rauskonnte, hat er so mal eben richtig hingelangt.

Eine Gruppe Jungs kam die Straße runter, und bevor ich noch was tun konnte, blieben die doch ausgerechnet vor dem Lebensmittelladen stehen, um ihre Faxen zu machen. Kann man so viel Pech haben? Wenn ich die sehe, wird mir so elend, dass ich immer auf die andere Straßenseite geh, damit ich nicht an ihnen vorbeimuss. Aber heute würde ich ihnen nicht entkommen.

«Skeebopadee, dieser Hungerhaken ist für mich», krakeelte der Schwärzeste aus dem Haufen.

Ich nahm meinen Mut zusammen, guckte stur geradeaus und ging an ihnen vorbei.

«Besorgst du's mir, besorg ich's dir», rief ein anderer Junge. «Ich red vom Liebemachen.» Er vollführte einen Stepptanz und streckte mir seinen Bauch entgegen, was die anderen Jungs zum Grölen brachte.

Ich floh in den Laden, aber mein Pech war noch nicht vorbei. Hinter dem Tresen stand nämlich nicht Mr Burnett, das lustige Kerlchen aus der Karibik, sondern seine fette gelbe Frau. Yolanda, neun, hellhäutig und plump wie ihre Mutter, mit langen geflochtenen

Zöpfen, die ihr hinten über den Rücken hingen, saß auf einem hohen Stuhl neben dem Reissack.

«Hallo, Mrs Burnett. Hallo, Yolanda.»

Beide brummten nur. «Drei Pfund Reis», las ich von der Liste ab, und als Mrs Burnett zu dem für fünf Cent pro Pfund ging, sagte ich schnell: «Drei Pfund für zehn Cent.» Wieder brummte sie etwas und nahm den billigeren Reis. «Getrocknete Heringe für zehn Cent.»

«Die kosten fünfzehn Cent das Pfund.»

«Meine Mutter möchte nur für zehn Cent.» Das flüsterte ich fast.

Sie warf die Heringe auf die Waage und hatte sie schon wieder runtergezogen, bevor ich sehen konnte, wie viel sie wogen. Ich las den Rest von der Liste ab und guckte zu, wie Mrs Burnett die Preise auf eine große Papiertüte kritzelte und zusammenzählte.

«Macht zwei Dollar neunundneunzig.»

Ich holte tief Luft und hielt ihr das Schuldenheft hin. Es kam mir vor, als hätte ich's ihr ewig hingehalten, und sie guckts an, als hätte sie's noch nie gesehen, wie albern. Wo sie's doch fast jeden Tag zu sehen kriegt.

«Wann kommt der Scheck von der Stütze?», fragte sie.

«Am Ersten vom Monat, Mrs Burnett.» Sie hat genau gewusst, dass es der Erste war. Sie hats gewusst, ich habs gewusst. Endlich nimmt sie das Heft, brummt was vor sich hin, schreibt die Summe rein und klatscht mir das Ding oben auf die Lebensmittel drauf. Dann schiebt sie mir die Tasche hin, und ich nehm sie vom Tresen.

Die ganze Zeit brennt mir Yolanda mit ihren schwarzen Knopfaugen ein Loch in den Rücken. Sie hat nie mit uns anderen gespielt, und ich weiß gar nicht, warum sie mir oder Rebecca so auf die Nerven geht. Sie war ja erst neun, fast zehn, aber so wie sie da auf ihrem hohen Stuhl hockte, stumm und hochnäsig, kams mir vor, als wärs nicht nur ihr Laden, sondern ihre Welt, und für mich gäbs darin keinen Platz.

Uns von unserem Lebensmittelladen abhängig zu machen reichte Madame Queen allerdings noch nicht. Als sie das nächste Mal kontrollieren kommt, behauptet sie, Daddy verdient bestimmt noch irgendwo was dazu, weil wir mehr für Miete und Essen bezahlen als die Stütze, die wir kriegen. Recht hat sie gehabt. Vom Wetten brachte Daddy kaum was nach Hause, aber Mutter arbeitete immer noch dreieinhalb Tage für Mrs Schwartz, und Sterling brachte vom Schuheputzen auch mal ein paar Kröten mit.

«Ich arbeite nicht, Miss Peters», sagte Daddy. «Wie oft muss ich Ihnen das noch erklären?» Er stand aufrecht und stolz vor ihr, guckte auf sie runter, wo sie an unserem Esstisch saß und ihre Papiere und Zahlen vor sich ausgebreitet hatte. Ich hoffte, ihre Brille würden ihr die Nase abkneifen.

«Arbeitet sonst noch jemand in deinem Haushalt, Adam?»

«Nein.»

«Dann verstehe ich nicht, wie du deine Miete und Essen und die Gasrechnung bezahlst.»

«Wir sehn eben zu, wie's geht, Miss Peters.»

«Aber wo bekommst du das Geld her, wenn niemand arbeitet?»

«Kriegen wir eben.»

«Dann bringt also jemand zusätzlich Geld ins Haus?»

«Nein, Miss Peters. Wir haben keinen Dime außer dem, was wir von Ihnen kriegen.»

Das ging noch zehn Minuten so weiter, und am liebsten hätte ich diesem Gelbgesicht eine Ohrfeige verpasst, weil sie Daddy so bedrängte.

Als sie endlich weg war, sagte Daddy müde: «Die geben dir nicht genug zum Leben, also musst du dir was dazuverdienen, aber das wollen sie dir dann gleich wieder von der Stütze abziehen. Was denken die eigentlich, wie wir leben sollen? Hab ich dir nicht gesagt, du sollst dich nicht auf diese Leute einlassen?» Aber ausnahmsweise schrie er nicht, er war wohl zu müde, um wütend zu sein.

Ich war oben bei Maude gewesen, *Jacks* spielen, und wollte jetzt nach Hause, aber es war zu dunkel, um übers Dach zu gehen, deswegen kam ich die Treppe runtergerannt, als ich auf einmal vor Sonny stand.

«Hallo, Sonny.»

«Hallo, Francie.»

Langsam ging ich die letzten Stufen runter.

«Los, komm», sagte Sonny, tänzelte herum und zielte mit der Faust auf mein Kinn, «lass uns boxen.»

Ich hob zum Schutz schnell die Hände und wich zurück. Aber da waren wir schon im Schatten hinter der Treppe, Sonny beugte sich über mich und zog mir das Kleid hoch.

«Ich will nicht mehr boxen», sagte ich. «Ich will nach Hause.»

«Ich stecke ihn dir nur kurz rein, Francie.» Dann war da auf einmal sein nacktes Fleisch, heiß und nass und hart, an meinem Schenkel. «Mach die Beine breit, Francie.»

«Nein.» Plötzlich hatte ich Angst. Ich wollte mich an ihm vorbeischieben, aber er stieß mich mit einem Arm gegen die Wand.

«Es tut nicht weh, Francie.» Er rieb sich an mir, eine Hand unterm Schlüpferbein, die andere an meiner Hüfte, wo er versuchte, mich auszuziehen.

«Nein. Ich will nicht.»

Jetzt war ich panisch, hielt mir mit beiden Händen den Schlüpfer fest, der sich aber trotzdem langsam runterschob, weil Sonny mir sein Ding gegen den Bauch bohrte und versuchte, es mir von oben in den Schlüpfer zu schieben.

Ich ließ kurz ab, um zu Atem zu kommen. Als mir der Schlüpfer fast in die Kniekehlen gerutscht wär, kam ich von ihm los und zog ihn wieder hoch. Aber da hatte Sonny mich schon wieder gepackt.

Plötzlich kam jemand singend die Treppe runter. Ich hielt den Atem an, Sonny hörte auf zu zappeln, wir warteten darauf, dass die Tür zufiel. Stattdessen wurde das Singen lauter. Ich erkannte Vallies Stimme, bevor ich sah, dass er auf die dunkle Ecke unter der Treppe zuging. Er hatte eins von Rebeccas Baumwollkleidern an und zog darunter seine Knickerbocker hoch. Das Kleid streifte er ab und knüllte es zusammen. Jetzt kam er pfeifend näher.

Sonny knöpfte sich hektisch die Hose zu, so schnell, dass er ins Fummeln kam, und ich zog mein Kleid wieder runter.

«Hände höher», rief Sonny auf einmal und stellte sich in Kampfpose vor mir auf. Vor lauter Angst stand ich einfach starr da.

«Wer ist da hinten?», fragte Vallie.

Sonny tänzelte wie ein Schattenboxer ins Licht. «Ich und Francie», sagte er. «Ich hab ihr gerade Joe Louis seinen Powerpunch gezeigt. Zack.» Sonny täuschte eine Gerade auf Vallies Kinn an. Vallie duckte sich weg. Sonny lachte und schattenboxte zum Hausflur raus. Die Tür knallte hinter ihm zu.

Als ich auf Vallie zuging, guckte ich überall hin, nur nicht in sein Gesicht.

«Was warst du da hinter der Treppe mit Sonny zugange?», fragte er.

«Was?»

«Hat er dich rangenommen?»

«Spinnst du jetzt?»

«Was warst du mit dem zugange?»

«Wir warn am Boxen.»

«So heißt das jetzt, hm?»

«Ich hab nichts gemacht. Und will auch nie was machen.» Ich fing an zu weinen.

«O Francie. Tut mir leid. Ich wollte nicht … Francie, bitte. Nicht weinen.»

Er trocknete mir mit dem Kleid das Gesicht, dann gab er mir einen Kuss auf die Backe. Ich bewegte mich nicht, und da berührten sich unsere Lippen ganz kurz, aber mit festem Druck.

«Wieder gut?»

Ich nickte. «Ich hab nichts gemacht mit Sonny. Ehrlich, ich schwörs.»

«Ich glaub dir, Francie. Aber lass dich von dem nicht mehr in dunkle Ecken drängen. Der will dir nichts Gutes. Verstanden?»

«Verstanden, Vallie.»

Wir gingen raus, rüber zu meinem Haus, und er begleitete mich bis nach oben an meine Tür. Ich hoffte drauf, dass er mich noch mal auf den Mund küssen würde, das hatte mir gefallen, aber das tat er nicht. Ich blieb stehen, bis er die Treppe runtergepoltert war, dann ging ich rein.

Am nächsten Nachmittag gingen Rebecca und ich

ins Apollo Theatre. Wir saßen oben auf der Empore, weil da kostete es nur einen Dime, aber die süßlichen Schwaden von diesen dünnen Zigaretten, die die Jungs rauchten, waren da so dicht, dass ich davon Kopfschmerzen kriegte. Ralph Cooper war der Zeremonienmeister, er und Butterbeans und Susie brachten mich so zum Lachen, dass mir hinterher alles wehtat. Der Film war auch gut, Janet Gaynor und Lionel Barrymore und Stepin Fetchit in *Carolina*. Alle lachten über Stepin Fetchit, ich auch, weil er ein großer Filmstar war und richtig viel Geld verdiente, aber manchmal wünschte ich, er wäre nicht so ein schlunziger fauler Negro.

Als die Vorführung vorbei war, gerieten wir aus dem Kino direkt in einen Aufstand. Wir waren zur Lenox Avenue gekommen, als wir nahe der 126th Street eine Menschenmenge sahen und hinliefen. Auf der Straße stand eine Holzbühne, und mehrere schwarze und weiße Männer schrien in ein Mikrofon. Hunderte waren gekommen, und eine Menge Cops, die ihre Schlagstöcke schwangen und die Menge anbrüllten, sie sollen weitergehen. Ich sah, wie ein Cop einem Negro mit voller Wucht gegen die Stirn schlug, dass er blutete. Mit einem Schaudern drehte ich mich weg.

Über der Bühne hing ein Plakat, auf dem stand: «Willkommen zurück, Mrs Ada Wright, Mutter von Roy und Andy.» Eigentlich wollten wir nach Hause gehen, aber da rief Rebecca auf einmal: «Hey, da oben auf der Bühne ist Robert.»

Ich guckte genauer hin, und es stimmte. Er nahm das Mikrofon und schrie hinein: «Lasst euch nicht vertreiben. Wir haben ein Recht, uns auf unseren Straßen zu versammeln.»

In diesem Moment kam eine ganze Kolonne Polizeiwagen angefahren. Als die Cops ausstiegen, warfen sie was in die Luft.

«Tränengas!», schrie jemand. «O Gott!»

Die Leute, die sich gerade noch vor der Bühne gedrängelt hatten, verstreuten sich in alle Winde. Als Rauch die Luft vernebelte, griffen sich einige an die Kehle und röchelten.

Da entdeckte Robert uns und rief, wir sollten weglaufen. Also drehten wir uns um und liefen der Menge hinterher. Die Cops jagten uns durch die Lenox Avenue. Die Anwohner, die oben auf ihren Feuertreppen saßen, bewarfen die Polizei mit fauligem Obst.

«Hab einen von den Scheißkerlen erwischt!», rief jemand, als eine Bananenschale auf der Mütze eines Cops landete.

«Los», sagte Rebecca, «wir müssen hier verschwinden, bevor sie anfangen zu schießen.»

Eine matschige Tomate landete vor meinen Füßen. Ich nahm sie und warf damit nach dem nächstbesten Cop, dann rannten Rebecca und ich die Fifth Avenue entlang und von da nach Hause.

Während wir im Esszimmer Tee tranken und auf die Jungs warteten, erzählte ich Mutter von dem Krawall. Sterling kam zuerst nach Hause, James Junior tauchte erst gegen Mitternacht auf. Mutter schickte mich ins Bett. Stunden später wachte ich auf und ging ins Esszimmer. Mutter saß immer noch am Tisch und wartete. Wir guckten uns an, da sah ich die Angst in ihren Augen. Sie wartete auf Daddy, und ich verstand zum ersten Mal, dass ich nicht die Einzige war hier im Haus, die immer Angst hatte, dass das Schlimmste passiert sein könnte.

«Geh schlafen, Francie.»

«Ja, Mutter.»

Im Morgengrauen kam Daddy heim, und Mutter ging endlich ins Bett.

Am nächsten Tag waren die Titelseiten der Zeitungen voll davon: «5000 Negroes und ihre weißen Sympathisanten haben gestern Krawalle veranstaltet, nachdem Detectives Tränengas eingesetzt hatten, um an der Lenox Avenue Ecke 126th Street eine illegale Protestversammlung gegen die Verhaftung der Scottsboro-Jungs aufzulösen.»

Die Zeitung schrieb, das International Labor Defense Committee hätte die Versammlung geplant, um Mrs Ada Wright willkommen zu heißen, die Mutter von Roy und Andy, zwei der Scottsboro-Jungs. Sie hatte sie in Alabama besucht, und Harlem wollte sie bei ihrer Heimkehr angemessen begrüßen. An der Stelle, wo behauptet wurde, die Polizei hätte gegen die Aufständischen weder Schlagstöcke noch Pistolen benutzt, hörte ich angewidert auf zu lesen. Wenn das kein Schlagstock war, mit dem dieser Cop da auf den Kopf des Schwarzen eingeschlagen hat, dann war ich wohl blind.

In der Zeitung stand auch, drei Leute wären verhaftet worden, zwei Weiße und ein Negro. Gott sei Dank wars nicht Robert, aber sein Bild war in der Zeitung zu sehen, wie er oben auf der Bühne stand, und deswegen hat er seinen Job verloren, den er gerade erst gekriegt hatte, als Botenjunge im Garment District in der Stadt, weil er sich nämlich für den Tag des Aufstands krankgemeldet hatte.

Am nächsten Abend hörten alle im Hof, wie sich Robert mit Elizabeth stritt. Ich lag auf Mutters Bett, und ihre Stimmen hallten klar und deutlich den Lüftungsschacht hoch, auf den unsere Schlafzimmerfenster rausgingen.

«Wieso hast du wegen dieser Kommunisten deinen Job aufs Spiel gesetzt?», fragte Elizabeth.

«Die von der Black League for Freedom sind keine Kommunisten», sagte Robert. «Wir haben denen vom Defense Committee nur geholfen, die Versammlung zu organisieren.»

«In der Zeitung steht, ihr seid alles ein Haufen Kommunisten.»

«Scheiß auf die Zeitung.»

«Dir sind diese Scottsboro-Jungs wichtiger als deine eigenen Söhne, die vor deiner Nase verhungern.»

«Die verhungern nicht vor meiner Nase. Du arbeitest doch, oder? Liz, ich muss mich drum kümmern, was mit den Schwarzen in Alabama passiert. Neun schwarze Jungs sind zum Tode verurteilt, weil zwei weiße Schlampen sagen, sie hätten sie vergewaltigt. Ist das nicht eine Schweinerei? Kannst du nicht verstehen, dass das, was denen unten im Süden passiert, mit dem zusammenhängt, was uns in Harlem passiert?»

«Ich versteh nur, dass ich mir in keiner Wäscherei nicht den Hintern abracker, damit du auf der Straße rumgockelst und marschierst und dein Bild in den Zeitungen landet. Das mach ich nicht mehr mit, also hörst du am besten auf, Jobs zu vergeigen und mit diesen Kommunisten rumzulaufen.»

«Wie oft soll ich dir noch sagen, dass die Black League nicht ...»

«Is mir egal, was die nicht sind. Sie zahlen dir keinen Dime, nicht dass ich wüsste jedenfalls, und du hältst Hof wie ein König im Haus meiner Mutter und ...»

«Soll ich das Haus deiner Mutter verlassen, ja? Dann schrei und zeter nur so weiter. Soll ich abhauen?»

Da wars ruhig. Ich wartete und wartete, dass Elizabeth was antwortete, aber sie sagte nichts mehr. Irgendwann hatte ich keine Lust mehr aufs Warten, ging ins Bett, machte ein paar Wanzen den Garaus und schlief irgendwann ein.

Am nächsten Morgen, als ich Maude zur Schule abholen kam, war Robert immer noch da, und ich hörte Elizabeth auch nicht mehr mit ihm streiten. Im Gegenteil, sie sah sogar irgendwie dämlich aus, lachte und gackerte wegen nichts, und ich fragte mich, was der alte Robert angestellt hatte, dass seine Frau mal kurz glücklich war.

Mr Edwards hatte mit zwei Dollar auf 505 gewonnen und meinte, er würde nach New Orleans gehen, um seine Frau und seinen Cousin Gabriel zu suchen. Ich freute mich und war auch gar nicht mehr böse auf ihn wegen meiner Abreibung. Als ich ihm nämlich am nächsten Tag davon erzählte, hat er geschworen, er hätte mich nicht in Schwierigkeiten bringen wollen, und das hab ich ihm geglaubt.

Aber sie haben Mr Edwards seinen Gewinn einfach nicht ausbezahlt. Die Banker machten die letzte Zahl kurzerhand zu einer 6, weil sie spitzgekriegt hatten, dass eine ganze Horde in Harlem auf 505 gewettet hatte. Am Tag davor war ein Flugzeug abgestürzt, das Bild war in den Nachrichten gewesen, und auf einer Tragfläche hatte die Nummer 505 gestanden.

«Es ist eine Schande», sagte Daddy, «wie diese Halunken mir nichts, dir nichts eine Zahl ändern, als wärs den Gierschlünden nicht genug, dass die Chancen für einen Treffer eins zu eintausend stehen.»

Mr Edwards fands weit mehr als eine Schande. Er

hat Zeter und Mordio geschrien, dann ist er zu seinem Einsammler gerannt, um sein Geld zurückzufordern, und hat sich dafür zwei Schüsse eingefangen. Drei Tage später ist er im Harlem Hospital gestorben. Es gab keine Beerdigung, weil einer seiner Verwandten den Leichnam direkt nach New Orleans geschickt hat, und ich fands irgendwie traurig, dass Mr Edwards auf diese Weise heimgegangen ist.

Den Mann, der Mr Edwards erschossen hat, haben sie kaum im Gefängnis gehabt, da haben sie ihn schon wieder laufen lassen. «Negroes, die Negroes abmurksen, da schert sich keine Polizei drum», sagte Daddy. «Das ist denen scheißegal.»

Jetzt, wo Mr Edwards weg war, hatten wir keinen Hausmeister, deswegen ist unser jüdischer Vermieter von Mount Vernon runtergekommen und hat Daddy den Job angeboten. Er hat ihn angenommen, und wir mussten den Müll aus dem Schacht für den Lastenaufzug ziehen und das Treppenhaus putzen und den Hof sauber halten, was nicht leicht war, weil es war einfacher, den Müll aus dem Fenster in den Hof zu schmeißen, als bis sechs zu warten, wenn er aus dem Schacht geholt wurde. Der ganze Schacht war eine einzige dreckige, schleimige Schweinerei, ein dauerhaftes Zuhause für Kakerlaken und Ratten, da würd ich auch lieber das Fenster aufmachen und den Müll runterschmeißen, als die Klappe zu diesem Schacht zu öffnen.

Daddy stand um fünf Uhr morgens auf, um den Heizkessel im Keller anzufeuern, damit die Leute im Haus nicht auf ihre Rohre hämmerten, was sie nämlich taten, wenn morgens kein heißes Wasser da war. Junior und Sterling mussten nachts die Kohle aufhäufen, was Junior ein bisschen mehr zu Hause hielt.

Wir waren schon mal Hausmeister gewesen, vor langer Zeit, da war ich vier, und wir wohnten in einer Kellerwohnung in Brooklyn, wo die Rohre mitten durchs Zimmer gingen. Ich weiß das noch, weil wir die einzigen Schwarzen in der ganzen Straße gewesen waren und ich mit einem hübschen jüdischen Mädchen gespielt hatte, Rosina, die wohnte oben im zweiten Stock und hatte einen nagelneuen kleinen Bruder. Außerdem hatte sie die jüngsten, nettesten Eltern, und ihr Vater brachte uns immer zum Lachen, wenn er abends nach der Arbeit ins Babybett hüpfte, um da seine Zeitungen zu lesen. Ich bin nur hochgegangen, um das zu sehen, und dann hat er uns beide umarmt und uns Lollis gegeben, die er in seiner Manteltasche versteckt hatte.

Ich und Rosina sind zusammen in den Kindergarten gekommen und waren die besten Freundinnen, weil es gab da zwar noch zwei oder drei andere schwarze Kinder, auch Hausmeisterkinder, aber die wohnten nicht in meiner Nähe.

Wenn ich jetzt daran zurückdenke, wars richtig schön gewesen in Brooklyn. Wir hatten ein Telefon und so 'n Radio mit Ohrhörern, da haben wir jeden Abend vorgesessen und uns amüsiert, Mutter hat nicht gearbeitet und war immer zu Hause. Aber seit wir in Harlem wohnen, sind wir irgendwie nur noch ärmer geworden. Einmal habe ich Mutter gefragt, warum wir überhaupt aus Brooklyn weg sind, und sie hat geantwortet, damit Daddy eine bessere Anstellung als Anstreicher kriegt, aber daraus ist dann wegen der Depression nichts geworden. Jetzt, dachte ich, wo Daddy als Hausmeister arbeitete, würde es vielleicht wieder schöner werden, so wie damals in Brooklyn. Aber dieser Hausmeisterjob hat uns nur Ärger eingebracht. Wegen dem hat uns Madame Queen die Stütze gestrichen, weil Daddy ihr das nämlich nicht gleich erzählt hat.

«Aber fürs Hausmeistern krieg ich keinen Lohn», sagte Daddy zu Madame Queen. «Nur eine niedrigere Miete, und das hätte ich Ihnen nächsten Monat schon noch erzählt, wenn wir quitt gewesen wärn. Dem Lebensmittelmann schulden wir fast unsere ganze Stütze, und ich wollte nur die Schulden loswerden, bevor ich's Ihnen sag.»

Madame Queen glaubte Daddy kein Wort. Fast hätte sie ihn einen Lügner geschimpft, und als Strafe strich sie uns die Stütze. Mutter erzählte Daddy, die Schwester von Mrs Schwartz wollte sie auch für ein paar Stunden beschäftigen, das würde vielleicht ein bisschen helfen. Dazu sagte Daddy nichts, also hat Mutter den

Job angenommen und war jetzt jeden Nachmittag weg statt nur dreimal die Woche.

Jetzt, wo sie so oft fort war, aßen wir abends auch nicht mehr zusammen. Junior und Sterling kamen zu unterschiedlichen Zeiten nach Hause und aßen in der Küche. Bevor Daddy seine Runde machte, setzte er einen Topf Senfgemüse auf, und wenn ich aus der Schule kam, kochte ich Reis dazu. Daddy war ein Geechee, deswegen gabs jeden Tag Reis bei uns. Ich und Reis. Entweder war er verbrannt oder Matsch. An diesem Tag war er Matsch.

«Kannst du diesem Mädchen nicht beibringen, wie man einen ordentlichen Topf Reis kocht, verdammt?», schrie er Mutter an.

Das verletzte mich. Mutter machte sich nicht die Mühe zu antworten, ihr Schweigen sprach lauter als Wörter, er war schließlich den ganzen Tag zu Hause, warum brachte er es mir da nicht selbst bei?

Dann war ich dran. «Bist du dumm oder so was, dass du keinen ordentlichen Topf Reis kochen kannst?»

Mir kamen sofort die Tränen. «Ich messe ihn ab, genau wie du, Daddy, aber er wird trocken und ist noch nicht durchgekocht, und dann gieße ich mehr Wasser rein.»

«Das Gas, das Gas», schrie Daddy, «du hast das verdammte Gas zu hoch geschaltet. Reis wird nicht gekocht, Reis muss quellen.»

Der Anblick meiner Tränen erweichte ihn nicht,

wie sonst immer. Als er fertig gegessen hatte, polterte er aus dem Haus und murmelte dabei, es wär eine verdammte Schande, dass ein Mann im eigenen Haus nicht mal einen ordentlichen Topf Reis bekommen tät. Stundenlang gings mir schlecht, weil Daddy mich selten anschrie, aber danach kochte ich keinen Reismatsch mehr.

An diesem Samstagabend blieb ich länger auf, weil am nächsten Tag schulfrei war. Ich und Mutter waren allein zu Hause. Sie war im Schlafzimmer und versuchte, die Favoriten für Montag auszuknobeln, Daddy hatte ihr sein System beigebracht; ich saß am Esstisch, las ein Buch aus der Bücherei und hatte mein übliches Waffenarsenal neben mir. An dem Abend waren es ein Hammer, ein Schraubendreher und zwei Haarbürsten. Wenn ich ein Geräusch hörte, warf ich den Hammer in Richtung Küche, und die Ratten flohen zurück in ihre Löcher. Wenn ich die letzte Munition verbraucht hatte, überließ ich das Esszimmer den Ratten und ging ins Bett. Ich hatte eine Heidenangst vor diesen Viechern. Sie hatten schon jeden gebissen außer mir. Mir war erzählt worden, dass sie mich als Baby in einen Wäschekorb oben auf den Schrank gestellt hätten, um mich vor diesen Biestern zu schützen.

Unsere Ratten fraßen sich fett an dem «Gift», das Mutter auf rohen Kartoffelschalen auslegte. Auch die Schwefelbomben, mit denen sie uns dauernd einnebelte, machten überhaupt keinen Eindruck auf sie. Einmal hatten wir eine Katze, und die haben sie bis in die Wohnzimmerwand gejagt – ich wette, die ist bis nach Brooklyn gerannt.

In der Bücherei hatte ich die Märchen irgendwann hinter mir gelassen – mehr aus Scham als aus einem anderen Grund – und ein paar Regale mit Büchern über Schwarze entdeckt, die zur «Negro-Abteilung» gehörten. Ich las *Home to Harlem* von Claude McKay, und es kam mir seltsam vor, dass jemand über dieselben abgeratzten Straßen schrieb, die ich so gut kannte. Die Leute in dem Buch benahmen sich wie diese Clowns da draußen auf der Fifth Avenue, es war lustig und irgendwie auch traurig.

Aber jetzt konnte ich mich nicht auf das Buch konzentrieren, weil ich hoffte, James Junior würde vor Daddy nach Hause kommen, damit es nicht wieder Streit gab.

Gerade als ich den Schraubendreher in den Flur geworfen hatte, hämmerte es laut an der Esszimmertür. Unerwartete Geräusche erschreckten mich, denn sie bedeuteten fast immer was Schreckliches, deswegen saß ich mit hämmerndem Herzen da und rührte mich nicht vom Fleck.

«Was ist los, Francie?», brummte Mutter, als sie an die Tür ging. «Kannst du das ganze Gepolter nicht hören? Du benimmst dich jeden Tag mehr wie eine Schwachsinnige.»

Damit hatte sie recht. Ich hatte vor allem Angst. Es war Sukies Mutter, und ihr kupfriges Gesicht war vom Hochsteigen der Treppen noch röter als sonst.

«Mr Coffin zu Hause?», fragte sie. «O Gott, Gott, Gott.»

«Is nicht hier», sagte Mutter. «Was ist denn los?»

«Setzen Sie sich besser hin, Mrs Coffin», sagte Mrs Maceo und faltete ihren mageren Körper in einen Sessel.

Mutter erstarrte. «Nein», sagte sie. «Was ist los?»

«Sie ham einen Weißen gefunden, tot in einem Treppenhaus an der 118th Street. Das war so um sieben gewesen, glaub ich. Ham Sie nicht davon gehört?»

Mutter schüttelte den Kopf.

«Ja, der wurd überfallen. Sie ham ihn ohne Hose gefunden.» Sie sah mich an. «Wieso hast du nichts davon gehört, Francie?»

«Bin den ganzen Abend hier oben gewesen», sagte ich, wobei ich mich fragte, ob sie nur deswegen zu uns hochgekommen war. Ich entspannte mich wieder.

«Die Cops ham gerade den Keller gestürmt, wo die Ebony Earls ihre Treffen haben, und ham all die Jungs festgenommen», sagte Mrs Maceo. «Wegen Mord.»

Da war so eine seltsame Stille, als hätten mein Herz und die Welt einfach angehalten. Mutter fiel in einen Sessel, die Hand flog an ihren Mund, wie sie es immer machte, wenn sie lachte und ihr nacktes Zahnfleisch zu sehen wäre.

«James Junior?», fragte sie. «Wurde er auch verhaftet?»

Mrs Maceo nickte. «Er und Vallie und vier andere Jungs aus der Madison Avenue.»

«Hab ich doch immer gewusst, dass dieser Tag kommen würde», sagte Mutter langsam. «Hab ich doch immer gewusst, dass ich um die Ecke bieg und in diesen Tag reinlauf, aber drauf vorbereitet bin ich nich.»

Am nächsten Morgen war sein Bild in der *Daily News*. Der glatzköpfige Weiße, der immer auf unserem Dach rumlungerte und mir ins Kino nachlief, das war der Mann, wegen dem Junior und Vallie festgenommen worden waren.

TEIL II

Yorubas Kinder

ACHT

Er fiel die ganze Nacht, der erste Schnee des Winters, und am Morgen waren die Straßen verzaubert wie ein Märchenland – weiß getüncht und wunderschön. Obwohl ich kaltes Wetter grässlich fand, genossen Maude und ich auf dem Schulweg die Abwechslung und guckten den Jüngeren dabei zu, wie sie sich Schneebälle an die Köpfe warfen.

In der Schule hatte sich nicht viel geändert. Wir waren im Matheunterricht immer noch Nieten, lasen statt *Wahre Geständnisse* jetzt Schundromane und Schmuddelcomics. Außerdem las ich *Onkel Toms Hütte* aus der Bücherei und fühlte mich deswegen schwarz und kriegte eine Mordswut auf die Weißen. Luisa und Saralee waren wieder sitzen geblieben, und immer noch hatten alle vor ihnen Schiss.

Nach der Schule machte ich auf dem Heimweg einen Schlenker durch den Park – es war einfach so ein schöner Tag, frisch, aber nicht zu kalt. Die Bäume standen so still, voll schweigender Schönheit, ihre schwarzen Zweige bogen sich so elegant unter ihrem schaumigen Zuckerguss, dass ich fast nicht merkte, wie der unter meinen Schritten knirschende Schnee mir die Strümpfe durchnässte und die Zehen betäubte.

Die Stille im Park war fast feierlich. Auf den Straßen war es auch so, alles lag rein und ruhig unter einer weißen Decke. Aber ich wusste, dass sich der Schnee schon in ein paar Tagen im Rinnstein auftürmen würde, die Hunde würden ein Bein heben und ihn mit gelben Strahlen besudeln, Müll und Asche würden darin festfrieren und einen Riesenhaufen Dreck daraus machen. Aber jetzt war noch alles neu und glitzernd.

Die Stille hatte ein Ende, als jemand meinen Namen rief. Ich guckte hoch, und da standen Saralee und Luisa, direkt vor mir.

«Haste mich nich rufen hörn?», fragte Saralee und schob die Unterlippe vor.

Ich schüttelte den Kopf. Sie hatte mehrere Pullover übereinander angezogen, dazu trug sie eine rostrote Hose, aber ihr Kopf war unbedeckt. Es stimmt, dachte ich. Sie sieht tatsächlich jeden Tag mehr wie ein Mann aus. Für ein Mädchen war sie mit ihren roten Haaren jedenfalls zu schwarz und zu hässlich.

«Du findest dich wohl süß, hm?», höhnte Saralee.

«Nah», antwortete ich nervös. «Ich weiß, dass ich hässlich bin.»

«Komm her, wir gucken mal, wie hässlich du in echt bist», sagte sie.

Luisa kicherte. Sie trug einen weiten Mantel, der aussah wie ein lebendiger Bär; warum so eine hübsche Puerto Ricanerin dauernd mit diesem Mannweib Saralee herumlief, wollte mir einfach nicht in den Kopf.

Als ich auf sie zutrat, spürte ich den Schweiß, der sich trotz der Kälte in meinen Achselhöhlen sammelte.

Sie packte mich am Kragen, zog mir den Schal vom Kopf und sah mich ganz genau an. «So hässlich bist du gar nicht», sagte sie grinsend. Als ich mich aus ihrem Griff gelöst hatte, wurde ihr Grinsen zu einem Stirnrunzeln.

«Los, wir machen sie fertig und dann haun wir ab», sagte Luisa. «Mir ist kalt.»

«Nur zu, aber danach legt ihr euch in diesem Leben mit niemand mehr an», sagte eine Stimme. Es war Sterling, er watete knietief durch den Schnee auf uns zu. Als er bei uns angekommen war, zog er mich von Saralee weg.

«Biste blöd, Nigger? Mischst dich in meine Angelegenheiten ein?», fragte Saralee.

«Sag noch mal zwei Wörter zu meiner Schwester, und ich tret deinen Arsch quer durch Harlem.»

Wie, hab ich nicht gesehen, aber plötzlich hatte Saralee ein Springmesser in der Hand. Es hatte eine lange, fiese Klinge, und ihr Schatten auf dem weißen Schnee war sogar noch länger.

«Ich nehm dir das Messer weg und schlitz dir damit die Kehle auf», sagte Sterling. Als er einen Schritt vortrat, wich Saralee zurück und duckte sich; ihre Messerhand war auf Sterlings Kehle gerichtet. Ich fing an zu zittern.

«Sag mal, bist du nicht Junior Coffins Bruder?»,

fragte Luisa. «Junior ist ein Ebony Earl, einer von den Jungs, die diesen Peckerwood abgemurkst haben letzten Monat», sagte sie zu Saralee.

«Der hat niemand abgemurkst!», schrie ich.

Saralee richtete sich auf und ließ das Messer zuschnappen. «Warum hast nich gleich gesagt, werde bist?», fragte sie. «'ne Schwester von 'nem Ebony Earl lassen wir in Ruh, Mann.»

«Lasst *meine* Schwester einfach in Ruh», sagte Sterling, schnappte sich meine Hand und zerrte mich so schnell hinter sich her, dass ich kaum mitkam.

Als wir außer Hörweite waren, sagte ich: «Der hat niemand abgemurkst, Sterling. James Junior kann das nicht gemacht haben, oder?»

«Glaub ich auch nicht, Francie.»

«Mal gut, dass du vorbeigekommen bist und denen gesagt hast, dass James Junior mein Bruder ist.»

«Die habens mir gesagt, nicht ich ihnen.»

«Na und? Haben sich schnell wieder eingekriegt, als sie's rausgefunden haben.»

Sterling guckte mich an, als wollte er mir eins überziehen. «Halt die Klappe», sagte er. «Du bist dumm, bei dir ist nichts mehr zu retten, halt einfach die Klappe.»

Er war wieder sauer auf mich, und am liebsten hätte ich geschrien, weil ich nicht wusste, was ich dieses Mal Falsches gesagt hatte, dass er so auf mich losging.

Wir sind nach Hause, ich hab mich vor der brüllend heißen Heizung im Esszimmer zusammengekauert und mich gefragt, warum die Leute unbedingt glauben wollten, dass James Junior diesen Weißen getötet hatte. Der Anwalt, den Robert für ihn und Vallie besorgt hatte, hat zu Daddy gesagt, die Polizei hätte noch nicht mal Anzeige erstattet, die beiden wurden nur auf Verdacht festgehalten.

Zuerst sagte Daddy, er würde für Junior einen Pflichtverteidiger nehmen, aber Mutter meinte, immer wenn der Pflichtverteidiger im Fall von Pee Wee, Mrs Caldwells Ältestem, was gemacht hätte, wäre für den armen Pee Wee eine höhere Strafe rausgekommen. Mutter sagte, vielleicht wäre es besser, den Anwaltsfreund von Robert zu nehmen, der hatte Verbindungen zur Black Defense League. Daddy sagte, der Anwalt würde schon von Anfang an hundertfünfzig Dollar kosten, und keine hundertfünfzig Dollar hatten wir nicht.

Dann erzählte Mutter Daddy von ihrem Traum. «Ich hab geträumt, dass dieses Haus einstürzt», sagte sie. «Ich war hier drin, im Esszimmer, und da fings an wegzubröckeln und zu rieseln, als würds gleich auseinanderbrechen, aber es war nichts zu hören. Dann stand ich plötzlich draußen und hab auf einen Haufen Steine geguckt, wo früher mal das Haus gestanden hatte, und konnte niemand finden, nicht dich oder die Kinder, niemand. Ich wusste, ihr wart alle unter dem Haus begraben, aber ich hab nichts tun können, nur dastehen und gucken.»

«Das bedeutet unsere Hausnummer», sagte Daddy. «Die gewinnt heute.» Sie setzten auf 452, aber es ist nichts dabei rausgekommen, und schon am nächsten Tag hat Daddy sich von Jocko hundertfünfzig Dollar geliehen und sich Roberts Anwaltsfreund für James Junior genommen.

Sukie riss mich aus den Gedanken. Sie hämmerte von draußen gegen die Tür und rief meinen Namen. Ich stand von der Heizung auf und ließ sie rein.

«Lass uns ein bisschen rumlaufen», sagte sie.

Ich zog Mantel und Galoschen an, wir gingen runter und zur 118th Street. Als wir China Doll in ihrem Aufgang sahen, blieben wir stehen. Ihre dicken schwarzen Haare waren unter einer Wollmütze verborgen, und ihr Mantel stand offen; man konnte ihre Brüste sehen, die ihr fast aus dem Kleid sprangen, so tief war der Ausschnitt. Ein Auge war geschwollen, und auf der Backe hatte sie drei rote Striemen, als hätte was Scharfes sie gekratzt. Alfred mal wieder, dachte ich. Die samtbraune, hübsche Denise, auch eine Hure, die in diesem Haus wohnte, stand mit China auf der Vortreppe.

«Hallo, China. Hallo, Denise.»

«Hallo, Mädchen», sagte Denise und drehte sich zur Tür. «Ich geh hoch», sagte sie zu China, und weg war sie.

«Mädchen, kommt ihr mich besuchen, oder schaut ihr nur zufällig hier vorbei?», fragte China Doll.

«Wir kommen dich besuchen», sagte ich schnell. Sukie war so fies, die hätte ihr wahrscheinlich die Wahrheit gesagt, nämlich, dass wir nur rumstromerten.

China machte Platz, und wir lehnten uns mit ihr gegen die Stufen. In ihr Haus gingen wir nie, aber in dem Eingang standen wir öfters, bis wir entweder meinen Daddy oder ihren Zuhälter kommen sahen, dann hauten wir schnell ab.

China Doll war lieb. Sie schickte uns nie los, um Sachen für sie zu erledigen, und schenkte uns oft einen Dime, wenn sie einen hatte. Wenn nicht, entschuldigte sie sich dafür und versprach uns beim nächsten Mal das Doppelte, was sie auch hielt. Einmal hat sie uns erzählt, dass die Hurerei nur ein Job für sie wäre, besser als für einen Hungerlohn zu schuften wie ihre Mutter jeden Tag. Sie meinte, die weißen Säcke würden einen wieso irgendwann rannehmen, da könnte man sie auch gleich dafür bezahlen lassen und ihnen dazu noch ein bisschen Syph und Seuche an den Hals hängen. Später hab ich Sukie gefragt, was Syph ist.

«Redest du nur so dumm, oder bist du's in echt?», fragte Sukie. Sie hat es mir nicht gesagt, aber ich glaub, in Wahrheit wusste sie's selbst nicht.

Ein Weißer strich vorbei, und als er Chinas hüpfende Brüste sah, fielen ihm fast die Augen aus dem Kopf. Guckst dich am besten gleich satt, Peckerwood, dachte ich, und verschwindest aus Harlem, bevor die Sonne untergeht.

Wie die meisten Erwachsenen erzählte auch China

uns die ganze Zeit, dass bald bessere Zeiten kommen würden und wir uns dafür bereit machen sollten. «Siehst besser zu, dass du zur Schule gehst», sagte sie jetzt zu Sukie. Sukie schwänzte fast so viel wie James Junior früher. «Du musst nur rumhocken und das Zeug lernen und ...»

Sukie fiel ihr ins Wort. «Wie du?», fragte sie. «Ich hab gehört, der Officer, der die Schulschwänzer jagt, hat dich so oft erwischt, dass ihr beiden ganz dicke wart.»

«Komm mir ja nicht frech», sagte China, aber sie war nicht böse, weil sie zwischen ihren Brüsten ein Fünfzig-Cent-Stück rausholte und es ihrer Schwester gab. Der Weiße, der vorbeigestrichen war, schlenderte jetzt zurück. «Teil dir das mit Francie», sagte China, «und ihr haut jetzt besser ab, damit ich weiterarbeiten kann.»

«Aber zackig, verdammte Scheiße», sagte jemand mit einer tiefen Bassstimme hinter uns, und da guckte ich direkt ins fiese Gesicht von China Dolls Zuhälter Alfred. Die Sonne brachte den klobigen Diamanten an seinem kleinen Finger in allen Regenbogenfarben zum Glitzern, und ich fragte mich, ob dieser Ring China das Gesicht so zerkratzt hatte.

«Keine Schimpfwörter vor den Mädchen, Alfred», sagte China Doll leise.

«Wieso nicht? Die kennen mehr Schimpfwörter als ich.»

«Egal.» China blieb standhaft. «Ist nicht nett, vor Kindern zu fluchen.»

«Kinder?» Alfred brach in dröhnendes Gelächter aus. «Wie alt bist du, Sukie?»

«Fast vierzehn.»

«Alt genug, um 'nen Freier zu bedienen. Wie alt warst du, China, als …»

«Halt den Mund!», rief China auf einmal wütend. «Und glotz meine Schwester nicht an mit deinem bösen Blick. Wenn du sie mit deinen Stinkefingern anrührst, du mieses Schwein, bring ich dich um, ich schwörs dir.»

«Keif mich nicht an, Drecksschlampe. Wer hat gesagt, ich würd ihr ein Haar krümmen?»

«Um ihre Haare mach ich mir keine Sorgen.»

Alfred murmelte, sie wäre 'ne bekloppte Nutte, und fragte, wer hier jetzt wohl vor den Kindern Schimpfwörter benutzt, dann verzog er sich nach drinnen.

«Geht ihr jetzt mal nach Hause», sagte China, guckte uns dabei aber nicht an.

Also zogen wir weiter. Ich fragte mich, warum China es sich gefallen ließ, von Alfred als Nutte beschimpft zu werden, wo es doch ihr Geld war, mit dem er den Diamanten an seinem Finger bezahlt hatte. «Ich wette, China Doll könnte genauso gut ohne diesen alten Zuhälter Geld verdienen», sagte ich zu Sukie. «Wer braucht den?»

«Sie, du Dummkopf.»

«Wieso nennst du mich dumm?»

Auf einmal schrie Sukie mich an, und ihr kupfriges Gesicht war röter als ein Apfel. «Hat die Klappe, Dummkopf. Halt die Klappe.» Dann drehte sie sich zu Chinas Aufgang und brüllte: «Und ihr beide könnt mich mal am Arsch lecken.»

Es war das zweite Mal an diesem Tag, dass mich jemand dumm nannte – erst Sterling, dann Sukie –, und langsam hatte ich es satt. Aber ich sagte nichts, sondern lief Sukie hinterher und fragte mich, weshalb sie so ausrastete. Ich hoffte, sie würde sich bald beruhigen und nicht vergessen, die fünfzig Cent zu wechseln und mir meinen Quarter zu geben, aber wenn sie's vergaß, würde ich sie ganz bestimmt nicht dran erinnern, so böse, wie sie auf einmal war.

Zu guter Letzt liefen wir auch noch Daddy in die Arme. «Was habt ihr Mädchen in dieser Straße zu suchen?», fragte er.

«Wir gehen hier nur durch, Daddy.»

«Wenn ich dich hier noch mal erwisch, geht der Rasierriemen mit mir durch. Das gilt auch für dich, Sukie.»

«Ja, Mr Coffin.»

Wir rannten den Rest des Wegs, um Daddy zu zeigen, wie brav wir waren, aber wir wussten, dass er uns nie prügeln würde.

«Francie, es ist halb acht. Hoch mit dir.»

«Ja, Mutter.»

Ich kuschelte mich tiefer in den großen schwarzen Mantel, mit dem ich zugedeckt war. Mir war, als hätte ich gerade die Kälte aus meinen Knochen vertrieben, da wars schon wieder Zeit fürs Aufstehen. Mein Atem war schön warm, und ich ließ ihn langsam zwischen meinen Brüsten raus, damit sich die Wärme über mir verteilte. Keine Ahnung, wo wir die ganzen alten Männermäntel herhatten, mit denen wir uns zudeckten, aber ich hatte zwei davon. Sie waren eher schwer als warm und hatten hinten einen Schlitz, durch den meine Beine rausragten, meine langen, langen Beine, immer kalt. Erst als ich mich ganz eng zusammengerollt hatte, gelang es mir endlich, die Füße unter den Mantelzipfel zu mummeln.

«Francie? Bist du endlich auf?»

«Ja, Mutter.»

Ich vergrub den Kopf unterm Kissen und kniff die Augen zu. Auf einer warmen Wolke schwebte ich zur Sonne. Ich spürte ihre Strahlen auf meinen Armen, meinem Rücken, sie strich mir über die verkrampften Zehen. Wie köstlich, endlich taute ich auf.

Hatte Junior es warm genug im Gefängnis? Es war finster da drinnen, es kam keine Sonne rein. Kalt und feucht. Und die hatten dünne graue Decken und aßen klebrige Pampe aus grauen Blechnäpfen. Das wusste jedes Kind, wir hatten es in genügend Filmen gesehen.

Herrgott! Hatte Junior es warm genug in diesem Gefängnis?

Ich versuchte, den Gedanken an ihn zu verdrängen und die mollige Wärme auszukosten, aber es war zu spät. Er war gekommen, ungebeten, wie so oft tagsüber, wenn ich mit Maude *Jacks* spielte oder las, und dann war Schluss mit lustig, und ich musste aufhören mit dem, was ich gerade machte, und über Junior nachgrübeln.

Im Gefängnis schlagen sie einen. Das wusste jedes Kind. Auch das hatten wir in genügend Filmen gesehen. Die Cops wussten immer, wer's gewesen ist, aber der Gefangene wollte nichts sagen, deswegen brachten sie ihn in den Keller und stießen ihn auf einen Stuhl und leuchteten ihm mit hellen Lampen ins Gesicht. Sie standen im Kreis um ihn herum und brüllten, der Gefangene schwitzte und schrie, dass er unschuldig war. Am Ende holten sie den Gummischlauch und dann …

Nein. Das würden sie mit Junior nicht machen. Jeder, der ihm in sein süßes Gesicht guckte, wusste, dass er niemanden umbringen konnte. Aber hatte Junior es warm im Gefängnis?

Das Kissen wurde weggerissen, und die kühle Morgenluft strömte herein.

«Komm da jetzt raus, Francie. Ich ruf dich nicht noch mal.»

«Ja, Mutter.»

Ich sprang auf, zuckte zusammen, als meine Füße den eisigen Boden berührten, und ein Luftzug aus einem Riss im Fenster ließ mich schaudern. Mit meinen Klamotten im Schlepptau rannte ich ins Bad und spritzte mir ein bisschen Eiswasser aus dem Warmwasserhahn ins Gesicht, dann taumelte ich zur Heizung im Esszimmer und befühlte sie. Lauwarm. Wenn ich nicht der Hausmeister gewesen wäre, hätte ich mit dem Schuh aufs Rohr gehämmert.

Gerade als ich mich runterbeugte, um meine Strümpfe anzuziehen, sah ich sie: zwei riesige schwarze Augen, die mich aus dem Loch neben der Heizung anglotzten. Mein Mund war voller Spucke, und mein Herz schlug so schnell, dass es mir in den Ohren dröhnte. Ich hatte solche Angst, dass ich nicht mal schreien konnte. Und dann erkenne ich um die Augen rum einen riesigen Fellkopf. Panik brodelt in mir hoch, und ich weiß, wenn ich mich rühre oder zu tief atme, kreische ich los und höre nie wieder auf.

Plötzlich steht Sterling in seiner langen Unterhose neben mir und späht ins Loch. «Das ist nur eine Katze, Francie», sagte er leise, weil er gemerkt hat, dass ich vor Angst fast den Verstand verlor. «Nur eine verdammte Katze.»

Jetzt sehe ich auch den Rest vom Fellkopf, die Katzennase und die Schnurrhaare um den Strichmund.

«Husch!» Sterling stampfte dreimal auf. «Hau ab!»

Als er seinen Fuß wegbewegte, waren die Augen verschwunden.

Mutter kam aus der Küche. «Was ist hier los?»

«Im Loch war 'ne Katze», sagte Sterling. «Hat ausgesehen wie die von Max dem Bäcker. Ist wahrscheinlich irgendwie durch die Wände hier hoch.»

«Du lieber Himmel, was denn noch», sagte Mutter. «Wenn du aus der Schule kommst, Sterling, machst du das Loch mit einem Stück Karton zu. Dieser geizige Vermieter wirds nie reparieren. Francie, hast du heute noch vor, dich anzuziehen? Du kommst schon wieder zu spät zur Schule.»

Ich zwang mich, das Loch nicht mehr anzugucken. Es war nur eine Katze, sagte ich mir die ganze Zeit, aber die Panik wollte sich nicht legen. Ich zitterte sogar noch, als ich endlich angezogen war und in der Küche meinen Haferbrei aß. Von der Kälte kam das nicht. Ich hab immer wieder an dieses Gefühl gedacht, wie ich kurz davorstehe, in tausend Teile zu zerbrechen wie Humpty Dumpty. *Nicht die Ritter oder des Königs Mannen brachten Humpty Dumpty wieder zusammen.*

Eines Nachmittags ging ich mit Daddy zum Herrenfriseur an der Lenox Avenue, um einen Gewinn vom Tag davor auszuzahlen, weil der Friseurladen am Abend schon zuhatte, als Daddy das Geld kriegte. Daddy blieb nicht mehr wie sonst fast die ganze Nacht weg, um Poker zu spielen, sondern kam jetzt früher nach Hause, und wenn James Junior nicht im Gefängnis sitzen würde, wäre alles gut gewesen.

Weil Daddy Gott und die Welt kannte, blieben wir unterwegs dauernd stehen, um mit Leuten zu plaudern.

«Hallo, Francie, hallo, Mr Coffin. Wie gehts der werten Frau Gemahlin?»

«Gut, Mr Lipschwitz. Und Ihrer Frau?»

«Gut, gut.» Es war der jüdische Klempner. «Mr Coffin, Sie wissen ja, wie gern meine Frau neue Möbel kauft.»

Das wissen wir nur zu gut, dachte ich, die meisten Möbel und auch das Klavier stehen nun bei uns oben, weil seine Frau sich gern neue Sachen kauft.

«Unsere alten Möbel sind immer noch ganz wunderbar», sagte Mr Lipschwitz. «Ein Vermögen hat mich das gekostet, aber jetzt muss meine verehrte Gemahlin schon wieder ein neues Sofa kaufen, das zum Bilderrahmen passt. Können Sie sich das vorstellen? Wenn Sie also mein altes Sofa kaufen möchten, Mr Coffin, das wie neu ist, glauben Sie mir, ich würde …»

Daddy unterbrach ihn. «Das ist furchtbar nett von Ihnen, Mr Lipschwitz, aber unser Sofa ist in einem ganz hervorragenden Zustand. Danke trotzdem.»

Daddy muss krank sein, dachte ich. Unser altes Sofa in hervorragendem Zustand? Die Federn drückten so schlimm gegens Polster, dass man beim Hinsetzen aufpassen musste, nicht von ihnen aufgespießt zu werden. Wir gingen weiter.

Mr Rathbone und seine hübsche Tochter Rachel standen vor den Süßwarenladen, ihre rosigen Backen guckten oben aus ihrem Fellkragen raus.

«Hallo, Mr Rathbone, hallo, Rachel.»

«Ah, Mr Coffin, ist das nicht ein grässliches Wetter heute?»

Wir bogen auf die Fifth Avenue ab.

«Mr Coffin. Sie kommen mir grad recht.»

«Hallo, Slim Jim. Was kann ich für dich tun?»

«Haben Sie einen Tipp für die mittlere Zahl, Mr Coffin?»

«Nach meiner Tabelle liegt heut die Vier vorn, und meine Tabelle hatte in letzter Zeit ein paar fette Treffer.»

«Glauben Sie echt, vier gewinnt?»

Daddy lachte. «Ja. Das spür ich im linken Hammelbein.»

«Na, ich hab einen letzten Dollar und zwei Minuten bis zur Ecke, um ihn auf vier zu setzen.»

«Wie gehts, Mr Coffin?»

«Guten Abend, Mrs Petrie.» Daddy tippte sich an den Hut. «Wie geht es Ihnen und dem Kleinen?»

Mrs Petrie lächelte und tätschelte ihren Bauch. Sie sah aus, als würde das Kleine jeden Moment zwischen ihren Beinen rausplumpsen. «Mr Coffin, wenn Sie morgen kurz Zeit hätten, könnten Sie vorbeikommen und uns zeigen, wie man einen Überbrücker bastelt? Man hat uns heute Morgen den Strom abgedreht.»

«Aber gern doch, Mrs Petrie. Ich komm so gegen fünf, bevors dunkel wird.» Beide lachten.

«Hallo, Mrs Taylor», sagte Daddy. «Wie gehts dem Rheuma?»

«Will nicht klagen, Mr Coffin, will nicht klagen.»

Wir betraten den Friseurladen. Außer Mr Robinson, dem Besitzer, waren nur noch zwei andere Männer dort, und die waren auch Friseure. Einer war dabei, dem anderen die Haare zu schneiden.

«Hallo, Francie», sagte Mr Robinson. Er hatte einen Glatzkopf, der Schädel war blitzblank wie ein Babypopo, und er wollte immer, dass alle anderen es ihm nachmachten. «Wann kann ich dir einen frechen Pagenkopf schneiden?», fragte er mich.

«Ich will die Haare wachsen lassen, Mr Robinson, und Sie wollen sie immer abschneiden.» Wir lächelten uns zu.

«Is mein Geschäft, Francie. Is mein Geschäft.»

Als Daddy Mr Robinson seinen Gewinn auszahlte, drückte Mr Robinson ihm fünf Dollar in die Hand, als Trinkgeld. «Und da ist auch schon unser Larry», sagte Mr Robinson, als Daddy ihm dankte, «der kommt abkassieren.»

Die Tür ging auf, und ein junger weißer Cop kam rein. Er lächelte. «Wie geht es uns heut Abend?»

Als Antwort hielt ihm Mr Robinson einen Schein

hin, den sich der Cop immer noch lächelnd in die Tasche stopfte, bevor er wieder rausschlenderte.

«Is nicht fair, wie die zweimal abkassieren», sagte Daddy. «Die Banker schmieren sie wieso schon.»

«Ich hab den Fehler gemacht, die große Klappe aufzureißen und mit dem zu reden, als er mir nett und freundlich gekommen ist», sagte Mr Robinson. «Hat mich immer gefragt, welche Zahl ich tippe, und kaum hat er rausgefunden, dass ich gestern gewonnen hab, kommt er angedackelt und meint, bei meinem Gewinn würd ich doch sicher an ihn denken. Dieser Mistkerl. Tschuldige, Francie. Aber bei wem soll sich unsereiner sonst beschweren?»

«Bei niemand», sagte Daddy. «Wenn man einen so dreckigen Staatsanwalt hat wie Dodge, was will man da vom Rest erwarten? Das sind alles Ganoven, außer Bürgermeister La Guardia, aber mit der Zeit wird der auch noch rausfinden, wie der Hase läuft.»

«Ja», sagte Mr Robinson. «Der is 'n weißer Peckerwood wie alle anderen. Aber irgendwie gefällt mir unser Blümchen, hoffentlich bleibt er sauber. Der Herrgott weiß, bei dem verlogenen Gesindel hier können wir eine ehrliche Haut brauchen. Wie gehts Ihrem Jungen, Mr Coffin? Die ham ihn immer noch am Wickel, hm?»

Mr Robinsons Stimme hatte sich verändert, wie es fast immer passierte, wenn die Leute von James Junior sprachen, als wär der schon tot.

«Ja», antwortete Daddy. «Sie halten sie alle noch fest.» Er schüttelte langsam den Kopf. «Ich kann immer noch nicht glauben, dass das passiert ist, obwohl ich den Jungen gewarnt hab, immer wieder. Bleib von der Bande weg. Bleib in der Schule und lern was. Aber was will man machen heutzutage, wo die Kinder so einen Dickschädel haben? Hab dem Jungen den Buckel wund gehauen, bis mir schlecht war.»

«Nun, Mr Coffin, jedermann weiß, Sie sind ein feiner Familienvater und ziehen Ihre Kinder so gut groß, wie's eben geht, mehr kann man nicht machen. Junior war so ein lieber Junge, gut erzogen und freundlich. Nein, der war wirklich keiner, der die Leute überfällt. Aber dieser Freund von dem, wie heißt er noch gleich? Dieser Sonny. Ich will ja nicht schlecht über anderer Leute Kinder reden, aber der würde einen Toten ausrauben. Und den ham sie nicht mal festgenommen, oder?»

«Nein», sagte Daddy. «Der war bei der Razzia nicht im Keller.» Er sprach leise, wie schon die ganze Zeit, seit James Junior festgenommen wurde. Ich hätte gedacht, er würde Tod und Teufel schreien, als er es rausgefunden hat, aber nichts davon hat er gemacht. Nie hat er die Stimme erhoben, immer leise geredet wie jetzt, als wäre sein ganzer Zorn verschwunden, jetzt, wo Junior sich tatsächlich Ärger eingehandelt hatte.

«Ich bin ein erwachsener Mensch», sagte Daddy. «Ich spiel ein bisschen Poker und wette auf die Zahlen, weil ich keinen Unterschied seh, ob ich nun auf dem Rennplatz wette oder in Harlem. Entweder ist Glücksspiel ein Verbrechen oder nicht. Aber ich hab nie keinem Mann auf den Kopf gehauen, schwarz oder weiß, und ihm sein Geld geklaut.»

«Der Peckerwood hat nichts zu suchen gehabt mitten in der Nacht in Harlem. Der wollt diese Hure besuchen, Denise, wie ich gehört hab. Tschuldige, Francie.»

«Schon gut, Mr Robinson», sagte ich.

«Sind Sie schon hin, ihn besuchen, Mr Coffin?»

«Vier oder fünf Mal. Gleich am ersten Abend, als sie ihn festgenommen haben, bin ich hin und hab denen gedroht, ich reiß das Haus ein, Stein für Stein, wenn sie mich nicht zu ihm lassen, und das haben sie dann auch. Junior hat mir gesagt, er hat das nicht gemacht, und ich glaube ihm. Ein Dickschädel ist er wohl, aber mein Junge ist bestimmt kein Lügner.»

«Ein lieber Junge war Junior», sagte Mr Robinson, «und höflich. Hat immer nett und höflich mit allen geredet.»

«Nun, ich muss wieder nach Hause, Mr Robinson», sagte Daddy. «Danke für den Fünfer. Wenn Sie noch mal so ein feines Träumchen haben, sagen Sie Bescheid, dann tipp ich auch drauf.»

«Wird gemacht», sagte Mr Robinson. «Nett, Sie zu sehen, und dich, Francie, und komm vorbei, wenn du deinen Haarschnitt willst.»

Auf dem Weg zurück zur Fifth Avenue rutschte und glitschte ich auf dem vereisten Gehweg rum und klammerte mich an Daddys Hand fest. Der Schnee war zu schmuddeligen Bergen im Rinnstein aufgetürmt, die waren höher als ich und verdreckt mit Hundepipi und Müll. Hatte ich's doch gewusst! Aber mir wars egal, genau wie die Kälte. Ich musste immer noch an Junior denken. *The Tombs*. Da war er, in der Gruft. Als wär er schon tot, aber das war er nicht, und ich wünschte, die Leute würden aufhören, von ihm zu sprechen, als wäre er für immer von uns gegangen.

Als wir auf die Fifth Avenue kamen, standen da vor Max dem Bäcker seinem Schaufenster drei so dürre Schwarze, wie ich sie noch nie gesehen hatte, und starrten die Brötchen an. Die Frau war ein Hungerhaken, und die beiden Männer neben ihr hatten auch nicht mehr auf den Rippen. Wir schauten ihnen ein bisschen zu, die hatten Hunger, das sah 'n Blinder mit 'nem Krückstock. Dann drehten sie sich weg und zogen weiter.

Slim Jim kam vorbei und sagte: «Sie hatten recht, Mr Coffin. Is 'ne Vier in der Mitte. Danke für den Tipp. Hab 'nen Dollar drauf gesetzt.»

«Ich auch», sagte Daddy. Dann ist er schnell in die Bäckerei und mit einer Tüte Brötchen wieder raus und die Straße runter den Dreien nach, hat sie gerade noch erwischt, als sie über die 117th Street wollten.

Daddy hat sie mitgenommen zur Treppe vor unserm Haus, und jeder von denen hat eins von den Zimtbrötchen aus der Bäckerei verschlungen. «Das hier ist Francie, mein kleines Mädchen», sagte Daddy und stellte mir Mrs Snipes, ihren Mann Tom und ihren Bruder Joshua vor. «Die drei schlafen heute bei uns im Keller. Lauf hoch und frag deine Mutter, ob wir noch eine Decke für sie übrig haben.»

Ich machte den Mund auf, wollte ihm sagen, dass wir keine Decke übrig hatten und selbst unter alten Mänteln schliefen, aber dann klappte ich ihn wieder zu, lief hoch und tat, was er mir aufgetragen hatte.

«Keine Decken ham wir nich übrig», sagte Mutter. «Was denkt der sich, dein Herr Vater? Wenn wir die hätten, würden wir die selbst hernehmen.»

Am nächsten Morgen war Samstag, und ich bin runter in den Keller, Lilah besuchen. So hieß sie, und wenn sie nicht so spindeldürr und winzig gewesen wär, hätt sie mit ihrer braunen Haut hübsch ausgesehen.

Wir saßen vor dem Heizkessel auf zwei alten, fleckigen Matratzen, aus denen schon die Füllung rausquoll. Da schliefen sie, mitten zwischen den ganzen Ratten, die hier unten rumrannten. Wahrscheinlich war es sogar mit den Ratten hier unten vor dem Heizkessel besser als draußen in der Kälte.

Lilah sagte, sie kämen aus Virginia, Farmpächter wärn sie gewesen, aber da unten wärs ganz schlimm, und als ihr Baby gestorben war, hätten sie beschlossen, nach Norden zu gehen, wo es vielleicht besser wäre. Aber jetzt, ohne ein Dach über dem Kopf, täts ihnen leid, dass sie überhaupt aus dem Süden weg sind.

«Sie hatten ein Baby?», fragte ich.

Sie nickte. «Ein kleines Mädchen. Ist mit einer Woche gestorben.» Lilah berührte ihre flache Brust. «Hatte keine Milch nicht.»

Ihr Mann und ihr Bruder waren an dem Morgen schon früh losgezogen, um irgendeine Arbeit zu finden.

«Werden keine finden», sagte Lilah, «aber wolln nicht mit Suchen aufhörn, als wärn sie sonst verflucht oder was.»

Daddy brachte mittags ein bisschen Grünzeug mit und Pökelfleisch, Mutter kochte es und machte Maisbrot und gab mir was davon, damit ich es ihnen runterbrachte.

Tom und Joshua waren stille Männer, die leise sprachen. Sie lächelten, als ich ihnen das Essen brachte, und sagten: «Danke, Ma'am.» Es war das erste Mal, dass mich jemand «Ma'am» nannte, und dabei fühlte ich mich ganz seltsam und erwachsen.

Am Tag danach brachte ich ihnen wieder zu essen runter, das, was wir auch aßen. Mutter war so klamm, dass sie doch wieder bei der Blechbüchsenpampe gelandet war. Nicht mal Tomaten hatte sie noch, womit sie's hätte aufpeppen können, stattdessen löffelten wir's aufgewärmt direkt aus der Büchse.

Ich hatte Mutter lachend davon erzählt, wie Daddy das Sofa von Mr Lipschwitz abgelehnt und behauptet hatte, dass unsers in ganz hervorragendem Zustand wäre. Jetzt tat es mir leid, dass ich die große Klappe aufgerissen hatte, denn ein paar Tage später stand das Sofa von Mr Lipschwitz auf einmal in unserem Wohnzimmer, und Mutter hievte unser altes, das abgewrackte Ding, mit Sterling zusammen runter in den Keller.

Als Daddy das neue Sofa sah, kriegte er einen Anfall und stürmte auf der Suche nach Mutter in die Küche. «Ich hab dem alten Juden gesagt, wir brauchen seine abgenutzten Möbel nicht», rief er.

«Wieso hast du ihm das erzählt, wo unser altes Sofa so schlimm zugerichtet war?», fragte Mutter.

«Weil ich's nicht gewollt hab, Weib. Verstehst du kein Englisch nicht mehr?»

«Dem alten Ding hat das Innenleben schon zu den Seiten rausgehangen, und das Wohnzimmer hat so schäbig ausgesehen, ich hab mich geschämt, jemanden reinzulassen. Mr Lipschwitz gibt uns doch immer seine alten Möbel. Wieso bist du auf einmal ...»

«Weil ich's einfach nicht haben wollt.»

Mutter seufzte. «Ich weiß nicht, wie Francie die ganzen letzten Monate auf dem alten Sofa geschlafen hat, wo ihr doch die Federn in die Knochen bohren.»

Das neue Sofa war nicht viel besser zum Schlafen als das alte; die Wanzen hatten sich zwar noch nicht in die Federn gesetzt, aber ich wusste, die kommen, und fühlte mich richtig mies, weil Mutter und ich uns gegen Daddy verbündet hatten.

Daddy hat kein Wort mehr zu Mutter gesagt, ist einfach ins Wohnzimmer marschiert, hat sich auf den Klavierstuhl gesetzt und die Tasten angeguckt.

«Spielst du was, Daddy?» Ich rieb mich mit dem Kopf an seiner Schulter.

Er hat mich geistesabwesend getätschelt, dann hat er mich sanft weggestoßen, aber immer noch auf die Tasten geguckt, als würden die ihm die Tür zu irgendwohin aufschließen. So ist er fast eine Stunde sitzen geblieben, dann ist er raus und die ganze Nacht nicht zurückgekommen.

Sie zahlten uns immer noch keine Stütze, und weil Daddys Kommission ganz an Jocko ging, um für Juniors Anwalt zu bezahlen, und die Leute im Keller auch noch am Mitessen waren, hatten wir nicht mal mehr genug von der Blechbüchsenpampe, dieses Pferdefleisch, ich schwörs, so sehnig und knorpelig, wie das war.

Ungefähr eine Woche später trafen Mutter und ich Sonnys Großmutter auf der Straße. Sie hat gemeint, sie kommt gerade von der Fürsorgestelle und hätte sich eine Kleiderzulage für Sonny gesichert.

«Du lieber Himmel, wie ham Sie das denn hingekriegt?», hat Mutter gefragt.

«Hab mir 'nen Kanten Seife in den Mund geschoben», sagte Mrs Taylor. «Und als die mit ihrem Theater angefangen haben, von wegen, sie wolln mir nichts geben und so, hab ich vorm Mund geschäumt wie so 'n irrer Köter.»

Mutter lächelte. «Wir kriegen gar keine Stütze. Seit Monaten schon nicht mehr.»

«Mrs Coffin, lassen Sie sich von den Leuten da unten nichts gefallen. Präsident Roosevelt hat gesagt, das Geld wär dafür, dass die Armen nicht verhungern, und Gott weiß, dass er damit uns gemeint hat. Gehen Sie da runter und machen Sie denen die Hölle heiß, dann setzen sie Sie gleich wieder auf die Liste, nur um Sie loszuwerden.»

Mutter hat gesagt, das würde sie machen, aber als sie mich am nächsten Tag nicht zur Schule schickte, sondern runter zur Fürsorgestelle schleppte, wusste ich, Mutter macht keinem die Hölle heiß.

Die Fürsorgestelle war gegenüber vom Mt. Morris Park, und wir haben den ganzen Tag nichts anderes gemacht als auf diesem Amt gewartet, bis wir endlich mit der Bearbeiterin reden konnten, die uns wieder warten ließ, bis wir mit der Vorgesetzten von der Bearbeiterin reden konnten. Was für ein System. Wir waren schon seit neun Uhr da und hatten mit vier Leuten gesprochen, und jetzt wars fast drei.

Ich stand neben Mutter, die vor dem Schreibtisch von unserer fünften Bearbeiterin saß. Diese hier hatte das magere Rumpelgesicht verzogen, als würde es nach Pisse stinken, aber ich hoffte, sie war der Oberdrache von diesem Laden. Sie hielt Mutter eine Gardinenpredigt, als wäre sie eine Diebin, weil sie versucht hatte, die Schulden zu begleichen, damit unsere Fürsorgezahlungen nicht gleich wieder an Mr Burnett gingen. Mutter hatte schwer gesündigt. Sie müsste Buße tun, das machte die Magere uns klar.

«Auch wenn Ihr Gatte seine Arbeit als Hausmeister nicht angegeben hat, Mrs Coffin, wäre es Ihre Schuldigkeit gewesen, es selbst zu tun», sagte sie. «Denn ist es nicht die Pflicht einer jeden Mutter, ehrlich, gottesfürchtig und ihren Kindern ein Vorbild zu sein? Ist Ihnen klar, dass Sie gegen einen Abschnitt des Nothilfeplans verstoßen haben?»

Mutter nickte langsam und reumütig. Dass sie auch arbeitete, gab sie nicht an, Hausarbeit gegen Bares, sie würde niemanden verpetzen, dann müsste sie ja bei sich anfangen.

Sie sprach leise, stimmte der Bearbeiterin in allem zu. Ja, es sei ein Fehler gewesen, die Arbeit ihres Mannes nicht anzugeben, das würde sie nie wieder tun, aber der liebe Gott wisse, wie hungrig ihre Kinder seien, also bitte vergeben Sie uns unsere Schuld, dieses eine Mal, und unser täglich Brot geben Sie uns heute, dazu eine Portion Trockenpflaumen und Butter und diese Blechbüchsenscheiße.

Ich stand daneben wie eine Vogelscheuche in zerlumpten Turnschuhen und Flickenrock, eines von

Mutters hungernden Kindern, riesige Augen, unschuldiger Blick.

Du blöde Arschziege, sagte ich stumm zu dem Pickelgesicht, weil sie meine Mutter so demütigte. Auf einmal sah die Bearbeiterin genauso aus wie Madame Queen, alle sahen so aus, obwohl sie weiß waren. Vor lauter Wut konnte ich nicht mal heulen. Am liebsten hätte ich losgebrüllt und der Frau eine reingehauen, aber da war dieser Ausdruck auf Mutters Gesicht. Wo hatte ich den schon mal gesehen? Auf welcher Beerdigung?

Du bettelst niemand an.

Da wusste ich es. Mutter peitschte sich aus, mit dem dicken Ende vom Rasierriemen.

Wir sind ganz schnell von der Fürsorgestelle weg, so froh waren wir, endlich da raus zu sein. Als Mutter blinzelte und schniefte, schaute ich sie erschreckt an. War das eine Träne in ihrem Augenwinkel? Jeder hatte das Recht zu weinen, wenn man ihn geprügelt hatte. Jeder. Als wir über die Straße gingen, nahm ich ihre Hand und hielt sie ganz fest. Sie drückte leicht zurück, guckte zu mir runter. Ihre Augen waren trocken. Hand in Hand stolperten wir nach Hause.

Endlich kriegten wir wieder Stütze, aber für unsere Kellerfreunde wars da schon zu spät. Sie waren weg, bevor der erste Scheck kam, wollten per Anhalter zurück nach Virginia, wo sie beim Verhungern wenigstens nicht erfrieren würden.

Es fiel mir schwer, sie gehen zu sehen. Wenn wir sie öfters gefüttert hätten und mit was anderem als diesem verdammten Pferdefleisch, wärn sie vielleicht geblieben. Ich dachte an James Junior und Vallie, die im Gefängnis saßen, und an China Doll und Sukie und die ganzen Mütter und an meine eigene, die um Stütze betteln musste. Sogar an das olle Mannweib Saralee musste ich denken. Wir waren alle Opfer von irgendwas, wir Schwarzen hier im Norden, etwas, das ich nicht verstand. Aber trotzdem war es besser hier als unten im Süden. Das hab ich sie immer sagen hören, dass die Leute unten in Bip alles geben würden für die Chance, nach Norden zu kommen, ins Gelobte Land. Das war es doch, das Gelobte Land, oder?

Mutter hat Daddy nie erzählt, wieso wir wieder Stütze kriegten, und er hat auch nie gefragt. Hätte er's gewusst, er hätte uns glatt verstoßen, alle beide.

NEUN

Einen Monat nach der Verhaftung haben sie James Junior und drei andere Jungs freigelassen. Es war ein schönes Weihnachtsgeschenk, aber niemand ist groß in Wallung geraten deswegen, weil Vallie und die Washington-Jungs noch immer im Gefängnis saßen. Sie hatten gestanden, den Weißen erschlagen zu haben, und man würde sie wegen Mord vor Gericht stellen. Sie schworen, die anderen hätten nichts damit zu tun gehabt, wären nicht mal dabei gewesen.

Wo sie gerade in Schwung waren, haben sie auch noch gestanden, drei Leute ausgeraubt und zwei Pfandleihen überfallen zu haben. Davor war Sonny aber ganz allein in die Stadt gegangen und hatte der Polizei gesagt, dass James Junior mit ihm zusammen im Jewel Theatre gesessen hatte, als der Mann getötet wurde, und als der Film zu Ende war, wäre Junior zum Schlupfloch der Bande gegangen und Sonny nach Hause. Alle haben gesagt, das war echt mutig von Sonny, weil die ihn sich auch gleich hätten krallen können, wo er schon vor ihnen stand, schließlich war er auch ein Ebony Earl.

Daddy ist los, um James Junior nach Hause zu holen. Mutter hat geweint und ihn umarmt und dann noch mehr geweint. Da hab ich sie zum allerersten Mal weinen sehen. Sterling hat James Junior die Hand geschüttelt, immer und immer wieder, und wie ein Schwachkopf gegrinst, dann haben sie einander abgeklatscht und sind sich in die Arme gefallen. James Junior hat mir das ganze Gesicht abgeküsst. Wir haben gelacht und Junior angetatscht, als könnten wir nicht genug von ihm kriegen.

Dann setzten wir uns zum Essen an den Tisch, so wie schon lange nicht mehr. Mutter hatte wohl in der ganzen Nachbarschaft was zusammengeborgt, weil wir hatten grüne Bohnen mit Schweinsfüßen und Kartoffeln, Rote Bete, Maisbrot und Juniors Lieblingsnachtisch, Apfelklöße.

Während ich und Mutter das Geschirr spülten, halfen Junior und Sterling Daddy beim Proben für die Party, bei der er am Abend spielen sollte. Dann haben wir uns im Wohnzimmer rund ums Klavier versammelt und über alles Mögliche gelacht, als wärn wir schwachsinnig.

«Du lieber Himmel», rief Mutter auf einmal und schlug dann die Hände vor den Mund, «da lachen wir hier laut und ham das alles von der armen Mrs Caldwell ganz vergessen.»

«Ja», sagte Junior, und sein Lächeln verschwand. «Ich muss zu ihr. Jedes Mal, wenn sie Vallie besucht, weint sie so schrecklich, dass er sie nicht mehr kommen lassen will. Das soll ich ihr sagen, hat er gemeint. Dass er sie lieb hat, aber sie soll sich nicht krank machen, wie sie's die ganze Zeit macht, wenn sie kommt und sich so aufregt.»

Obwohl Robert nicht wollte, dass Mrs Caldwell ins Gefängnis ging, wie Daddy nicht wollte, dass Mutter ging, ist Mrs Caldwell trotzdem hin, weil sie meinte, ein Junge in Not muss wenigstens ein Elternteil bei sich haben, und der Teufel persönlich würd sie nicht zu Hause halten.

«Gut, gehn wir gleich übers Dach, sie besuchen», sagte Daddy. «Ich muss bald los zur Party.»

Wir stiegen alle übers Dach, und da drüben wars wie bei einer Beerdigung, die ganze Familie saß ganz still rum, und keiner redete über die Neuigkeiten.

Mrs Caldwell wiegte Elizabeths Baby auf ihrem Schoß. Vor und zurück knarzte der Schaukelstuhl, das einzige Geräusch im Zimmer. Es war schlimmer wie bei einer Totenwache. Mr Caldwells Totenwache war sogar ganz schön gewesen, alle Nachbarn hatten Essen mitgebracht und Wein. Nur auf dem Friedhof war es traurig gewesen, als Mrs Caldwell angefangen hatte zu jammern. Aber das hier war schlimmer, nichts zu essen und zu trinken gabs und kein Begräbnis danach und kein Vallie, den man ordentlich unter die Erde bringen konnte.

Am nächsten Tag waren die Bilder der Jungs in der *Times*, dürr und traurig sahen sie aus, alle drei. Die Washington-Jungs waren zu uns gekommen, damals bei unserer Feier, als Daddys Zahl gewonnen hatte. Jetzt las ich, dass Luke der Anführer der Bande war. In der Zeitung stand:

«Drei kleinwüchsige Negro-Schuljungen haben gestanden, vor einem Monat Lester Farley, wohnhaft 2842 Broadway, in einem Aufgang in Harlem, 14 W. 118th Street, getötet zu haben. Das halbstarke Trio gab zu, seit mindestens einem Jahr weiße Männer aus der Nachbarschaft in Angst und Schrecken versetzt zu haben, und hat sich auch zu drei weiteren Überfällen bekannt.

Der älteste Junge, Luke Washington, 18 Jahre alt, wird als Kopf der Bande betrachtet. Er schilderte, wie er und sein Bruder Calvin, 17 Jahre alt, und dessen Freund Vallejo Caldwell, 16 Jahre alt, Farley ‹überfallen› und ihm zwanzig Dollar gestohlen haben. ‹Überfallen› heißt, jemand hält das Opfer an der Kehle fest, während der Komplize ihm die Taschen durchsucht.

Der Tote arbeitete als Verkäufer in einem Schuhgeschäft an der 116th Street, war verheiratet und hatte zwei Töchter, 7 und 13 Jahre alt. Alle drei Angeklagten gehören der berüchtigten Straßenbande *Ebony Earls* an.»

So erfuhr ich zum ersten Mal, dass der Tote zwei Töchter hatte, und ich fragte mich, warum er auf den Dächern Harlems und in den Kinos herumlungerte, wo zu Hause doch so eine feine Familie auf ihn wartete. In der Zeitung stand nicht, was er an der 118th Street zu suchen hatte, als er getötet wurde, aber alle wussten, dass er die Denise besucht hatte, die Prostituierte.

Als ich Sonny ein paar Tage später auf der Straße sah, marschierte ich direkt auf ihn zu, aber nachdem ich «Hallo» gesagt hatte, kriegte ich die Zähne nicht mehr auseinander und stand ewig rum, bis ich endlich rausbrachte, was ich sagen wollte.

«Ich wollte dir danken, Sonny, für das, was du für James Junior getan hast.»

Sonny starrte über die Straße. «Na, Junior ist mein Kumpel, weißt schon. Wir sind dicke.»

«War aber trotzdem mutig. Daddy hat gesagt, sie hätten dich auch festnehmen können, als du zu denen hin bist.»

«Ach, Francie, das war nichts Großes.» Er guckte auf einmal ganz interessiert auf seine Schuhe, als hätte er gerade erst bemerkt, dass er welche anhatte.

Ich wollte ihn auf die Backe küssen wie die Mädchen in den Filmen, wenn sie einem Jungen sagen, dass sie nur Freunde sein wollten, aber ich wusste nicht wie, deswegen hab ich noch mal gemurmelt, wie mutig er war, und bin dann abgehauen.

Später in der Woche habe ich durch den Lüftungsschacht gehört, wie Daddy und Robert geredet haben, beide dick in ihre Wintermäntel eingepackt, weil es draußen eisig war. Mutter war arbeiten, ich hab das Wohnzimmer abgestaubt.

«Sie haben Vallie und die Washington-Jungs geschlagen, damit sie gestehen», sagte Robert.

«Ja, ich weiß», sagte Daddy. «James Junior hats mir erzählt. Er wollte nicht vor den Frauen drüber reden, aber später hat er's mir gesagt.»

«Haben sie Junior auch geschlagen?»

«Ein bisschen verhauen ham sie ihn, aber nicht so wie die anderen. Jesses, wenn ich den Cop, der meinen Jungen geschlagen hat, nur in die Finger kriegen würde.»

«Dreckschweine», sagte Robert. «Da haben sie einen schon im Knast, wo man nicht wegrennen kann, aber sie müssen einen auch noch verdreschen. Wissen Sie, was die mit einem Freund von mir in Chicago angestellt haben? Haben ihm einen Stromdraht um die Eier gelegt. Als sie mit dem fertig waren, hätte der alles gestanden, sogar, dass er Jesus Christus umgebracht hat.»

«Sie glauben doch nicht, dass ...»

«Nein, so was würden die in New York nich machen. Wenigsten nicht mit Kindern.»

«Meinen Sie, die haben den Mann umgebracht?»

Robert dachte lange nach. Schließlich sagte er: «Ich glaube schon, Mr Coffin. Ich glaube schon.»

Sie sprachen noch eine Weile miteinander, aber ich hörte nicht mehr zu. Robert irrte sich bestimmt.

Wenn James Junior niemanden umbringen konnte, dann konnte es Vallejo sicher auch nicht. Klar, einen alten Weißen im Aufgang überfallen, das schon, aber sie würden ihn nicht töten. Warum konnten sie nicht einfach mal aufhören, die Jungs da unten in den Kerkern zu verprügeln? Dann würden sie vielleicht rauskriegen, dass es nur ein Unfall war. Ich war schon fast am Weinen, als mir ein Gedanke kam. Maude oder Rebecca durfte ich nie erzählen, was ich gerade gehört hatte. Das wäre zu furchtbar, zusätzlich zu allem anderen, wenn sie wüssten, dass die Cops ihre Brüder grün und blau schlugen.

Schon bald blieben Daddy und Junior wieder wie vorher lange weg. Daddy spielte fast die ganze Nacht Poker, und Junior steckte gleich wieder mit den Ebony Earls unter einer Decke, als wäre er nie weg gewesen, und kam immer ganz knapp vor Daddy nach Hause.

Den ganzen Winter über verfolgten wir Vallies Fall in den Zeitungen. In der *News* kam nach der ersten Woche nichts mehr, aber die großen Zeitungen, die Daddy gern las, schrieben noch darüber. Die las ich jetzt auch manchmal, weil ich wusste, dass Daddy sich darüber freuen würde, wenn er zu Hause wäre und es sehen könnte. Über Negroes stand nicht viel in den großen Zeitungen, und wenn, dann meistens Schlechtes. Und in der Zeitung für Schwarze, *The Amsterdam News*, stand viel über die Lynchmorde unten im Süden und über Negroes, die sich oben im

Norden an die Gurgel gingen. Was irgendwie deprimierend war.

In der Schule steckte ich in der Klemme. Wenn ich mein Buch für den Kochunterricht nicht mit Rezepten vollkriegte und fürs Handarbeiten kein Kleid fertig nähte, würde ich in beiden Fächern durchfallen. Kochen fand ich grässlich, deswegen schlich ich mich immer weg. Sie geben einem 'nen Fingerhut voll von dem und eine halbe Pipette von was anderem, dazu ein Rezept, das man von der Tafel abschreiben musste, und am Ende sollte man aus dem Mist was zusammenkochen. Nur einmal bin ich dageblieben, da haben wir Shepherd's Pie gekocht. Ich hätte ja nichts dagegen zu lernen, wie man Senfgemüse oder Schweineschwänze zubereitet, aber so was kam nie dran, deswegen bin ich nicht mehr hin, und natürlich hatte ich auch kein Buch voller Rezepte.

Handarbeiten war genauso schlimm. Jeder sollte bis zum Halbjahresende ein Kleid nähen, das wurde dann benotet. Die Klasse musste alles gemeinsam machen, die Säume vernähen, mit den Ärmeln anfangen, Hohlsaum. Ich war immer schneller fertig als alle anderen, aber Mrs Abowitz, unsere Lehrerin, ließ mich auf den Rest der Klasse warten, bevor ich weitermachen durfte. Sie meinte, wenn ich mir mit dem Hohlsaum mehr Mühe geben würde, wäre ich auch nicht so schnell fertig, aber ich hatte keine Lust, immer zu warten, und deswegen bin ich auch da nicht mehr hin. Wenn ich den Unterricht schwänzte, ging ich auf die Toilette und las da mein Büchereibuch oder Schmuddelhefte, wenn ich welche hatte.

Das machte ich auch jetzt gerade, außerdem dachte ich über den Ärger nach, den ich kriegen würde. Ich saß auf der Toilette und las Schmuddelcomics, drei Stück hatte ich: Mutt und Jeff vögelten zwei Mädchen gleichzeitig, Jiggs besorgte es Maggie, und die kleine Waise Annie wurde fast unter Daddy Warbucks begraben. Die Hefte waren in Farbe wie die Sonntagscomics, aber viel aufregender.

Dann fiel mir ein, wie ich an die Rezepte kommen könnte. Die meisten meiner Freundinnen waren in derselben Lage wie ich, sie hätten vielleicht ein paar Rezepte, aber nicht alle. Nur Joan, das einzige weiße Mädchen in meiner Klasse, ging immer in den Kochunterricht.

Joan tat mir leid, weil sie keine Freundinnen hatte. Dabei war sie eigentlich selbst schuld, weil sie nichts mit uns zu tun haben wollte und immer so hochnäsig tat. Aber ich konnte mir schon vorstellen, dass es keinen Spaß machte, in der 119th Street zu wohnen, wo die anderen weißen Leute doch schon weggezogen waren und man mit lauter Negroes und Puerto Ricanern auf eine Schule gehen musste. Ich und Maude hatten versucht, uns mit ihr anzufreunden, aber schnell drauf geschissen, als sie ihre sommersprossige Nase in die

Luft gereckt und uns ignoriert hat. In Mathe hatte ich allerdings beim Schmuddelheftchentauschen mitgekriegt, wie Joan ganz sehnsüchtig auf meine Sammlung geschielt hat.

Ich rannte zurück zum Gemeinschaftsraum, um sie nach Unterrichtsschluss abzupassen. «Hi, Joan», sagte ich, als hätte ich sie nicht schon den ganzen Tag gesehen. «Wie gehts, wie stehts?»

Sie nickte langsam. «Gut, danke.»

«Ich hab mich gefragt, Joan, ob du dir vielleicht für heute Nachmittag meine Comics ausborgen möchtest.»

«Du meinst, die ...»

«Ja, genau die meine ich.»

«Ei, Francie, das wär aber arg nett von dir.» Sie rang sich ein Lächeln ab.

«Und könnte ich mir in der Zwischenzeit dein Rezeptbuch borgen? Ich hab ein oder zwei verpasst.»

Ihr Lächeln erstarb.

«Ich will nur ein paar Rezepte abschreiben, Joan. Tut niemand weh.»

«Na ja, ich weiß nicht recht ...»

«Und jedes Mal, wenn ich wieder welche von diesen schmuddeligen Heften kriege, spar ich sie für dich auf.»

«Das würdest du tun?»

«Versprochen.»

«Also gut. Aber ich habe mein Buch nicht dabei.»

«Ich komm auf dem Heimweg bei dir vorbei und hols mir ab. Du wohnst doch in der 119th Street, oder? Welche Hausnummer?»

«Hundertzweiundzwanzig.»

«Gut, ich komm gleich und bring die Heftchen mit», und bevor sie's sich anders überlegen konnte, war ich schon weg.

Ich ließ ihr einen kleinen Vorsprung, aber kurze Zeit später stand ich vor ihrem Haus. Sie wohnte mit ihrer Mutter in einem dreistöckigen Brownstone im Parterre, und sie hatten einen separaten Seiteneingang. Ich trat ans Metallgitter vor der Haustür und klingelte. Joans weißes Gesicht spähte hinter einer Gardine hervor, dann öffnete sie die Tür einen Spalt.

«Warte kurz, ich hol mein Rezeptbuch.»

Sie ließ mich fast fünf Minuten draußen stehen. Gerade als ich noch mal klingeln wollte, kam sie endlich zurück, entriegelte das Metallgitter und kam nach draußen.

«Wieso hast du so lange gebraucht?»

«Meine Mutter wollte wissen, wer du bist.»

«Aha.»

Sie gab mir ihre Rezepte, ich ihr meine Schmuddelgeschichten. Dann verschwand sie wieder im Haus und ließ das Metallgitter hinter sich ins Schloss fallen. Auf dem Heimweg wurde ich ziemlich gallig, weil sie mich draußen hatte warten lassen, statt mich reinzubitten und ihrer Mutter vorzustellen.

Als ich zu Hause die Rezepte abschrieb, dachte ich die ganze Zeit, verdammte Joan, aber eine schöne, saubere Handschrift hatte sie, das musste ich ihr lassen.

Am nächsten Tag gab ich mein Rezeptbuch ab. Mrs McCarthy, die Lehrerin, glotzte mich an, als wär ich eine Fremde, was ja fast stimmte, aber in ihrer Klasse waren so viele, dass sie sie wieso nicht alle kannte, weswegen sie nicht sicher sein konnte, ob ich die meiste Zeit da gewesen war oder nicht. Sie blätterte mein Buch besonders misstrauisch durch, wie ich fand, aber immer, wenn sie mich anguckte, lächelte ich zuckersüß, und schließlich murmelte sie: «Sehr gut», und gab mir eine A minus.

Mrs Abowitz, meine Handarbeitslehrerin, ließ sich nicht so leicht täuschen. Maudes Kleid war eine Katastrophe und hing wie ein Sack an ihr runter, aber wenigstens hatte sie es fertig genäht, ich dagegen hatte nur eine Seite von meinem zusammen und würde das jetzt nie und nimmer hinkriegen. Nachdem Maudes Kleid benotet worden war, hatte ich sie angebettelt, es mir zu borgen.

«Ich kann mich nicht erinnern, dich regelmäßig im Unterricht gesehen zu haben, Francie», sagte Mrs Abowitz, während sie durch ihre dicke Brille Maudes schlampige Nähte inspizierte.

«Bin aber da gewesen», murmelte ich.

«Wenn du dir mehr Zeit für deinen Rückstich nehmen würdest, Francie, könnte vielleicht mal eine ordentliche Näherin aus dir werden. Damit hat man ein gutes Auskommen.»

«Ich glaube nicht, dass mir das gefallen würde, Mrs Abowitz. Wenn ich groß bin, will ich Sekretärin werden.»

«Nun, Francie, wir müssen pragmatisch sein. Für Negroes gibt es in diesem Bereich nicht viele Stellen. Und solange du zur Schule gehst, solltest du Dinge lernen, die dir bei der späteren Arbeitssuche dienlich sind.»

«Ich mag Steno und Schreibmaschine, Mrs Abowitz», gab ich bockig zurück, «und ich werde Sekretärin.»

Sie seufzte. «Es ist mir ein Rätsel, warum sie Sachen unterrichten, die bei solchen wie euch nur zu Enttäuschungen führen.»

Ich bin fast sicher, Mrs Abowitz wusste, dass das Kleid nicht von mir stammte, aber aus irgendeinem Grund gab sie mir eine B plus, obwohl Maude zuvor nur eine C dafür gekriegt hatte.

Zur Feier des erfolgreich beendeten Halbjahrs leierte ich Mutter Geld aus dem Kreuz und überredete sie, mich allein losgehen zu lassen, um mir davon neue Schuhe zu kaufen. Gut, Mutter hat Rebecca gebeten, mich zu begleiten und dafür zu sorgen, dass ich mich nicht über den Tisch ziehen ließ, aber irgendwie war das doch wie allein einkaufen, was ich toll fand, weil es mit Mutter meist grässlich war. Für meine großen

Füße wollte sie mir immer irgendwelche babyhaften flachen Schuhe andrehen. Aber jetzt würde ich mir welche mit richtigem Absatz kaufen.

Zuerst sind Becky und ich zum Stöbern zu *Kress's* an der 125th Street gegangen. Es war immer lustig, im Dollarstore rumzubummeln, auch wenn man kein Geld hatte. Wir bewunderten die hübschen Blumen für einen Dime, die auf einem Kamm prangten, den man sich in die Haare schieben konnte, und es gab Seidenstrümpfe für neununddreißig Cent, die man unter der Brücke für zehn Cent billiger kriegen konnte. Zum Abschluss schlenderten wir rüber zur Gebäcktheke, und während die Verkäuferin mit Kassieren beschäftigt war, mopsten wir uns einen Schokokeks und verschwanden schnell nach draußen.

Unsere Kekse verdrückten wir auf dem Weg zum Schuhgeschäft, wo wir erst mal ins Schaufenster guckten. «Da, solche will ich», sagte ich zu Becky, den ausgestreckten Finger auf ein Paar schwarze Lederschuhe mit prima Absatz gerichtet.

Im Laden suchten wir uns einen Platz zum Hinsetzen. In *Miles Shoe Store* war es immer proppevoll, genau wie in *National's* nebenan. Keine Ahnung, warum.

«Diese Schuhe bestehen ja nur aus Pappe», sagte die Lady neben uns. «Wäre ein Wunder, wenn die einen Monat halten.»

«Ach», erwiderte der weiße Verkäufer, «Sie wollen Lederschuhe für einen Dollar achtundneunzig?»

Ich und Becky grinsten. «Ich möchte die Nummer sieben null vier anprobieren», sagte ich zu dem Verkäufer. Auf die Zahl würde ich morgen setzen. «Größe sieben.»

Der Mann brachte den Schuh und quetschte meinen rechten Fuß rein.

«Der ist dir zu eng», sagte Becky, als ich vor den Spiegel humpelte.

«Nein, ist er nicht», sagte ich schnell. Die würde ich nicht größer nehmen, und wenn es mich umbrächte. Ich hatte auch so schon Quadratlatschen.

«Deine Mutter hat mir aufgetragen, dafür zu sorgen, dass du die richtige Größe kaufst.» Becky tat ganz erwachsen und streng. Sie fragte den Verkäufer: «Haben Sie den auch eine halbe Größe größer?»

«Ich sag dir, Becky, der passt wie angegossen.» Die Schuhe glänzten und waren fein mit Schleifchen und vorne rund, was mir am Zeh drückte, aber die würden schon noch nachgeben, verdammt noch mal.

«Wenn die mit der Zeit weiter werden, schlüpfe ich hinten raus», sagte ich zu dem Verkäufer, als er mir in die nächste Größe half.

«Steh auf», sagte er.

Ich gehorchte und ging zum Spiegel. Diese Größe war erheblich bequemer, aber siebeneinhalb? Wann hörten meine Füße endlich auf zu wachsen?

«Besser?», fragte Becky.

«Zu groß», behauptete ich.

«Die nehmen wir.» Becky klang genau wie meine Mutter.

Ich wollte widersprechen, aber da kam eine Lady mit Gebrüll in den Laden gerannt, und da wollte ich natürlich wissen, was sie zu brüllen hatte.

«Sie ham ihn umgebracht. Sie ham das arme Kind in den Keller runtergeschleppt und totgeschossen!»

«Was reden Sie da, Lady?», fragte jemand, während sich um sie herum eine Menge bildete. «Wer hat wen getötet?»

«Die Polizei. Sie haben in *Kress's* einen kleinen Puerto Ricaner erschossen. Er soll ein Taschenmesser geklaut haben, da haben sie ihn in den Keller geschleift, damit er gesteht, und ihn umgebracht. Wegen 'nem verdammten Messer.»

Im Laden machte sich ein Raunen breit. Wir bezahlten für die Schuhe und gingen raus. Die Nachricht hatte sich schon auf der ganzen 125th Street verbreitet.

«Hast gehört? Im Dollarstore ham sie einen kleinen Puerto Ricaner totgeschlagen. Hat sich ein bisschen Süßkram gemopst, und die Cops ham ihn zu doll gehauen, da isser gestorben. Gottverdammte Schläger. War nur ein Kind, wie ich hör, elf oder zwölf.»

«Dieser *Woolworth's* war mir schon immer ein Dorn im Auge», sagte eine fette Lady zu uns. «Niemand von denen stellt Schwarze ein, aber die Verkäufer sind richtige Faulpelze – und jetzt ham sie auch noch dieses Kind umgebracht.»

«Das ist bei *Kress's* passiert», erzählte ich der Lady. «Jedenfalls soweit wir gehört haben. Ich und meine Freundin Becky waren da gerade noch drin, keine halbe Stunde ist das her. Den Jungen hatten sie vielleicht schon am Wickel, als wir ...» Ich ließ den Satz in der Luft hängen und guckte Becky an. Sie nickte, weil sie verstand, was ich nicht ausgesprochen hatte: *... als wir da drin Kekse gemopst haben.* Himmelherrgott, genauso gut hätten die Cops uns erwischen können, weil im Dollarstore mopsten wir immer Kekse, das ist so sicher, wie der Teufel Hufe hatte. Das hätten wir sein können, bei *Kress's* tot im Keller. Oder wars doch im *Woolworth's* passiert?

Auf dem Heimweg hörten wir immer wieder lautstarkes Protestgeschrei. Ja, was eine Schande. Bei Gott, eine miese, elendige Schande.

Als Mutter an diesem Abend nach Hause kam, überfiel ich sie gleich mit den Neuigkeiten.

«Mutter, ich und Becky, als wir bei *Kress's* warn, da ...»

«Hast du deine Schuhe gekriegt?»

«Ja, Mutter, aber ich muss dir ...»

«Zieh an und zeig. Ich will sehen, ob du die richtige Größe gekauft hast.»

«Sie passen gut, Mutter. Sind sogar ein bisschen zu groß. Becky und ich warn ...»

«Zeig mir die Schuhe, Francie.»

Ich holte sie und quetschte mich rein.

«Ja, die passen gut. Francie, sieh mir zu, dass du sie nicht gleich wieder auslatschst. Du und Schuhe, du lieber Himmel. Erst vor zwei Monaten hab ich dir neue gekauft.»

«Na, meine Schuld ist das nicht.» Langsam wurde ich sauer. «Die bestehn ja nur aus Pappe, deswegen latsch ich die so schnell aus, außerdem will ich dir was Wichtiges erzählen, aber du denkst an nichts anderes als an diese ollen Schuhe.»

«Was hast du denn da für einen Ton am Leib, Francie Coffin? Wenn du keine Pappschuhe magst, dann verdien Geld und kauf dir selbst welche. Sie würden länger halten, wenn du sie nach der Schule ausziehen und deine Turnschuh tragen würdest, wie ich's dir ständig predige.»

«Tut mir leid, Mutter, ich wollte nicht ...»

«Was wolltest du mir denn erzählen?»

Sie hatte es mir verdorben. Ich war dankbar für die Schuhe, aber irgendwie, weiß nicht wie, war nun alles verdorben, die Aufregung, weil ich Mutter die Neuigkeiten erzählen wollte, dass ich und Becky bei *Kress's* gewesen waren, als der Junge getötet wurde.

«Sie haben einen kleinen Jungen geschlagen oder ihn erschossen, weil er bei *Kress's* ein Messer oder Süßkram gestohlen hat. Vielleicht war's auch bei *Woolworth's* gewesen. Jedenfalls ist es in der 125th Street passiert, und der Junge ist tot.»

«Du lieber Himmel!», sagte Mutter. «Was noch alles?»

Was noch alles? Lauter Krawalle, die ich glatt verschlafen hab, ich dumme Nuss.

«Gestern Nacht ham se in der 125th Street alles kurz und klein geschlagen», erzählte Maude mir am nächsten Morgen.

«Wer?»

«Wir alle. Ham richtig Krawall gemacht und die ganze Straße verwüstet.»

«Wegen dem Jungen, den sie totgeschlagen haben?», fragte ich aufgeregt. «Ich wette, ich und Becky waren bei *Kress's*, als das passiert ist, und wir waren zu blöd, um in der 125th Street zu warten, bis der Krawall anfing. Lass uns auf dem Schulweg dran vorbeigehen.»

Es war ein kühler Märztag, und der Wind peitschte wie wild um die Ecken. Auf der 125th Street war wirklich alles verwüstet, überall lagen Scherben, umgestoßene Mülltonnen und lauter Krempel, den sie aus den Läden auf die Straße geschleppt hatten. Es wimmelte von Cops, und die Ladenbesitzer vernagelten ihre kaputten Schaufenster mit Brettern. Ein paar von diesen mickrigen Schwarzen-Läden an der Lenox Avenue wie der Friseur und der Süßwarenladen hatten sich «Owned by Colored» auf die Fenster gepinselt. An der jüdischen Wäscherei stand «Colored work here».

«Hey, jetzt schau dir diesen verlogenen Schweinehund an», rief Maude.

Ich war schon oft an dieser Wäscherei vorbeigekommen, hatte aber noch nie einen Negro hinterm

Tresen stehen sehen. Als wir weitergingen, sahen wir, dass sie die Tür trotzdem eingetreten und den Laden verwüstet hatten.

«Hat wohl nicht hingehauen, die Flunkerei», sagte Maude.

Als wir an *Herbert's* Juwelierladen an der Ecke Seventh Avenue vorbeikamen, sagte ich: «Hier wär ich gestern gern gewesen. Dann hätte ich mir durchs kaputte Fenster einen Diamantenring geholt. Wenn ich den zur Pfandleihe gebracht hätte, wär ich jetzt reich. Aber ich sag dir was, mit Becky geh ich nicht mehr in die 125th Street. Jedes Mal, wenn ich das mache, gibts einen Aufstand.»

Schließlich kamen wir zur Schule, zu spät, aber egal, alle waren wieso aufgeregt und plapperten über die Krawalle, und wir mussten nicht mal nachsitzen.

Am Tag darauf stand ein ausführlicher Bericht in den Zeitungen, den ich mir genau durchlas. Ein junger Puerto Ricaner, 16 Jahre alt, hatte bei *Kress's* tatsächlich ein Messer gestohlen, aber die Cops hatten ihn nicht erschossen, sondern seinen Arsch ins Gefängnis geschleift. Trotzdem ist es zu Krawallen gekommen. Dreitausend Negroes haben zweihundert Glasscheiben zertrümmert und sich mit fünfhundert Cops eine Schlacht geliefert. Es gab hundert Verletzte und einen Toten.

Der Staatsanwalt, von dem Daddy gesagt hatte, er wär ein Handlanger von Dutch Schultz, behauptete, das Ganze wär eine kommunistische Verschwörung gewesen, und er würde sie alle ins Gefängnis werfen.

Bürgermeister La Guardia hat große Schilder verschickt, die sie in den Geschäften an der 125th Street aufgestellt haben, und ich und Sukie sind hin, um sie uns anzugucken. Auf einem stand, die meisten Bewohner von Harlem wären anständige, gesetzestreue Amerikaner, und der Aufstand wär von bösartigen Individuen angezettelt worden, die falsche Gerüchte über Rassendiskriminierung verbreitet hätten.

Sukie hielt mir ihren Finger unter die Nase. «Du bist eine gesetzestreue Amerikanerin», sagte sie.

«Nein, bin ich nicht. Ich bin ein bösartiges Individuum», sagte ich, und wir lachten uns kaputt. Dann lasen wir das Schild vom Bürgermeister noch mal laut vor, jede eine Zeile, und wir prusteten wieder drauflos. Auf dem ganzen Heimweg knufften wir uns in die Seite und riefen: «Du bist bösartig! Nein, du bist anständig.» Ich musste so doll lachen, dass ich Bauchweh bekam und mir fast nicht aufgefallen wär, dass Sukie mich viel doller knuffte als ich sie. Wenn mich jemand gefragt hätte, was so lustig war, ich hätte keine Antwort gewusst.

Die Krawalle hatten Daddy und James Junior wohl von der Straße nach Hause getrieben, weil sie die nächsten Tage immer in der Nähe blieben. Eines Abends saßen wir alle im Wohnzimmer, als Daddy laut aus der Abendzeitung vorlas. Er ging mir und

Mutter ständig damit auf die Nerven, weil wir die *Daily News* lasen, dieses Gossenblatt, wie er es nannte. Die würden gegen Negroes hetzen, uns immer wie Schläger und Raufbolde hinstellen, und da könnten die doch genauso gut mit dem Theater aufhören und uns Nigger nennen, fertig. Aber in den *Daily News* gefielen mir die Bilder, und die Artikel waren leicht zu lesen, außerdem kaufte Mutter sie immer, wenn sie zwei Cent übrig hatte. Sie las im Schneckentempo und mochte die Bilder auch. Diese großen Zeitungen, die Daddy gefielen, waren schrecklich langatmig, aber ich las sie jetzt öfter und sagte ihm das auch.

Daddy las uns vor, was Adam Clayton Powell Jr. zu sagen hatte. Adam behauptete, die Schwarzen wären wütend, weil sie keine Arbeit hatten und von der Wiege bis ins Grab diskriminiert wurden, deswegen lehnten sie sich auf. In ihren eigenen Vierteln dürften sie nicht mal einen Job als Busfahrer annehmen oder in Harlem Milch ausliefern oder in den Geschäften an der 125th Street arbeiten. Außerdem waren sie wütend wegen den Scottsboro-Jungs und wegen Mussolini, der in Äthiopien rumwütete, was dem Völkerbund völlig egal war. Natürlich hat Adam es nicht genau so ausgedrückt, aber so hat er's gemeint. Er hat auch gesagt, die Mieten wären in Harlem höher als überall sonst in der Stadt, und diese Wohnblöcke wären Rattennester und eine Schande, und bei Gott, damit hatte er recht.

Daddy blätterte um. «Noch einer gestorben», sagte

er. «Hört euch das an: «‹Aufstände fordern fünftes Opfer. Kenneth Hobston, 16, ein Negro, wohnhaft 304 St. Nicholas Avenue, starb gestern im Harlem Hospital an einer Schussverletzung, die er sich im Verlauf der Krawalle zugezogen hatte. Streifenpolizist John McDonald gab zu Protokoll, er habe in eine Gruppe Jungen geschossen, als diese aus einem Laden rannten, den sie zuvor geplündert hatten. Zeugen hatten allerdings ausgesagt, dass Hobston den Krawallen lediglich zugesehen hätte. Auf den Jungen wurde von hinten geschossen. Der Polizeichef versprach, den Vorfall zu untersuchen. Es ist das fünfte Todesopfer, das wir im Rahmen der Aufstände von letzter Woche zu beklagen haben.›»

«Eine Schande», sagte Mutter. «Sechzehn Jahre alt und tot, und wozu?»

«Und der Polizeichef wird den Vorfall untersuchen», sagte Daddy. «Was bedeutet, dass er diesem Cop eine weiße Weste umhängt. Fünf Menschen tot, vier davon schwarz. Ich weiß nicht, was mit den Negroes im Norden los ist. Die wissen nicht mal, wie man ordentlich Krawall macht, sondern lassen sich beim Scheibenzertrümmern und Zeugkaputtmachen umlegen. Rein gar nichts ändert das. Ja, als kleiner Junge, da haben wir unten in Charleston einen Aufstand angezettelt. Da haben wir genügend Peckerwoods abgemurkst, damit sie die Botschaft verstehn. In Charleston ist danach nie wieder einer gelyncht worden. Bei Gott nich. Als der Sheriff diesen Schwarzen umgebracht hat, sind die Negroes runter zum Betriebshof und haben von der Bahn die Eisenschwellen rausgeholt. Da war eine ganze Armee von uns auf den Beinen. Ich war nur ein kleiner Junge, aber ich war mit dabei. Sind direkt in die Stadt marschiert und haben jedem weißen Schädel, der uns übern Weg gelaufen ist, eins mit den Bahnschwellen übergezogen. Haben die Peckerwoods komplett überrascht, und die habens nie vergessen.»

«Du warst bei Krawallen dabei, Daddy?», fragte ich aufgeregt. «Hast du uns noch nie was von erzählt.»

«Wohl hab ich das», sagte Daddy. «Mir hört nur nie jemand zu. Jawoll, diesen Peckerwoods ist Hören und Sehen vergangen, und vergessen haben sie's auch nie. Fenster zertrümmern, zum Teufel damit. Wenn du was zertrümmerst, dann einen Weißenschädel. Wenn du jemanden umbringst, muss es sich auch lohnen.»

Er schaute James Junior durchdringend an und ließ seine Worte wirken, bevor er fragte: «Und wo warst du in der Nacht, du und deine Bande? Glaub bloß nicht, ich hätte den Schnitt an deiner Hand nicht bemerkt. Du hast mit denen die Läden geplündert, stimmts?»

Junior wich Daddys Blick aus. «Wir sind nur rumgezogen.»

Daddy wandte sich Sterling zu. «Und wo warst du?»

«Wer? Ich? Ich war ... na ja, ich war mit James Junior unterwegs.»

Daddy schüttelte den Kopf. «Ich dachte, wenigstens

du wärst schlauer, Sterling. Ich dachte, du würdest lernen, dein Hirn zu benutzen.»

Ich war froh, dass Daddy nicht wissen wollte, wo ich gewesen war. Geschämt hätte ich mich, weil ich den ganzen Krawall verschlafen hatte, obwohl ich am Anfang dabei gewesen war.

Daddy wandte sich wieder Junior zu. «Eine Runde Gefängnis hat dir wohl nicht gereicht. Willst du da endgültig einziehen? Mach nur weiter Mist, dann klappt das, und ich schwör dir, das nächste Mal reiß ich mir kein Bein aus, um dich da rauszupauken.»

«Les uns mehr vor, Daddy», sagte ich rasch, damit er James Junior in Frieden ließ.

Daddy murmelte noch was vor sich hin, dann las er einen kurzen Artikel über ein sechs Monate altes Kind vor, das nach einem Rattenbiss im Harlem Hospital gestorben war.

Der Bürgermeister hatte einen Ausschuss benannt, der die Krawalle untersuchen sollte, und jeden Tag kamen neue Berichte mit ihren Erkenntnissen raus. Wie zum Beispiel, dass es gar nicht die Kommunisten gewesen sind, die die Krawalle ausgelöst hatten, sondern Vorurteile und harte Zeiten, wovon die Leute den Blues kriegten, genau wie Adam gesagt hatte, bis ihnen irgendwann der Kragen platzte.

Dann fing Vallies Verhandlung an, und die ganzen Berichte, von denen Daddy meinte, dass wir Negroes das eh schon alles wissen, wurden auf einen Schlag unwichtig. Ich hab mir die *Amsterdam News* geholt, um darin alles über die Verhandlung zu lesen. Obwohl die Caldwells uns haarklein davon erzählten, kam mir die Sache noch schlimmer vor, wenn ich darüber in der Zeitung las.

Die Schlagzeilen in allen Zeitungen waren voll mit Dutch Schultz. Er stand in Albany vor Gericht, weil er keine Steuern gezahlt hatte auf das Geld, das er mit Bierschmuggel während der Prohibition verdient hatte. Ein Kerl namens Dewey wollte ihn drankriegen.

Dann fand ich auf der letzten Seite eine kurze Notiz über Vallie und die anderen. Ihr Anwalt bat darum, die Anklage fallen zu lassen, weil die Jungs nur unter Zwang gestanden hätten. Das bedeutete, dass sie verprügelt worden waren. Der Richter sagte darauf, das käm gar nicht infrage, und hat angeordnet, am nächsten Tag die Geschworenen auszuwählen.

Die Anklage gegen Dutch Schultz blieb auf den Titelseiten der Zeitungen. Es wurde viel Aufhebens darum gemacht, wie er die Glücksspiele angeführt und sogar die Cops bestochen hatte, aber die Geschworenen befanden ihn für unschuldig. Sie konnten sich nicht auf ein Urteil einigen, deswegen würde der alte Dutch eine neue Verhandlung kriegen. Alle sagten, dass er die Geschworenen bestochen hatte, wie sonst auch jeden.

Der Frühling kam nur langsam, er musste Gevatter Winter wohl erst ins Grab bringen, bis der endlich aufgab, und es war schon Mai, als wir endlich unsere schweren Kleider ablegten, und selbst da wars noch kühl und feucht.

Dann war Vallies Verhandlung vorbei, und obwohl wir es erwartet hatten, traf uns das Urteil wie ein Schlag. Die Geschworenen hatten zwei Stunden gebraucht. Sie befanden die drei Jungs des Mordes für schuldig, die Strafe lautete Hinrichtung auf dem elektrischen Stuhl.

ZEHN

«Sechzehn Jahre hab ich gebraucht, um den Jungen großzuziehen», sagte Mrs Caldwell. «Wie können ein paar Leute in zwei Stunden bestimmen, dass er sterben muss? Wie können sie Kinder umbringen, bevor sie zu Männern werden?»

Mutter und ich waren an dem Nachmittag, als die Nachricht rauskam, bei den Caldwells zu Besuch. Die ganze Familie hatte sich versammelt.

«Ich hab mir Mühe gegeben, Vallejo und seinen Bruder zu guten Menschen zu erziehen», sagte Mrs Caldwell. «Ihr Vater genauso. Er war furchtbar streng mit ihnen, aber er hat seine Jungs geliebt. Das wussten sie auch. Oft hab ich mich zwischen sie gestellt, um sie vor der Wut ihres Vaters zu schützen. Und jetzt soll mir jemand sagen, was wir falsch gemacht haben. Wie hätten wir's besser machen können? Was hat meine Jungs dazu gebracht, wie wilde Tiere durch die Straßen zu streifen? Gebetet hab ich, nächtelang wach gelegen und auf sie gewartet, aber nichts hat geholfen. Jetzt soll mir jemand sagen, was ich und ihr Vater falsch gemacht haben. Sagt es mir, weil meine Tränen vertrocknet sind. Keinen einzigen Tropfen quetsch ich noch aus mir raus.»

Doch selbst als sie das sagte, liefen ihr die Tränen über die Wangen, und alle anderen weinten gleich mit.

«Jetzt beruhigt euch doch», sagte Robert sanft. «Diese ganze Weinerei bringt uns gar nichts. Sie prügeln die Geständnisse aus den Jungs raus, und genau da liegt unsere Chance, Widerspruch einzulegen. Ein paar Weiße aus der Stadt schreiben eine Petition an den Gouverneur, er soll die Todesstrafe für Minderjährige abschaffen, also gibt es noch Hoffnung. Jetzt seid alle still, noch sitzen die Jungs nicht auf dem elektrischen Stuhl.»

Elektrischer Stuhl. Das Wort jagte mir einen Schauer über den Rücken. Einmal, als ich den Überbrücker reingeschoben hatte, hab ich dabei einen Stromstoß bekommen. Ein blitzschneller Schmerz war das gewesen, der meinen Körper da durchzuckt hatte. Würde Vallie schnell von uns gehen, ohne Schmerzen? Vallie, Vallie. Was für eine abartige, unnatürliche Art zu sterben.

Am nächsten Sonntag stand ich früh auf, um ein paar überfällige Bücher zur Bücherei zurückzubringen. Es war wie verhext, ich brachte sie immer verspätet zurück, und natürlich hatte ich kein Geld, um die Gebühren zu bezahlen, deswegen erklärte ich mich einverstanden, meine Schulden in Raten abzutragen. Vierunddreißig Cent schuldete ich ihnen jetzt für diese Bücher, und zwölf Cent von davor. Ich versprach, bei jedem Besuch zwei Cent abzuzahlen. Die Bibliothekarin war furchtbar nett und hat mir meine Karte nicht weggenommen. Ich versprach ihr ein weiteres Mal, die Bücher ab jetzt immer vor der Ablauffrist zurückzubringen.

Daddy hat mir einen Dime fürs Kino gegeben, aber ich wollte mir stattdessen Geld verdienen, indem ich unter der Brücke Einkaufstaschen verkaufte.

Die Brücke, so hieß der offene Markt an der Park Avenue, unter der Hochbahn der Pennsylvania Railroad. Unter der Brücke gab es Hunderte Karren, alle nebeneinander aufgestellt, da konnte man alles kaufen, von eingelegten Heringen bis zu Baumwollschlüpfern. Die Brücke ging von der 116th Street bis runter zur 110th Street, und draußen an der Straße gabs auch Großhändler, die sehr billig waren.

Wenn man den ganzen Tag durchhielt, konnte man mit den Einkaufstaschen zwischen dreißig und vierzig Cent verdienen. Ich bin in den Großhandel und hab mir acht Taschen für einen Dime gekauft, die ich für zwei Cent das Stück wieder verkaufen wollte.

Die Händler, fast nur alte Juden, waren in zwei oder drei zerlumpte Pullover eingepackt, die Frauen trugen lange dunkle Röcke bis zu den Füßen, als würden sie nicht wissen, dass wir hier in Amerika waren; ihre Gesichter waren rau und rot vom Wind oder dem Feuer, das bei vielen in Tonnen hinter den Karren brannten. Die standen bei jedem Wetter hier draußen, genau wie ihre verarmte Kundschaft, die extra herkam, um ein paar Cent zu sparen.

Kaltes, nasses Wetter war mir ein Graus, deswegen verging mir schon bald die Lust, vor den Ständen auf und ab zu laufen und «Einkaufstaschen, zwei Cent! Holn Sie sich hier Ihre Einkaufstaschen! 'ne Tasche, Lady?» zu rufen. Aber weil ich eisern blieb, war ich mittags die ersten acht Taschen los und hatte schon die nächsten acht nachgekauft.

Die Geschäfte liefen allerdings nicht besonders gut, zwei Mal musste ich den ganzen Markt rauf und wieder runter latschen, nur um eine einzige Tasche zu verkaufen. Irgendwann blieb ich stehen und beobachtete eine kleine jüdische Dame in einem viel zu großen Mantel, der aussah, als wäre er von ihrem Großvater. Sie lag mit einem rotgesichtigen Händler im Clinch, er hätte beim Kartoffelnabwiegen mit der Hand das Gewicht hochgeschummelt, was der Mann allerdings energisch bestritt, wobei er die Hände erhoben und die buschigen schwarzen Brauen hochgezogen hatte, als würde das seine Ehrlichkeit beweisen. Während die beiden sich ankeiften, stieß der hektisch gestikulierende Händler vier oder fünf Pampelmusen von seiner Karre. Eine davon rollte mir vor die Füße, ich hob sie rasch auf, ließ sie in meine Einkaufstasche fallen und schlenderte davon.

Aber der Händler hatte mich gesehen. «Fasst den Dieb! Hinterher!», rief er und setzte mir nach.

Ich rannte los, guckte aber immer wieder über die Schulter, ob er aufholte. Während er hinter mir schnaufte und keuchte, sammelte die kleine alte Dame die anderen Pampelmusen ein und ließ sie ebenfalls in ihrer Tasche verschwinden. Als ich das sah, blieb ich einfach stehen. Gerade als der Mann mich eingeholt hatte und an den Schultern packen wollte, zeigte ich hinter ihn und sagte: «Sie sollten besser auf Ihren Karren aufpassen.»

Ein Blick zurück, und er verstand, machte kehrt und rief der Frau nach: «Fasst den Dieb! Hinterher.»

Inzwischen hatte sich um seinen Karren herum schon eine Menge gebildet, und die Frau war verschwunden. Der Händler musste sich geschlagen geben, denn wenn er der Frau hinterherlief, würden sich die anderen einfach an seinem Karren bedienen. Vor Wut hüpfte er auf und ab, sein Gesicht wurde immer röter, die Lumpen, in die er sich gehüllt hatte, schlabberten mit. Die Menge brach in Gelächter aus. Der alte Narr hätte einfach bei seinem Karren bleiben sollen.

Zuerst lachte ich mit, aber irgendwann tat mir der Mann leid, vielleicht, weil er wie eine Vogelscheuche aussah mit seiner roten Knopfnase und den ganzen Pullovern übereinander. Ich bereute es, seine blöde Pampelmuse überhaupt aufgehoben zu haben. Nachdem ich sie wie eine Apfelsine geschält hatte und aß, dachte ich an Mutter, die mir den Hintern versohlen würde, wenn sie von dem Diebstahl wüsste. Zu allem Überfluss war sie auch noch halb vergammelt, sodass ich sie am Ende angewidert wegwarf. Es war so lange her, dass ich eine Pampelmuse gegessen hatte, warum musste ausgerechnet die jetzt vergammelt sein?

Als ich den Rest meiner Ware auch noch losgeworden war, trieb mich der Hunger in den nächsten Feinkostladen. Dort gönnte ich mir einen Hotdog mit Sauerkraut und dazu eine Portion Mixed Pickles aus einem riesigen Holzfass, das auf dem Gehsteig stand. Die kleinen Portionen kosteten zwei Cent, die großen einen Nickel, und sie waren so sauer, dass mein Mund weinte.

Ich mampfte den Hotdog mit Genuss, schlenderte die Straße entlang bis zu einer jüdischen Bäckerei und guckte ins Schaufenster. Zwölf Cent hatte ich noch übrig. Für einen Dime konnte ich mir zwei köstliche Apfelstrudel kaufen oder weiter unter der Brücke Einkaufstaschen verkaufen. Aber die gammelige Pampelmuse und die ganzen Schereien deswegen hatten mir die Lust daran verdorben, die wieso nicht besonders groß gewesen war. Außerdem hatte ich schon vier Stunden damit verplempert, also ging ich in die Bäckerei und kam mit den Strudeln wieder raus. Eigentlich war es blöd, dass ich meinen Gewinn gleich wieder ausgegeben hatte, aber so lief das fast immer.

Zurück in der Fifth Avenue fand ich raus, dass ich auf die richtige Zahl gesetzt hatte. Hot diggedy dog!

Ich konnte es kaum erwarten, bis Mutter heimkam. Als ich ihre Schritte hörte, rannte ich ihr schon auf die Treppe entgegen.

«Mutter, rate mal, was passiert ist. Sieben null vier hat gewonnen, und ich hatte 'nen Nickel drauf gesetzt!»

«Einen ganzen Nickel? Francie, wie wunderbar!»

Sie kam rein und ließ sich auf einen Stuhl am Esstisch fallen.

«Weißt du noch die Schuhe, die ich bei *Miles* gekauft hab, Mutter? Als Rebecca mit war? Auf denen hat sieben null vier gestanden, und danach hab ich dauernd auf diese Zahl getippt, immer mit vollem Einsatz.»

«Ich wünschte, ich hätte auch einen Nickel drauf gesetzt», sagte Mutter. «Dreißig Dollar.»

«Dreißig Dollar können wir doch gut gebrauchen, oder?», fragte ich.

«Aber sicher doch.» Wir lächelten uns an.

«Willst du 'ne Tasse Tee, Mutter? Ich mach dir eine.»

Ich sauste in die Küche, kochte den Tee, schenkte ihr die Tasse randvoll ein, wie sie es mochte, und brachte sie ihr an den Esstisch. Dann machte ich mir auch einen. «Wir haben keinen Zucker», sagte ich.

«Frag Mrs Caldwell.»

Ich klopfte an ihr Fenster, und Elizabeth kam. «Lizzie, ich hab heute mit einem Nickel die richtige Zahl getippt.»

«Francie, du Glückspilz!» Sie lächelte und drehte

sich zur Wohnung um. «Ma, Francie hat einen Nickel auf die richtige Zahl gesetzt!»

«Habs schon gehört», sagte Mrs Caldwell. «Da kann sie mir ja eine Lakritzstange kaufen.»

«Mach ich, Mrs Caldwell», rief ich ihr zu, «mach ich.»

Ich hielt Elizabeth die Tasse hin. «Können wir Zucker borgen?»

«Klar, wenn wir welchen haben.» Sie verschwand mit der leeren Tasse und kam mit einer vollen wieder zurück.

«Danke, Lizzie. Ich kauf dir morgen ein ganzes Pfund.» Das nahm ich mir fest vor.

Ich und Mutter saßen Tee schlürfend am Esstisch und warteten darauf, dass Daddy mit dem Gewinn heimkam.

«Wir können neue Decken für dein Bett kaufen», sagte Mutter. «Is ein Wunder, dass du mir im Winter nicht erfrierst.»

«Tu ich doch», sagte ich. Wieder lächelten wir uns an. «Kaufen wir auch neue Decken für Junior und Sterling?», fragte ich.

«Wenn du das willst.»

«Soll ich dir nachschenken, Mutter?»

«Danke, Francie. Nur eine halbe Tasse diesmal.»

Wir warteten und warteten, bis Daddy endlich nach Hause kam. Ich flog ihm gleich entgegen. «Ich hab sieben null vier mit 'nem Nickel getippt, Daddy!»

«Ich weiß.»

«Ich und Mutter haben schon überlegt, wie wir das Geld ausgeben.»

«Na, noch hab ich's nicht, Kleines.» Daddy ließ sich schwer auf den Stuhl fallen.

«Nein», sagte Mutter. «Du meinst doch wohl nich, dass du Francies Geld nich gekriegt hast.»

«Es stand auf meinem Zettel», sagte Daddy.

«Ist ja gut, wenn wir mit meinen Gewinnen gleich unsere Schulden bei Jocko zahlen, aber es kann nicht sein, dass er auch Francies Geld einsteckt. Hast du ihm nicht gesagt, dass es Francie gehört?»

«Wer gewinnt, ist völlig egal. Ich hab Jocko versprochen, dass ich ihm das geborgte Geld für Juniors Anwalt mit Gewinnen und meiner Kommission zurückzahle, und nein, ich hab ihm nicht gesagt, dass es Francies Geld ist, sondern habs gleich aufgerechnet.»

«Du lieber Himmel!», sagte Mutter.

«Ist schon gut», rief ich. «Stört mich nicht, Mutter. Ehrlich nicht.»

«Tut mir leid, Francie», sagte Daddy und stand auf, um wieder loszuziehen.

Aber Mutter hatte das letzte Wort. «Das war Francies Gewinn, Adam, nicht unsrer. Francies Gewinn.» Daddy sagte nichts, stapfte nur zur Tür raus, und da tats mir schon leid, dass ich die dumme Zahl richtig getippt hatte. Während ich mich fürs Bett fertig machte, dachte ich darüber nach und kam zu dem Schluss, dass dieser Tag wohl einfach nicht der richtige zum Geldverdienen gewesen war.

Wir hatten schon wieder Ärger mit Madame Queen. Daddy machte für die WPA die Abwasserkanäle sauber und war eines verregneten Tages mit schlimmem Husten heimgekommen. Er bellte wie ein Hund. «Das ist 'ne Lungenentzündung», sagte Mutter am Abend besorgt.

«Sei nicht albern, Henrietta», sagte Daddy. «Hab mich nur verkühlt.»

«Mr Caldwell ist an Lungenentzündung gestorben», sagte Mutter, «und der hat genauso gebellt, bevor er abgetreten ist.»

«Na, ich trete nirgendwohin, brauchst gar nicht drauf hoffen.»

«Wie kannst du so was sagen, Adam, wo ich nur an deine Gesundheit denke?»

«Weil ich mit meiner Lebensversicherung tot mehr wert bin als lebendig.»

«Red kein dummes Zeug.» Mutter hatte einen scharfen Ton angeschlagen. «Deine Versicherung ist nur fünfhundert Dollar wert.»

«Sag ich doch.» Daddy seufzte. «Tot bin ich mehr wert als lebendig.»

Am nächsten Morgen ging Daddy zurück in die Kanalisation, aber in der Nacht kriegte er hohes Fieber und redete wirres Zeug. Mutter zwang ihn, die nächsten Tage zu Hause zu bleiben, begrub ihn unter einem Stapel alter Mäntel, die wir sonst als Decken benutzten, und im Zimmer stank es nach Kampfer und Salpeter.

Madame Queen kam nachgucken, was los war. Weil Daddy nicht im Harlem Hospital lag, befand sie, er könnte unmöglich die wandernde Pneumonie haben. Auf sie wirkte er rundrum gesund, meinte sie und forderte ihn auf, wieder zur Arbeit zu gehen.

«Der geht mir in keine feuchte Klärgrube arbeiten», sagte Mutter. «Was denken Sie sich eigentlich? Soll er vor Ihnen ins Grab rutschen, damit Sie ihm glauben, dass er krank ist?»

Madame Queen, die Mutters Widerrede nicht gewohnt war, nahm verdattert Reißaus. Aber sie gab sich nicht geschlagen. Als Daddy am nächsten Tag nicht zur Arbeit erschien, wurde er entlassen, und Madame Queen weigerte sich strikt, uns wieder Stütze zu zahlen.

Dieses Mal hat Mutter nicht bei Daddy nachgefragt, ob sie mehr Stunden annehmen soll, sondern hats einfach getan. Jetzt war sie jeden Tag den ganzen Tag weg, außer Sonntag. Manchmal putzte sie, aber in einigen Haushalten musste sie auch Wäsche waschen. Nach der Arbeit versuchte sie immer noch, Ordnung in unseren schlampigen Haushalt zu bringen, denn ich war da groß keine Hilfe. Jeden Tag kochte ich und spülte Geschirr, aber nachdem ich einmal beim Wäscheaufhängen ein Laken in unseren Hof fallen gelassen und eins von Daddys guten Hemden mit dem Bügeleisen verbrannt hatte, musste ich nicht mehr bei der Wäsche helfen. Zum Putzen hatte ich auch kein Talent. Mutter sagte immer, ich wäre zu verträumt, ohne meine Hilfe wäre sie viel schneller, deswegen habe ich immer nur zugesehen, dass ich ihr nicht im Weg rumstand.

Als es Daddy wieder gut ging, trieb er sich an Straßenecken rum, wo sie Einfachwetten abschlossen, weil er nicht mehr für Jocko einsammelte. Er meinte, er säße zu tief in der Falle und würde wieso kein Geld verdienen, wozu das alles also. Und jede Nacht spielte er Poker, manchmal kam er gar nicht nach Hause.

Dann ist auch noch Junior die ganze Nacht weggeblieben, er hat gefeiert, weil sie ihn wegen seiner Schwänzerei von der Schule geworfen hatten. Als er am nächsten Abend endlich heimkam, wartete Daddy schon auf ihn.

«Ich bin zu groß, um verprügelt zu werden», sagte James Junior zu Daddy, als der ihm befahl, den Rasierriemen zu holen.

Kurz dachte ich, Daddy würde einen Satz durchs Zimmer machen und Junior den Hals umdrehen oder einen Anfall kriegen und tot umkippen. Aber er hat sich nur an der Tischplatte festgeklammert, als würde die ihn davor bewahren, auf Junior loszugehen.

«Da hast du recht», sagte Daddy schließlich, «bist

verdammt erwachsen. Warst bei dem Liebchen, wie ich hör, mit dem du jetzt rumrennst?»

Junior zuckte überrascht zusammen, dann wich er Daddys Blick aus und nickte. «Ja, da war ich.»

«Wenn du groß genug bist, um bei irgendeiner Frau im Bett zu liegen», sagte Daddy, «biste auch groß genug, dein eigenes Geld zu verdienen. Solange du in die Schule gehst, füttere ich dich durch, also mach, dass du wieder hinkommst, oder geh arbeiten und zieh verdammt noch mal hier aus.»

Junior sagte kein Wort, wanderte einfach in sein Zimmer, stopfte Hemd, Hose und Unterhose in eine Papiertüte und ging zur Tür.

«Ich schau demnächst mal vorbei und bring dir ein bisschen Geld», sagte er zu Mutter.

Mutter hatte sich die ganze Nacht und den ganzen Tag um James Junior gesorgt, und jetzt wirkte sie wie vor den Kopf gestoßen. Sie ließ sich auf den Stuhl fallen und wiegte sich vor und zurück.

«Ist er weg?», fragte sie. «Ist er wirklich weg?»

«Der kommt schon wieder», sagte Daddy leise. Er ging zu Mutter und fasste sie an den Schultern, damit sie still saß.

«Er ist kein schlechter Junge, Adam», sagte Mutter. «Wollt nur nicht in die Schule, noch nie wollt er das. Und er läuft mit dieser Bande mit, weil das seine Freunde sind.»

«Der kommt schon wieder, Henrietta. Jetzt mach

dir keine Sorgen. Er kapiert nicht, wie schwierig es ist, da draußen auf der Straße. Wenn er erst rausfindet, wie's ist, so ganz allein, dann ist er froh, wenn er wieder nach Hause kommen kann.»

Ich sah Sterling an, der im Türrahmen stand. Als meine Lippe zu zittern anfing, packte er mich am Arm. «Jetzt heul bloß nicht los, Francie. Wag es nicht zu flennen, hörst du?»

Ich nickte. Fürs Flennen war ich wieso zu aufgeregt.

«Wer ist das Liebchen, von dem hier alle reden?», fragte Mutter.

«Nur ein Mädchen», sagte Daddy. «Mach dir darüber mal keine Sorgen. James Junior ist wohl alt genug, um ein Mädchen zu haben.» Daddy zog Mutter auf die Füße und führte sie ins Schlafzimmer. Danach sind wir alle ins Bett.

Das Letzte, was ich von Daddy gehört hab, war: «Weine nicht, mein Schatz. Bitte weine nicht. In ein paar Tagen ist der Junge wieder da, verlass dich drauf.»

Aber Junior ist nicht mehr nach Hause gekommen, nicht zum Schlafen, nicht zu Besuch und auch nicht, um Mutter Geld zu geben. Wahrscheinlich hatte er keins über. Später hat mir Sukie erzählt, sie hätte von Alfred gehört, dass Junior in der 135th Street wohnen würde, mit einer gewissen Belle, die früher eins von Alfreds Mädchen war.

ELF

Jetzt, wo Junior weg war, kams mir vor, als würde alles nur noch schlimmer. Mutter und Daddy kriegten sich dauernd in die Haare, und irgendwann kam Daddy dann gar nicht mehr heim. Er häufte spät am Abend die Kohle auf und feuerte früh am Morgen den Kessel an, aber dazwischen kam er nicht mehr hoch zu uns. Wenn ich ihn sehen wollte, musste ich die Leute auf der Straße fragen:

«Hey, ham Sie meinen Daddy gesehn?»

«Der ist grade die Straße runter, Francie.»

Dann rannte ich die 119th Street entlang. «Hallo, Mrs Mackey, ham Sie mein Daddy gesehn?»

«Der war gerade vor zehn Minuten noch bei mir Karten spielen, Francie. Dann isser nachgucken gegangen, welche Zahl vorn liegt.»

Normalerweise traf ich Daddy aber in Mrs Mackeys Wohnung an. Sie hatte ein Pokerspiel am Laufen und hat Schweinsfüße und King Kong verkauft. Wenn ich ihn da antraf, stellte Daddy mich den anderen Männern am Tisch vor und schickte mich dann mit einem Quarter nach Hause. Ich bin wenigsten einmal die Woche los, um ihn zu suchen, weil ich mich manchmal glatt verzehrt hab danach, ihn nur zu sehen.

Kaum war es wärmer, lungerten auch die Männer wieder auf unserem Dach herum – das machten sie, glaube ich, weil hier so viele Mädchen wohnten. Wenn wir früher einen Mann auf unserem Dach erwischt hatten, waren wir gleich zu unseren Vätern oder Brüdern gerannt, die hatten dann ihren Kopf aus dem Fenster gestreckt und sie angeschrien, oder sie waren gleich hochgerannt, woraufhin die Männer blitzschnell abgehauen waren. Aber Daddy war nie zu Hause, und Mr Caldwell und Papa Dan waren tot, Junior war weg, Vallie und Pee Wee saßen im Gefängnis, und Sterling war die ganze Zeit drüben bei Michael, wo sie mit ihren Chemikalien rumexperimentierten. Er und Michael, der einzige andere Schwarze in Sterlings Klasse, waren ganz dicke miteinander.

Michael gefiel mir. Er war hellschwarz und hatte komische graue Augen und so lange Beine, dass er mich weit überragte, was nicht auf viele Jungs zutraf, weil ich hochgeschossen war wie ein Knallbonbon und für ein Mädchen viel zu groß war. Meine Füße waren auch groß, über die stolperte ich ständig, vor allem, wenn Michael in der Nähe war, und natürlich brachte ich dann auch kein Wort raus.

Einmal kam er vorbei, um mit Sterling zu lernen, und als ich ihm die Tür aufmachte, lächelte er mich an und flitschte mir unters Kinn.

«Bist 'ne süße Maus, Francie. Erinner mich dran,

wenn du erwachsen bist, damit ich mich in dich verliebe.»

Da hat mein ganzer Körper gekribbelt, und ich hab drei Nächte lang von ihm geträumt. Aber als ich ihn das nächste Mal getroffen habe, war ich schon wieder uninteressant, und er hat im Vorbeigehen gerade mal «Hallo» gemurmelt. Trotzdem mochte ich Michael. Immer wenn er zu uns kam, was nicht oft passierte, weil Sterling wie gesagt die meiste Zeit bei Michael war, aber wenn er mal kam, kriegte ich den Mund nicht auf und wurde ganz nervös.

Jedenfalls hatten diese Männer auf dem Dach nun freie Bahn. Weiße kamen keine mehr, nur Schwarze und Puerto Ricaner. Wenigstens einmal die Woche klopfte ich bei den Caldwells ans Fenster und flüsterte Maude oder Rebecca zu: «Da oben ist wieder ein Mann, der sein Ding herzeigt», und wir setzten uns ans Fenster und schauten ihm zu.

«Warum wollen die unbedingt, dass wir das angucken?», fragte ich Rebecca einmal, denn es sah wirklich so garstig aus, dass ich mir nicht mal im Traum vorstellen konnte, einen Mann an mich ranzulassen.

Sie zuckte mit den Achseln. «Weil die nicht ganz richtig ticken, darum.»

«Hast du schon mal jemanden rangelassen, Becky?»

Sie antwortete nicht. Ihr Blick klebte an einem von den Männern, der sein Ding mit beiden Händen umklammert hielt und so doll dran rumzog, dass er aussah, als würde er einen Veitstanz aufführen. Becky leckte sich nervös über die Lippen. Ich drehte mich von ihr weg. Bestimmt hatte sie schon jemanden rangelassen. Es war mir lieber, wenn ich mit Maude zuguckte, weil die die Männer genauso widerlich fand wie ich. Obwohl, manchmal war ich mir auch bei Maude nicht sicher. Sie haute die wildesten Sachen raus, wie gestern, als sie mich übers Dach begleitet hat.

«Nie werd ich heiraten», sagte sie. «Die Leute zetern und zanken die ganze Zeit.»

«Wohl wahr», sagte ich. «Was willste werden, wenn du groß bist, Maude?»

«Prostituierte.»

«Letztes Jahr wolltest du noch Krankenschwester werden. Warum jetzt auf einmal nicht mehr?»

«Darum.»

«Aber warum willst du Prostituierte werden?»

«Weil man dann alles kriegt, aber nicht heiraten muss.»

«Meinst du das ernst?»

«Vielleicht, vielleicht auch nicht.»

Wie gesagt, bei Maude konnte man sich nie sicher sein.

Nach dem Abendessen verschwand ich rasch ins Bad, um meine Verabredung mit dem schmutzigen Geschirr zu verbummeln, aber ich musste auf der Stelle wieder rausrennen, weil es da drin so verraucht war, dass ich fast erstickt wäre. Sterling hatte wieder seine stinkenden Chemikalien zusammengemischt. Immer wenn er drüben bei Michael gewesen war, veranstaltete er in unserem Bad Explosionen, als müsste außer ihm keiner da rein.

Ich lief also zurück in die Küche. Sterling saß am Tisch und lernte. «Warum kann Sterling seine Experimente nicht in seinem Zimmer machen?», beschwerte ich mich bei Mutter.

«Weil er da drin schlafen muss», antwortete Mutter, «darum. Willst du, dass er erstickt?»

«Lieber er als ich. Ich kann im Bad nicht mal mehr lesen, vor lauter Rauch seh ich die Buchstaben nicht.»

«Gut», sagte Mutter, «du liest wieso zu viel, hilf mir lieber im Haushalt. Irgendwann wirst du noch ganz bekloppt. Los, abwaschen jetzt.»

Weil Sterling mich ignorierte, bemerkte ich im Vorbeigehen: «Was macht ihr eigentlich genau, du und Michael? Bessere Pferdescheiße? So stinkts jedenfalls.»

«Francie!» Mutter holte mit der Hand aus, aber ich duckte mich weg. «Red nicht so dreckig. Wir wollen hier keine Gossensprache. Es heißt Pferdemist.»

«Ja, Mutter.» Ich streckte Sterling die Zunge raus, und er drehte mir eine Nase.

Als Mutter wenig später mitkriegte, dass Sterling und Michael die Schule schwänzten, war sie völlig fassungslos: nicht ihr Sterling, der aufs College gehen und unsere Rettung sein würde.

«Ich habs satt, wie eine Vogelscheuche zur Schule zu gehen», sagte Sterling, «und für ein paar lausige Pennys Schuhe zu putzen. Ich such mir einen Job, damit verdien ich richtig Geld.»

«Aber die Schule macht dir doch Spaß», sagte Mutter bestürzt. «Du hast gute Noten und lernst die ganze Zeit.»

«Und wozu? Klar, noch sieben Jahre, und ich hab einen Abschluss. Wie viele Firmen nehmen einen schwarzen Chemiker? Die wollen ja nicht mal schwarze Gefängniswärter. Ich will jetzt Geld verdienen, Mutter. Ich habs satt, deine Dimes und Quarters wie Almosen zu empfangen und …»

«Mach das nicht, Sterling», flehte Mutter. «Bitte, tu mir das nicht an.»

Mr Bryant, Michaels Vater, wollte mit Daddy sprechen, aber der war nicht zu Hause, also unterhielt er sich lang und breit mit Mutter. Mr Bryant sah genauso aus wie Michael, er war groß und hatte auch diese komischen grauen Augen.

«Wir haben keine Wahl», sagte er schließlich, «wir müssen die Jungs getrennt halten. Beide sind blitzgescheit, aber wenn sie zusammen sind, reitet sie der Teufel. Michael hat noch nie Schule geschwänzt.»

«Sterling auch nicht.»

«Weiß ich. Aber wenn wir sie jetzt trennen, kann ich

dem Jungen vielleicht die fixe Idee aus dem Schädel prügeln, dass er mit der Schule aufhören und sich einen Job suchen will. Die haben noch ihr ganzes Leben Zeit, für einen Hungerlohn zu schuften, in einem Job, den sie für dumme Negroes vorgesehen haben. Die müssen auf der Schule bleiben, ganz unbedingt.»

«Ich hab immer gesagt, dass Sterling unsere Rettung ist», sagte Mutter. «Mein Ältester, James Junior, hat sich in der Schule immer schwergetan. Dumm war er nicht, aber er hat nie die Kurve gekriegt. Sterling war immer schon schlau. Ich weiß nicht, was ich tun soll. Er ist zu stur, Prügel helfen bei dem nicht. Sonst würd ich den Jungen in die Schule prügeln und zurück, jeden Tag würd ich das. Ich red noch mal mit ihm, Mr Bryant. Keine Ahnung, ob wir die beiden getrennt halten können, aber versuchen schadet nichts. Danke, dass Sie vorbeigekommen sind.»

«Grüßen Sie mir Ihren Gatten», sagte Mr Bryant zum Abschied.

Mutter versuchte immer wieder, mit Sterling zu reden. Einmal, als er rumschrie, die weißen Kinder auf der Schule wären immer tipptopp angezogen, nur er und Michael sähen aus wie dem Busch entlaufen, sagte ich: «Und wer hat dich gezwungen, in die Schule für weiße Jungs zu gehen? Warum war die Colored-Highschool nicht gut genug für dich?»

«Noch ein Wort von dir», drohte Sterling, «und ich knall dir eine, dass du dir in die Hose pisst.»

«Was ist nur in euch gefahren», jammerte Mutter, «dass ihr vor mir solche Gossenausdrücke benutzt? Wenn ich dich noch mal so mit deiner Schwester reden hör, Sterling, brech ich dir den Hals. Hast du verstanden?»

«Ja, Mutter.»

Dann fing sie wieder an, auf ihn einzureden, sie selbst wär nur zur Volksschule gegangen, und weiß Gott, ihre Kinder sollten mal nicht so schuften müssen wie sie. Aber das brachte alles nichts. Drei Wochen vor den Sommerferien bekam Sterling einen Job beim Bestatter auf der anderen Straßenseite, verdiente sieben Dollar die Woche und ging nicht mehr auf die Schule.

Als Daddy uns einen seiner seltenen Besuche abstattete, um Mutter ein paar Dollar zu geben, erzählte sie ihm, dass Sterling seine Drohung endlich wahr gemacht und sich einen Vollzeitjob gesucht hätte.

Daddy ließ sich auf einen Stuhl fallen und stützte den Kopf in die Hände. «Womit hab ich es verdient, mit solchen Söhnen gestraft zu sein?», fragte er. «Vor ein paar Tagen hab ich James Junior in der 118th Street gesehen und …»

«Das hast mir gar nicht erzählt», unterbrach Mutter. «Gehts ihm gut?»

«Ja», sagte Daddy. «Zumindest aus seiner Sicht. Hatte einen brandneuen Anzug an und spitze Wildlederschuhe. Und weißt du, mit wem der zusammen war? Mit diesem verdammten Zuhälter Alfred. Ich nehm an, den bewundert er, so einer will er werden, unser Sohn, denn Alfred hat immer genug Geld, einen Diamantenring, ein großes Auto und Kontakt zu Weißen in gehobenen Kreisen. Sohn, hast du Arbeit?, frag ich, und er sagt, nein, nicht direkt, da hab ich ihn lieber nicht gefragt, wo er seine neuen Kleider herhat. Dann hab ich ihm angeboten, er könnte jederzeit nach Hause zurückkommen, unsere Tür ständ immer offen. Er hat sich bedankt, ganz höflich, und hat gemeint, er käm gut klar, aber er würd dich bald mal besuchen kommen.»

«Warum hast du mir nicht erzählt, dass du ihn gesehen hast?», wollte Mutter wissen.

«Weil ich wütend war. Da läuft der mit diesem gottverdammten Zuhälter rum und will so wie der sein.»

«Du weißt doch gar nicht, ob er das will. So sein wie Alfred», sagte Mutter.

«Und ob ich das weiß», brüllte Daddy. «Hab ich meinen Jungen nicht mit eigenen Augen gesehen, wie er diesen Zuhälter nachgeäfft hat?»

Mutter wollte das nicht glauben, das war klar zu sehen, sie hats einfach nicht gelten lassen. Ich konnte es auch nicht glauben.

«Und dann denk ich so bei mir», redete Daddy leiser weiter, «einer von zweien ist auch nicht schlecht. Sterling ist intelligent und geht bald aufs College. Ich hätt das Geld schon aufgetrieben, ich schwörs dir, Henrietta. Gestohlen hätt ich's, wenn es sein müsste, nur damit Sterling aufs College geht. Aber wenn er's nicht will, wenn sein Schädel so dick ist, dass er die Schule nicht zu Ende machen will, dann soll mich der Teufel holen ...» Er verstummte und stand auf. «Er soll dir vier Dollar die Woche für sein Zimmer und das Essen geben. Wenn er nicht in der Schule ist, soll er für seinen Unterhalt bezahlen.»

Dann zog er wieder ab, wobei er kopfschüttelnd murmelte, dass er gestraft wär mit zwei Idioten als Söhnen.

Endlich war Sommer, und ich war dreizehn. Ich wollte mich freuen, aber mein Geburtstag war wie jeder andere Tag auch. Von Mutter bekam ich einen Dime, und davon gab ich Sukie einen Nickel ab. Wir machten dieselben Sachen wie immer, zogen morgens unsere alten Badeanzüge an und liefen auf der Straße rum, auf der Suche nach einem Hydranten, den die Jungs aufgedreht hatten. Sie stülpten immer eine Holzkiste drüber, damit das Wasser hochspritzte, und wir sahen zu, dass wir richtig nass waren, bevor ein Cop auftauchte und den Hydranten wieder zudrehte, dann schlenderten wir weiter zum nächsten. Oder wir gingen die 131th Street hoch, Tante Hazel besuchen, wo sie und Mr Mulberry uns verwöhnten und mit Limo und Kuchen vollstopften, bis wir fast platzten. Aber nichts machte mehr so richtig Spaß. Ich verbrachte viel Zeit mit Lesen auf der Feuertreppe, von wo aus ich den

Glockenturm im Mt. Morris Park sehen konnte und auf der anderen Seite das Empire State Building, ganz blass in der Ferne. Es kam mir vor, als säße Harlem in einem Tal fest, gefangen zwischen diesen beiden hohen Punkten. Ich wusste, hinter dem Glockenturm kam nur noch mehr Harlem, aber weiter unten an der Fifth Avenue, hinter diesen Wolkenkratzern, tja, das war eine andere Welt, zu der ich seufzend rüberguckte und mir vorstellte, ich wär da drüben, statt hier in diesem finsteren Tal festzusitzen.

Nachts versüßte ich mir das Einschlafen, indem ich mir vorstellte, wie Ken Maynard auf seinem mächtigen weißen Ross die Fifth Avenue entlanggaloppiert kam, mich auf seinen Sattel hob und mit mir in diese andere Welt davonritt.

Eines Tages aber ging ich ins Jewel Theatre, und da passierte was Seltsames. Seit ein paar Monaten war mir schon aufgefallen, dass Cowboyfilme mich nicht mehr so begeisterten wie früher. Weder Tom Mix noch Bob Steele, nicht mal mehr Ken Maynard. An dem Tag, während einer Riesenschlacht, als Ken von Apachen umzingelt war, die die Planwagen angezündet hatten, war ich auf einmal auf der Seite der Apachen. Ich wollte nicht, dass sie schon wieder abgeschlachtet wurden. Aber die Kavallerie kam natürlich wie immer in letzter Sekunde angeritten, und die Apachen wurden wie immer niedergemetzelt. Das machte mich wütend, schließlich hatte dieser Weiße den Vertrag gebrochen und war eindeutig der Böse. Klar, am Ende wurde auch der getötet, aber zu spät, da war ich schon auf der falschen Seite, und alles war verdorben.

Auf dem Heimweg vom Kino wurde ich bitterböse. Als ich dann auch noch auf einer Bananenschale ausrutschte, beförderte ich sie mit Schmackes in den Rinnstein, wo ein Ladenbesitzer einfach seinen Müll reingefegt hatte. Harlem war doch nichts anderes als ein einziger großer Müllhaufen. Und überall wars brechend voll, die Leute fielen praktisch von den Gehwegen, Kinder drängelten sich einem zwischen den Beinen hindurch, sodass man fast hinschlug. An diesen Straßen war etwas Schwarzes und Böses, und dieses Etwas war auch in mir.

Ich hatte schon unseren Hauseingang erreicht, als Max der Bäcker nach mir rief. In der Bäckerei war alles dunkel.

«Ich wollte gerade schließen», sagte Max, als ich an ihm vorbei in den Laden ging. Dieser Wicht war so wachsbleich und winzig, der war doch nicht ganz echt. «Ich hab 'ne Tüte Kekse. Morgen sind die nicht mehr gut, da dachte ich, dass du sie gern hättest.» Gut sind die schon jetzt nicht mehr, dachte ich. Was Gutes gibts bei Max nicht umsonst. Mit seiner bis zu den Knöcheln dunkel behaarten Hand hielt der mir die Tüte hin, mit der anderen grapschte er nach meiner Schulter und ließ sie bis zu meiner Brust wandern. Ich hob ein Knie und rammte es ihm zwischen die Beine.

Zwar erwischte ich ihn nicht mit voller Wucht, aber es reichte wohl, denn er brüllte wie angestochen, ließ die Kekstüte fallen und krümmte sich vor Schmerzen.

«Das kannst du mit deiner Mutter machen», brüllte ich und rannte raus. Morgen würde ich mir den miesen Metzger vorknöpfen, mit seinem Gratis-Gammelfleisch.

Ich lief nach oben, wo Mutter in ihrem Schlafzimmer meinen Rock ausbesserte, der mittlerweile nur noch aus Flicken bestand.

«Mutter, ziehn wir irgendwann mal weg von der Fifth Avenue?»

Sie legte den Rock beiseite und sah mich lange an. Schließlich sagte sie: «Eines Tages, Francie, ziehn wir aus dieser elenden Gegend weg.»

«Der wollt wissen, wer du bist», sagte der Zwilling, «und wie alt.»

«Was hast du ihm gesagt?», fragte ich aufgeregt.

Der Zwilling glotzte mich an wie 'n Mondkalb. «Na, dass du dreizehn bist, was sonst?»

«Und was hat er da gesagt?»

«Er hat gemeint, dreizehn wär 'n bisschen jung, aber du siehst älter aus, also will er dich trotzdem treffen. Er ist sechzehn.»

«Sechzehn», sagte ich. «So alt sieht der gar nicht aus.»

Ich hatte Vincent gestern von Weitem gesehen, ein

heller, hübscher Junge mit netten Haaren – der Vetter von den Zwillingen, auf Besuch aus Florida.

«Jedenfalls hat er gemeint, er wär heute Abend mit den anderen auf der Treppe vorm Haus», sagte der Zwilling, «du sollst einfach runterkommen.»

«Na, ich weiß nicht», sagte ich, «ich hab oben noch eine Menge zu tun.»

«Zum Beispiel? Hast du Schiss vor Jungs oder was, Francie?»

«Sei nicht albern, Zwilling. Ich hab keine Angst.»

Als der Zwilling mit fetten, wabbelnden Hinterbacken zur 118th Street schlenderte, kam Sukie auf mich zu.

«Hallo, Sukie.»

«Hallo, Francie. Los, wir gehn in den Park.»

«Schaukeln?»

«Nee.»

«Dann will ich nicht.»

«Was is? Gehts dir nicht gut?»

«Nein, ich will nur nicht mehr dahin, wo die Männer sind.»

Sukie wurde knallrot. «Willst du hier irgendeinen Scheiß über mich verbreiten?»

«Nein, Sukie, ich möchte nur nicht mehr ...»

«Weißt du was? Ich hab dir schon lange nicht mehr den Arsch versohlt.»

«Sukie. Wieso redest du so?»

«Willst dich jetzt endlich prügeln?»

Mit einem Seufzer wich ich zurück. «Nein, Sukie. Ich kann mich heut nicht prügeln. Keine Zeit. Ich muss jetzt los.» Ich rannte ins Haus und die Treppe hoch. Tja, dachte ich, hätte ich auch wissen können, dass sie früher oder später wieder mit mir Streit anfängt.

An diesem Abend ging ich nicht runter zum Treffen mit Vincent, sondern blieb oben auf der Feuertreppe und verrenkte mir den Hals, um den anderen dabei zuzugucken, wie sie sich auf der Vortreppe amüsierten. Maude und Rebecca warn da und Sonny Taylor und Duke aus der 119th Street und Sukie und die Zwillinge und ein paar andere Jungs aus der Madison Avenue. Sie tanzten auf dem Gehsteig vor Max' Bäckerei. Es lag nicht an Sukie, dass ich nicht runtergegangen bin. Vor den ganzen Jungs würde sie keinen Streit mit mir anfangen, das wusste ich, aber ich hatte Angst vor dem Treffen mit Vincent. Was sagt man als schwarzer Krauskopf zu einem hübschen hellen Jungen aus Florida mit glatten Haaren?

Sechzehn. Was für ein prickeliges Alter, dachte ich, während ich mir die Arme um den Oberkörper schlang und mir ausmalte, es wäre Vincent, und wir beide am Tanzen. Erst den Lindy Hop, auf dem Gehsteig, auf und ab, dann in einem glitzernden Ballsaal, ich im langen Galakleid, und wir tanzten Walzer zur Musik eines großen Orchesters, und alle schauten uns zu, so toll tanzten wir miteinander.

Wir waren ein festes Paar. Jetzt noch nicht, aber nächstes Jahr, wenn er zurückkam. Er würde bestimmt zurückkommen. Nichts könnte uns voneinander trennen.

«Nichts wird uns trennen, Francie Darling», flüsterte er mir ins Ohr. «Ich werde dich von hier fortbringen. Nach Florida oder sogar Kalifornien. Wohin du willst. Ich liebe dich.» Ich schlang mir wieder die Arme um den Oberkörper und überlegte, ob ich nicht doch runtergehen und mit ihm reden sollte, aber ich wusste, wie blöd ich mich anstellen würde, deswegen blieb ich lieber oben auf der Feuertreppe. Ich beugte mich wieder übers Geländer. Vincent überragte die anderen Jungs und tanzte jetzt den Lindy Hop mit Sukie. Was für ein famoser Tänzer er war! Die Sterne strahlten hell am Himmel, zum Greifen nah, und ich saß hier oben und träumte von Vincent und mir. So glücklich war ich schon seit weiß nicht wann nicht mehr gewesen! Wenn Mutter mich in den nächsten Tagen zum Einkaufen schickte, war das die Hölle. Was, wenn ich Vincent auf der Straße begegnete oder im Treppenhaus? Was sollte ich sagen? Ich war so damit beschäftigt, Vincent aus dem Weg zu gehen, dass ich vergaß, nach Sukie Ausschau zu halten, und als ich eines Tages vom Metzger kam, ohne Extrawurst umsonst, stand sie auf einmal da, in ihrer ganzen Kupfrigkeit.

«Ich kann mich jetzt nicht prügeln, Sukie, meine Mutter wartet auf dieses Fleisch.»

«Ich hab 'ne Menge Zeit.»

«Ja, weiß schon.» Ich seufzte. «Sag mal, ich hab dich mit Vincent tanzen sehen, neulich abends. Gefällt er dir?»

«Nee, der hält sich für wen, dabei is er 'n Arschloch.»

Ich ging weiter, nach Hause. Sukie hatte gelogen. Vincent war kein Arschloch, das wusste sie genau. Sie war nur eifersüchtig, weil er mich lieber mochte als sie.

Am fünften Abend hielt ich es nicht mehr aus, ihnen dabei zuzugucken, wie sie sich ohne mich amüsierten, und ging endlich runter. Sie hingen vor dem Hauseingang herum, lachten und rissen Witze, und ich stand eine Ewigkeit da, bis mich jemand bemerkte.

«Hi, Francie», sagte ein Zwilling schließlich.

Vincent sah nicht mal hoch. Er redete mit Sukie, erzählte ihr eine lange Geschichte, viel zu lang, fand ich. Als er endlich damit fertig war, lachten sie beide.

«Hey, Francie», rief Maude, «wo warst die ganze Woche? Hast dich versteckt?»

Ich hätte sie treten können. «Hab gelernt», murmelte ich.

«Du lernst in den Sommerferien?», fragte Vincent mit hoher Stimme.

«Ja, is 'n bisschen zurückgeblieben, unsere Francie», sagte Sukie, und alle kicherten.

Wenn ich gewusst hätte, wie, wär ich glatt in Ohnmacht gefallen.

Vincent musterte mich von oben bis unten. «Für 'n Mädchen bist du ziemlich groß», sagte er. «Ich wette, du bist fast so groß wie ich.»

«Ach, nein», sagte ich. «Ich seh nur groß aus, weil ich so dürr bin, aber in Wahrheit bin ich gar nicht ...»

Er hörte überhaupt nicht mehr zu, sondern hatte sich schon zu Sukie umgedreht und zündete sich eine Zigarette an, nicht dieses Stroh, das wir alle rauchten, sondern die dünnen Stinkdinger, die sie oben im Apollo geraucht hatten. Angeber. Er atmete tief ein, dann reichte er die Zigarette an Sukie weiter. Sie paffte daran, als wüsste sie genau, was sie tat, dann gab sie sie zurück. Angeberin.

Ich grinste vor mich hin, bis mir das Gesicht wehtat, dann murmelte ich, ich müsste los, und verzog mich schleunigst ins sichere Treppenhaus, rannte hoch und ging ins Bett.

Bin gar nicht zu groß, dachte ich, auf dich scheiß ich. Er war kein Stück anders als die andern dummen Jungs aus dem Viertel, die immer Blödsinn quatschten und sich aufführten und nirgendwohin kämen außer nach Sing-Sing, wie Daddy gesagt hatte. Helle Jungs mochte ich wieso nicht, die waren zu hochnäsig. Scheiß auf dich, Vincent. Scheiß auf dich.

Der nächste Morgen war heiß und drückend, so ein Tag, an dem man sich vorkommt, als wär man von einer Dampfwalze plattgemacht worden. Ich war so traurig, dass ich Daddy suchen ging.

«Hast du meinen Vater gesehen, Slim Jim?»

«Den hab ich grad bei Mrs Mackey gelassen, Francie.»

«Danke.» Ich lief zur 119th Street, direkt zu Mrs Mackey. Sie öffnete die Tür.

«Er ist da drinnen, Francie.»

Ich ging ins Schlafzimmer, und da schlief Daddy quer auf dem Bett. «Daddy. Daddy.»

«Hallo, meine Süße.» Er umarmte mich. Nachdem wir ein Weilchen geredet hatten, rief er Mrs Mackey zu: «Mabel, gib Francie einen Quarter von mir. Kriegst du heute Nachmittag wieder.»

Mrs Mackey gab mir einen Quarter, und ich zog damit ab. Als Mutter an diesem Nachmittag von der Arbeit kam, erzählte ich ihr davon. Sie schrubbte auf allen vieren den Küchenboden, und als ich ihr erzählte, dass Daddy in Mrs Mackeys Bett geschlafen hatte, stieß sie fast die Schüssel mit der Seifenlauge um.

«Er war in ihrem Schlafzimmer, Francie? In ihrem Bett?»

«Ja, Mutter. Er hatte keinen Quarter, deswegen ...»

Mutter fing an zu weinen. Sie war immer noch am Schrubben, aber nun liefen ihr dabei Tränen übers Gesicht. Sie sagte nichts, schrubbte und schrubbte, immer über dieselbe Stelle.

«Mutter.» Ich hatte Angst. «Mutter, bitte weine nicht.»

Sterling kam aus seinem Zimmer.

«Francie hat Daddy in Mrs Mackeys Bett gesehen», sagte Mutter und sah ihn an.

Sterling nahm ihr die Scheuerbürste aus der Hand, zog sie sanft hoch und brachte sie ins Schlafzimmer. Als ich versuchte, ihnen zu folgen, schob er mich weg, das Gesicht vor Wut ganz verkniffen. Ich wartete vor der Tür, und nach einer Weile kam er wieder raus.

«Bist du eigentlich zu dumm, um zu kapieren, dass du ihr nicht alles erzählen musst?»

«Was hab ich denn gemacht?»

«Halt den Mund. Reg Mutter nicht wieder auf.» Er stieß mich vor sich her in die Küche. Dann nahm er die Bürste und schrubbte da weiter, wo Mutter aufgehört hatte.

«Ich hab ihr nur erzählt, dass Daddy Mrs Mackey gefragt hat, ob sie mir einen Quarter geben kann und ...»

«Und er war in ihrem Bett.»

«Nein, nicht drin im Bett, er hat obendrauf gelegen. Mehr hab ich nicht gesagt, aber sie hat gleich angefangen zu weinen. Warum bringt sie so was zum Weinen?»

«Weil er jetzt da drüben wohnt, darum.»

«Wer?», fragte ich dumm. «Daddy? Mutter glaubt, dass Daddy und Mrs Mackey ...?»

«Sie denkts nicht, sie weiß es – wegen deiner großen Klappe.»

«Sterling.» Ich sprach sehr langsam. «Kommt er deswegen nicht mehr nach Hause? Weil er bei Mrs Mackey wohnt?»

«Ja, ja, ja. Und hör auf, mir den Boden wieder dreckig zu machen, wo ich grad erst gewischt hab. Hau ab. Und lass mir bloß Mutter in Ruhe.»

Ich ignorierte Sterling und ging direkt in Mutters Schlafzimmer. Sie lag auf dem Bett, mit dem Gesicht zur Wand. Da lief ich ins Wohnzimmer und kletterte durchs Fenster auf die Feuertreppe. Das ist nicht wahr, dachte ich, das stimmt einfach nicht.

Mutter und ich waren an diesem Abend allein im Esszimmer, als Daddy zu uns hochkam. Ich ging ins Schlafzimmer, um sie ein bisschen allein zu lassen, setzte mich aber auf Mutters Bett und lauschte.

«Hab gestern Abend ein bisschen Glück gehabt», sagte Daddy, «hier sind zwanzig Dollar.»

«Danke», sagte Mutter. «Die Miete war schon letzte Woche fällig, damit kann ich sie gleich bezahlen.»

«Dieser lausige Jude. Wir machen hier den Hausmeister. Statt uns die halbe Miete abzuknöpfen, sollte er uns umsonst wohnen lassen», sagte Daddy.

Mutter antwortete nicht. Letzten Monat hatte er ihr nichts gebracht, deswegen hatte sie sich die Miete von Tante Hazel borgen müssen.

«So», sagte Daddy, «ich muss wieder los.»

Ich wartete darauf, dass Mutter ihm sagte, sie wüsste das von ihm und Mrs Mackey, aber sie schwieg, und dann hörte ich die Tür hinter Daddy zuklappen. Nicht zu fassen! Warum ließ sie ihm das durchgehen? Ich rannte durchs Wohnzimmer zur Tür raus und die Treppe runter, zwei Stufen gleichzeitig. Daddy war schon im Hausflur.

«Daddy.»

Ich stand noch auf der Treppe, deswegen guckte ich Daddy direkt in die Augen, als er sich umdrehte.

«Ja, Kleines?»

«Wohnst du jetzt bei Mrs Mackey, Daddy? Kommst du deswegen nicht mehr nach Hause?»

Er guckte ganz überrascht, dann verzog er sein Gesicht zu lauter wütenden Falten. «Wer erzählt dir so 'n Blödsinn? Deine Mutter?»

Es ist wahr, dachte ich, mein Gott, es ist wahr. Am liebsten wär ich auf ihn los und hätt ihm das Gesicht blutig gekratzt. Ich wollte ihn weinen hören und *ihm* das Gesicht zur Wand verdrehen. Aber ich stand nur stocksteif da.

Daddy murmelte was vor sich hin. So 'n kleines Mädchen wie ich könnte das jetzt noch nicht begreifen. Dann schwieg er eine ganze Weile. Ich wartete, bis Daddy sich mit einem Seufzer umdrehte und fortging. Das riss mich aus meiner Erstarrung. Ich rannte zur Tür und rief: «Du hast das mit Yoruba vergessen, Daddy. Du bist eins von Yorubas Kindern, das hast du vergessen!» Vielleicht hatte er mich nicht gehört, weil er einfach zur 118th Street weiterging. Mrs Mackey ist eine schwarze Hexe, dachte ich, und wenn ich sie das nächste Mal sehe, sag ich ihr das. Ich rannte in die entgegengesetzte Richtung, machte mich auf die Suche nach Sukie. Wo steckte sie, gottverdammt? Ich rannte die 117th Street entlang zur Lenox, rüber zur 116th Street und zur Fifth Avenue zurück. Auf der Madison Avenue entdeckte ich sie endlich beim Seilspringen mit ein paar anderen aus der Gegend. Ich rannte direkt auf sie zu.

«Willst du dich jetzt prügeln?», fragte ich, und bevor sie antworten konnte, boxte ich sie auf die Nase.

Sukie wich zurück. «Was soll der Scheiß, Francie? Bist du krank?»

«Nein, ich will mich nur prügeln. Wem wolltest du noch mal den Arsch versohlen?»

«Und ob du krank bist», sagte sie, «und gegen Kranke kämpfe ich nicht. Um deinen Arsch kümmer ich mich morgen.» Dann stapfte sie davon, bevor ich ihr noch eine reinhauen konnte.

Danach wanderte ich ziellos runter Richtung Central Park, setzte mich auf einen Felsen und warf Steine in den See. Da saß ich, bis die Bäume mit den Schatten verschmolzen und die Stämme zu aufgerissenen Schlünden wurden und die Äste sich wie Schlangen wanden. Als ich schließlich aufstand, stieg Panik in mir auf, ballte sich zu einem Schrei. Ich presste die Lippen fest aufeinander und lief los, hielt so viel Abstand wie möglich von den mörderischen Bäumen und rannte aus dem Park raus.

Und ob sich Sukie an diesem Abend mit mir prügeln würde! Ich hatte es satt, mit ihr rumzustreiten. Die Fifth Avenue war voller Leute, aber von Sukie fehlte jede Spur. Ich ging hoch zu ihrer Wohnung und hämmerte gegen die Tür. Nichts. Weiter lief ich, aufs Dach, meine Furcht vor der Dunkelheit hatte ich vergessen, und dann kletterte ich runter zu ihrer Feuertreppe.

Das Fenster stand offen, aber drinnen wars dunkel. Ich wollte gerade Sukies Namen rufen, als ich ein Geräusch hörte. Ich legte mich auf den Boden und spähte übers Fensterbrett. Die Nacht war mondhell, aber sehen konnte ich nicht viel. Dann kam wieder dieses Geräusch, ein Stöhnen, und da blitzte was auf, nur kurz, und verschwand wieder.

Ich hörte Sukie sagen: «Nein, nein.»

Eine tiefe Männerstimme murmelte was, das ich nicht verstand. Jetzt sah ich ihre Silhouetten. Sie waren auf dem Sofa in einer dunklen Ecke des Zimmers, aber mehr sah ich nicht. Da blitzte wieder das Licht auf, und ich hörte das alte Sofa rumpeln und quietschen.

Sukie ist eine fiese Schleiche, dachte ich, die ganze Zeit hat sie so getan, als würde sie Vincent nicht mögen, dabei hat sie immer gewollt, dass er's mit ihr macht. Mein Herz hüpfte so heftig herum, dass ich fast vom Absatz gerollt wäre. Als das Quietschen und Rumpeln endlich vorbei war, kroch ich unterm Fenster entlang zur Feuertreppe, stieg übers Dach und ging heim.

«Francie, wo bist du gewesen?»
«Hab Sukie gesucht, Mutter.»
«Is sie zu Hause?»
Ich zögerte. «Nein», sagte ich schließlich.

Wir schoben das Sofa von der Wand weg, ich legte mich drauf und fing gleich an, mich zu kratzen. Die Wanzen hatten sich jetzt doch auf unserem neuen Sofa breitgemacht. Ich hoffte, Sukies Mutter würde früher nach Hause kommen, die beiden erwischen und sie beide zum Fenster rausschmeißen. Aber eigentlich war ich nicht wütend auf Sukie. Es war ein komisches Gefühl, ein Schmerz, irgendwo tief in mir drin, als wären alle in ein fremdes Land ausgewandert und hätten mich hier zurückgelassen.

ZWÖLF

Am Sonntagmorgen, als Mutter und ich in die Kirche wollten, durfte ich ihre guten Seidenstrümpfe anziehen. Ihre hatten so viele Laufmaschen, dass sie wie ein Netz aussahen, und zum ersten Mal bemerkte ich, wie abgelaufen ihre Absätze waren.

Adam sagte, wir sollten die Geschäfte an der 125th Street boykottieren, bis sie Schwarze einstellten, und er kündigte für den Abend dazu ein Treffen im Gemeindekeller an, wo der Boykott genauer geplant werden sollte. Dann begann er seine Predigt.

Am Ende sang der Chor sanft: «Take your burdens to the Lord and leave them there», und Adam stand mit ausgebreiteten Armen auf der Kanzel. Gut sah er aus und fast weiß, und als er die Sünder aufforderte, vorzutreten und erlöst zu werden, fing Mutter an zu schreien.

«Jesus, hilf! O Herr, Herr, Herr!» Sie erstarrte auf ihrem Platz, warf die Arme in die Luft, flehte laut um Gottes Gnade.

Mutter. Nicht doch. Irgendwer. Helfen Sie meiner Mutter. Die Pflegerin kam angerannt. Alle drehten sich um und glotzten, aber das war mir egal. Hatte sie nicht das Recht zu jammern und zu schreien wie alle anderen auch? Ich starrte die Glotzer wütend an, aber sie nickten nur mitleidig.

«Es ist alles gut, Schwester. Der Herr weiß, wie viel du tragen kannst.»

«Amen, sage ich. Amen.»

Die Pflegerin trocknete Mutter die schweißnasse Stirn, dann war sie auf einmal wieder bei sich und wich meinem Blick aus. Ich beugte mich vor, zögerte einen Moment und küsste sie auf die Wange.

«Es geht mir gut, Francie.»

«Ja, Mutter.» Ich schaute wieder zu Adam.

«Wir singen nun das Lied zwei zweiundachtzig», sagte er, «‹Leaning on the Everlasting Arms›.»

Wie alle anderen merkte ich mir die Nummer, damit ich nicht vergaß, morgen beim Nummernspiel darauf zu setzen.

An jenem Nachmittag traf ich zum ersten Mal, seit ich sie von der Feuertreppe heimlich beobachtet hatte, wieder auf Sukie.

«Hallo, Sukie.»

«Hi.»

«Wollen wir uns prügeln?», fragte ich lustlos.

«Nee», sagte Sukie. «Wir sind zu alt, um uns wie Kinder zu prügeln. Wir haben Besseres zu tun.»

«Ja», stimmte ich ihr zu. Gern hätte ich von ihr erfahren, was genau das Bessere sein sollte, und als von ihr nichts kam, fragte ich nach. «Was hast du denn Besseres getrieben, Sukie?»

«Was meinst du damit?»

«Du hast doch gesagt, wir hätten Besseres zu tun, da dachte ich, du meintest was Besonderes. Vielleicht hast du mir was zu erzählen.»

«Was soll ich dir zu erzählen haben?»

«Woher soll ich wissen, was du mir zu erzählen hast?»

«Nichts hab ich zu erzählen.»

«Herrje», sagte ich. Sie war also egoistisch und wollte das Geheimnis für sich behalten. Vincent war doch schon wieder in Florida, warum erzählte sie mir da nicht einfach, was passiert war?

«Was willst du machen?», fragte ich.

Sie zuckte mit den Achseln.

«Komm, wir gehen runter zur 112th Street», schlug ich vor. Wir schlenderten schweigend los. Ich guckte sie von der Seite an, aber sie wirkte unverändert. Man sollte doch meinen, dass man es irgendwie erkennen würde, aber so wars nicht. Sie spuckte, wie immer, in den Rinnstein und sah dabei bitterböse aus.

An der Ecke zur 115th Street stand wie üblich ein Straßenredner auf einer Leiter vor einer kleinen Menge. Als wir näher kamen, stellten wir erstaunt fest, dass es sich um Robert handelte. Er stand auf der zweiten Sprosse, den Ellbogen oben auf die Leiter gestützt, und funkelte runter auf die Leute, als wären sie seine Feinde.

«Die Italiener hierzulande wissen, wie sie ihren Willen durchsetzen», brüllte er. «Die haben Einfluss und können Geschäftsleute unter Druck setzen, Italien zu helfen. Amerika behauptet, es wäre neutral, warum liefert Roosevelt dann immer noch Öl an Mussolini? Öl, das ihm hilft, Schwarze zu töten? Warum? Ich sag euch, warum. Weil italienische Amerikaner politische und wirtschaftliche Macht haben, darum. Und welche Macht haben Schwarze? Was tun wir, um Äthiopien zu helfen? Was tun wir, um uns selbst zu helfen? Ich sag euch, Brüder und Schwestern, in diesem Land müssen Schwarze ihr Leben selbst in die Hand nehmen. Der weinende Negro muss sterben. Der katzbuckelnde Negro muss sterben. Wenn er sich nicht selbst massakriert, wird das sein Umfeld erledigen, und wir sterben schon zu lange. Macht verschaffen sich jene, die ihre eigene Stärke aufbauen. Damit meine ich nicht Muskeln, sondern die Stärke des Verstands. Wir brauchen bessere Bildung. Wir Negroes müssen uns Freiheit verschaffen, in Wirtschaft und Politik. Denn wenn das nicht geschieht, wird es in fünfzig Jahren oder früher in diesem Land blutige Rassenkriege geben.»

«Der wird doch bald heiser bei dem Krakeele», sagte Sukie. «Wenn Elizabeth ihn sehen könnte, wie er auf seiner Leiter steht und wie ein Schwachkopf rumschreit, würd die ihn glatt verlassen.»

«Der ist kein Schwachkopf», sagte ich, plötzlich wütend. Ich zeigte auf die unruhige Menge. «Die da sind die Schwachköpfe. Die hören nur zu, weil sie nichts anderes zu tun haben heute, wo sie nicht auf Zahlen wetten können. Warum unternehmen die nichts?»

«Was denn?»

«So was wie Robert sagt.»

«Der hat keinen Scheißdreck zu sagen.»

«Hat er wohl», brüllte ich.

«Francie, bist du blöd im Kopf, wieso keifst du mich so an?»

Ich schluckte schwer. Ja, blöd im Kopf, das war ich wohl. «Tut mir leid, Sukie.» Ich wandte mich wieder Robert zu, der jetzt ruhiger sprach.

«Da wir in diesem Land von Anbeginn an die falsche Bildung bekommen haben», sagte er, «sind wir unsere eigenen ärgsten Feinde. Das hat Marcus Garvey bereits in den 20er-Jahren gesagt, und es stimmt noch heute. Aber es muss nicht so sein. Wusstet ihr, dass in Afrika schon hoch entwickelte Zivilisationen mit Herrschern, Königen und Kaisern existierten, während die Weißen in Europa noch in Höhlen hausten wie die Barbaren, die sie heute noch sind? Wusstet ihr, dass Timbuktu schon im neunten Jahrhundert eine große Universität hatte, die damals als Zentrum des Wissens galt? Überzeugt euch selbst, Brüder und Schwestern. Und glaubt nicht den Weißen, wenn sie behaupten, wir nagten am Hungertuch.»

Die Menge kicherte. Ein paar Männer weiter vorn nickten zustimmend, aber die meisten glotzten dumm in die Luft und hörten nur halb zu.

Wenn wir doch aber tatsächlich am Hungertuch nagten, wieso sollten wir Robert glauben? In der Schule hatte ich noch nie was von schwarzen Königen oder solchem Blödsinn gelesen. Die Einzigen, die je so was erzählt hatten, waren Daddy und Straßenredner wie Robert. Und was, wenn's stimmte? Wie sollte uns das heute helfen?

Ich und Sukie gingen weiter zur 112th Street und bestaunten die Kleider und Auslagen im Schaufenster bei *Woolworth's*. Wenn offen gewesen wär, hätten wir reingehen und uns einen Keks mopsen können, aber sonntags war alles wie ausgestorben, deswegen standen wir dumm rum und belauschten die Puerto Ricaner, wenn sie an uns vorbeiliefen und sich auf Spanisch unterhielten.

Plötzlich wünschte ich, ich könnte auch Spanisch sprechen oder irgendwas – wenn ich schon schwarz sein musste, könnte ich dann nicht wenigstens Puerto Ricanerin sein?

Ein paar Tage später saß ich vorm Haus und starrte Löcher in die Luft, als Rachel mir aus dem Süßwarenladen zurief.

«Francie, gehst du für mich zum Drugstore?»
«Klar, Rachel. Was soll ich dir besorgen?»
«Komm kurz rein.»

Als ich den Laden betrat, fiel mir ein Plakat im Schaufenster auf: Joe Louis trat nächsten Monat im

Madison Square Garden gegen Max Baer zum Kampf an. Ich hoffte, Joe würde ihn schlagen, haushoch.

Rachel nahm einen Quarter aus der Kasse und gab ihn mir. «Hier, ich schreib dir auf, was ich brauche.»

«Kann ich mir so merken.»

«Weiß ich, aber falls Leute um dich rumstehen, gibst du dem Mann im Drugstore meinen Zettel, verstanden?»

Obwohl ich gar nichts verstand, überreichte ich dem Mann Zettel und Geld, und er gab mir eine fertig eingepackte Schachtel. Ich wusste, was da drin war. Kotex. Ich benutzte noch die Lumpen, aber Rebecca hatte mir mal eine von ihren Kotex-Einlagen gegeben, und die hatte sie aus einer fertig verpackten Schachtel wie dieser genommen. Ich kehrte zurück zum Süßwarenladen und drückte Rachel die Schachtel in die Hand.

Sie zeigte aufs Regal mit den Süßigkeiten für zwei Cent. «Such dir was aus», sagte sie.

Wenn ich für ihre Eltern Besorgungen machte, durfte ich mir hinterher immer was von den Süßigkeiten zu fünf Cent aussuchen. Mir fiel auf, dass Rachel jetzt nicht mehr so hübsch aussah wie früher, weil sie zu dick wurde. Zu teigig weiß, mit einem runden Rouge-Fleck auf jeder Backe und zu dick. Ich suchte mir einen Erdnussriegel aus.

«Francie, wie wärs, wenn du morgen zu uns zum Putzen kommst? Nichts Schweres, nur Staubwischen und Geschirrspülen, so Sachen, vielleicht fünf Stunden, kannst dir einen Dollar verdienen.»

«Ja, Rachel, ich glaub, das geht.» Geschirr spülen mochte ich nicht gern, aber für einen Dollar würde ich so tun als ob.

Ich rannte nach oben. «Mutter! Mutter! Ich hab einen Job!»

Sie brummte nur und wirkte nicht besonders beeindruckt.

Nach dem Frühstück am nächsten Morgen, ein Samstag, zog ich aufgeregt los. Ich ging die 110th Street entlang und fand die Adresse direkt auf der anderen Straßenseite vom Central Park. Ein schönes, weißes Steinhaus. Der Hausflur war sauber und roch anders als in Harlem, nach Essen, aber nicht so wie bei uns. Rachel und ihre Mutter waren zu Hause. Die Wohnung war hell, die Räume groß, und hier drinnen war der komische Geruch noch stärker. Ich fand heraus, was es war: Gefilte Fisch.

«Fangen wir in der Küche an, Francie», sagte Mrs Rathbone, während sie mich durch den Flur führte. Sie war sehr klein, hatte weiße Haare und einen starken Akzent. «Schmutziges Geschirr haben wir genug», sagte sie munter.

Kein Witz. Es sah aus, als hätten sie monatelang gekocht, Geschirr und Töpfe türmten sich in der Spüle. Ich brauchte mehr als zwei Stunden, um alles abzuwaschen, abzutrocknen und wegzuräumen.

Dann brachte Rachel mir eine Schüssel Seifenwasser und eine Bürste, damit sollte ich den Küchenboden schrubben.

«Vergiss mir nicht die Stelle unter der Spüle, Francie», sagte sie.

Mrs Rathbone gab mir einen Teppichroller, mit dem ich die Läufer im Wohn- und Esszimmer und im Flur bearbeitete. Rachel wartete schon mit einem Wassereimer am Wohnzimmerfenster. Sie hielt mir einen Lumpen hin und zeigte aufs Fenster. Ich hatte gesehen, wie meine Mutter sich auf den Vorsprung vors Fenster gesetzt hatte, um die Scheiben von außen zu putzen, halb drinnen und halb draußen. So sollte ich es jetzt auch machen, meinte Rachel.

Als ich das Fenster aufschob, kam mir ein kalter Luftzug entgegen, aber der machte mir keine Sorgen. Ich schaute nach unten, es ging zehn Stockwerke tief.

«Ich hab Angst, mich draußen auf den Vorsprung zu setzen, Rachel», sagte ich.

«Francie, keine Sorge, ich halte dich fest.»

Sie drückte mir den Lumpen in die Hand, und ich setzte mich auf das Sims. Rachel zog das Fenster runter bis auf meine Beine. Während ich mich mit einer Hand unten am Fenster festhielt, wischte ich den Tränen nah mit dem Lumpen an der Scheibe rum. Rachel hielt mich tatsächlich fest – an einem Fitzelchen Kleid zwischen Daumen und Zeigefinger, als wäre ich ein Stück Dreck. Beide Vorderfenster putzte ich, dann wischte ich im Schlafzimmer Staub. Siebeneinhalb Stunden war ich da. Rachel gab mir einen Dollar und fragte, ob ich am nächsten Samstag wiederkommen könnte. Ich gab ihr nicht mal eine Antwort, sondern rannte aus der Wohnung direkt nach Hause.

Als Mutter von der Arbeit heimkam, gab ich ihr den Dollar.

Sie lächelte. «Wars anstrengend, Francie?», fragte sie. «War sicher nicht leicht für dich, so wenig, wie du mir hier im Haus hilfst.»

«Ging so», sagte ich, «bis aufs Fensterputzen. Ich hab Rachel gesagt, dass ich Angst habe, mich draußen auf den Vorsprung zu setzen, und sie hat versprochen, mich festzuhalten, aber Mutter, nur an einem Fitzelchen von meinem Kleid hat sie mich gehalten.»

«Rachel hat dich Fenster putzen lassen?»

«Ja, Mutter. Hab ich doch gesagt.»

«Du kommst mit mir mit.»

Mutter hastete die fünf Stockwerke runter direkt in den Süßwarenladen. Da stand nur Mr Rathbone. Aber das kümmerte Mutter nicht. Sie marschierte direkt hinter den Tresen.

«Der Teufel soll Sie holen!», rief sie, und Mr Rathbone wich so schnell zurück, dass er mit dem plumpen Hintern in den Sprudelspender krachte. Noch nie hatte ich meine Mutter fluchen hören. «Wolln Sie mein Kind umbringen? Sie muss für niemanden Fenster putzen, verstanden? Das ist Männerarbeit.

Haben Sie sie noch alle, mein Kind Fenster putzen zu lassen?»

«Mrs Coffin, bitte. Ich weiß nicht, was ...»

«Sagen Sie Ihrer Frau und Ihrer fetten Tochter, sie könnten froh sein, dass ich sie grad nicht in die Finger kriege. Froh sein solln die, haben Sie gehört?»

Zuerst dachte ich, Mutter würde Mr Rathbone eins auf die Nase geben anstelle seiner fetten Tochter, aber sie drehte sich um, und wir gingen wieder hoch in die Wohnung.

«Du musst für niemanden Hausarbeit machen, Francie.» Wir waren in der Küche beim Abendessenkochen. «Du bist kein Dummkopf, hörst du? Mach mir schön die Schule fertig und geh aufs College. Solang ich leb, schrubbst du mir nie wieder bei weißen Leuten die Böden oder putzt denen ihre verdreckten Fenster. Was denken die, wofür ich mein Leben in ihren Küchen auf den Knien rumrutsch? Damit du's dann genauso machst? Du machst mir die Schule fertig und gehst aufs College. Irgendwer in dieser Familie macht seine Schule fertig. Hörst du, was ich dir sage?»

«Ja, Mutter, ich höre.»

Rot und verschwitzt knallte sie mit den Töpfen rum und grummelte dabei vor sich hin. Ihre Wut überraschte mich, aber ich fand sie auch traurig, nicht, weil ich der Grund für die ganze Aufregung war, nein, das gab mir das Gefühl, wichtig zu sein, sondern weil sie meine Mutter war und ich sie lieb hatte, aber auf einmal merkte, dass ich sie fast gar nicht kannte.

Der Labor Day konnte gar nicht früh genug kommen, und eine Woche später war wieder Schule. Ich hatte keine Lust mehr auf die endlosen Sommertage, und nichts zu tun, als auf der Feuertreppe zu lesen oder Kino, wenn ich jemandem einen Dime aus dem Kreuz leiern konnte, oder mit Sukie auf den Straßen rumzulaufen. Obwohl ich Vincents Namen zigmal erwähnte, ging sie nie darauf ein, und irgendwann verdrängte ich den Gedanken, weil es mir wehtat, dass sie vor mir, ihrer besten Freundin, ein Geheimnis hatte.

Dann kam der Herbst, und die Bäume im Park ließen ihr goldenes Laub zu Boden segeln, aber es war immer noch heiß und drückend, als wüsste es das Wetter nicht besser.

Eines Morgens, als Maude und ich zur Schule gingen, fing sie auf einmal an zu weinen, machte sich nicht mal die Mühe, ihre Tränen abzuwischen, als wärs ihr glatt egal, wer sie so sah.

«Die bringen sie um», sagte sie. «Die machen und tun, aber am Ende bringen die sie um.»

Ich wusste, wovon sie redete. Wir hatten es in der Gerüchteküche munkeln hören, aus der immer unsere Neuigkeiten kamen, und danach stands in den Zeitungen. Gouverneur Lehman hatte gesagt, so weit käms noch, dass er die Todesstrafe für Jungs unter zwanzig ändert. Für ihn gäbs keinen Unterschied zwischen der Schuld eines Mannes oder der eines Jungen, und deswegen würde die Petition, die ihm die Weißen geschickt hatten, auch keine Menschenseele retten. Zehn Jungs warteten in Sing-Sing auf ihren Tod, darunter auch Vallie und die Washington-Brüder, aber jetzt hatte ihr Warten ein Ende.

«Was hat Robert gesagt?», fragte ich Maude.

«Meinte, wir würden trotzdem Einspruch einlegen, weil sie Vallie und die anderen mit Prügel zum Gestehen gezwungen haben.» Sie unterdrückte ein Schluchzen. «Das ist gegens Gesetz, weiß du, die im Gefängnis so zu prügeln.»

«Ich weiß», sagte ich.

«Aber das ist denen egal.» Sie wiegte sich auf ihren O-Beinen, genauso lief sie auch. Früher war ich immer froh gewesen, dass sie O-Beine hatte, weil meine so dürr waren und ihre schlimmer aussahen. Aber jetzt taten mir meine gemeinen Gedanken leid, und ich wünschte, ihre Beine wären gerade und schön wie Sukies, egal, ob meine hässlich blieben, was so ziemlich sicher war.

«Die machen das, ganz bestimmt», sagte sie. «Die setzen meinen Bruder auf den elektrischen Stuhl.»

«Sag so was nicht, Maude. Du darfst die Hoffnung nicht aufgeben.» Das hatte Mutter zu Mrs Caldwell gesagt, deswegen wiederholte ich es, nicht nur, um

Maude zu helfen, sondern auch, damit ich nicht losheulte, weil tief in mir drinnen fühlte ich mich genau wie sie.

Verdammt, er hats doch tatsächlich geschafft! Er hat Butcher Boy ausgeknockt. Alle strömten aus den Häusern und feierten, als wärs so geplant gewesen, ich und Sterling mittendrin. Wir hatten mit Mutter in ihrem Schlafzimmer den Kampf verfolgt, im Radio, das sie sich vor ein paar Monaten geleistet hatte, für zwei Dollar Anzahlung und einen Dollar Rate wöchentlich, also immer dann, wenn der Eintreiber vom Elektroladen in der 125th Street sie abpassen konnte. Der Ringrichter hatte Joe Louis als Sieger ausgerufen – gebrüllt hatte er, so laut hatte die Menge gejubelt. Da war Sterling aufgesprungen und zur Tür gerannt, und ich hinterdrein.

«Lass deine Schwester nicht aus den Augen!», hatte Mutter uns nachgerufen, als wir schon die Treppe runtergewetzt sind. Es hörte sich an, als hätte Sterling was gemurmelt, aber ich war nicht sicher.

Als wir in die Lenox Avenue kamen, waren die Straßen schon knallvoll.

«Wir habens geschafft!», rief ein hellschwarzer Junge, warf seine Kappe in die Luft und umschlang meine Hüfte. Wir tanzten Two Step im Rinnstein. Sterling und ein Mädchen mit Pferdezähnen nahmen uns an den Händen, wir tanzten johlend und lachend im

Kreis herum, bis uns schwindelig wurde und wir in einem Haufen übereinander zu Boden fielen.

«Dem weißen Knaben haben wir die Seele aus dem Leib geprügelt, hab ich recht?», fragte ein großer, gelber Mann, und die Menge brüllte die Antwort:

«Wir haben ihn geschlagen, wir haben ihn geschlagen! Joe Louis hat ihm klar den Razzmatazz poliert. Ihn so vermöbelt, dass ihn seine Mammy nicht mehr kennt.»

Fremde umarmten mich, ich drückte sie ebenfalls. Die Berührung fühlte sich gut an. Genauso wie aus vollem Hals zu schreien: «Lang lebe der Braune Bomber!»

Die Menge ergoss sich vom Gehweg auf die Straßen, brachte Autos zum Stehen, die Fahrer hupten freundlich, gaben schließlich auf, sprangen raus und machten einfach mit, wenn wir mitten auf der Lenox Avenue den Lindy Hop tanzten.

Dann entdeckte ich Junior und rief nach ihm. Er rannte los, streckte die Arme aus, ich stolperte auf ihn zu, er wirbelte mich in die Luft und umarmte mich fest.

«James Junior, James Junior, wo bist du gewesen?» Ich knutschte ihn ab, starrte ihn an, weil ich wissen wollte, wie es ihm ging. Er war wohl 'n Stück gewachsen, ganz schnieke sah er aus in seinem neuen Anzug.

«Francie, Schwesterlein. Ist das nicht ein prächtiger Abend?» Er wandte sich Sterling zu, und die beiden fielen sich in die Arme. «Mann, hast du gehört, wie Joe Louis den Macker ausgeschaltet hat? Erst rechts-links und dann ein rechter Haken.» Junior zielte mit der Faust auf Sterlings Kinn. Sterling duckte sich, kam in Juniors Armen wieder hoch und boxte ihm leicht in den Bauch.

«Nein, Mann, so hat er das gemacht», sagte Sterling, «erst in den Brotkorb, dann den Haken.» Seine Faust landete an Juniors Schläfe.

«Wenn du meinst», Junior rieb sich das Kinn. Sie lachten. «Wie gehts Mutter ... und Daddy?»

«Beiden gehts gut, James Junior», antwortete ich, «aber wieso kommst du nie mehr nach Hause? Du weißt doch, dass Mutter sich um dich sorgt. Wieso kommst du nicht mal vorbei, wie du's versprochen hast?»

Er drehte sich von mir weg. «Sag Mutter, ich komm sie nächste Woche besuchen und bring ihr was Geld mit. Das sagst du ihr, ja, Francie?»

«Gut, Junior, aber du weißt, Geld ist ihr nicht so wichtig.»

«Ich weiß, Schwesterlein. Aber mir schon.»

«Wo hast den neuen Anzug her?», fragte Sterling.

«Hat mir wer gegeben. Schnieke, nich?» Er wirbelte herum, ich nickte.

Während wir miteinander sprachen, war Sonny angekommen. «Fertig, Mann?», fragte er Junior. «Wir sind spät dran.»

«Ja», sagte Junior, «gehn wir.»

«Wo gehst du hin?», fragte ich. Vielleicht dürfte ich ja mitkommen.

«'nen Job erledigen», sagte Sonny, der offenbar ganz scharf drauf war, Junior von uns wegzuholen.

«Wovon redest du, Mann? Was für'n Job?», wollte Sterling wissen.

Junior zuckte mit den Achseln und stimmte ein Straßenlied an: *«Stell mir keine Fragen, dann muss ich dir nichts sagen, kriegt einer 'ne Schüssel Scheiße ab, gehts dir nicht an den Kragen.»*

«Komm schon, Mann», sagte Sonny. «Alfred wartet.»

Junior stupste mich gegens Kinn, dann schlenderte er mit Sonny davon.

«Ist das nicht toll? James Junior hat 'nen Job», sagte ich. «Mutter wird so ...»

«Halt den Mund», fuhr Sterling mich an. «Und kein Wort zu Mutter, dass wir ihn gesehen haben.»

«Aber warum, Sterling? Wieso darf ich nicht ...»

«Weil ich es sage, darum. Los, wir gehn heim.» Sterling versaute einem alles, wirklich. Die Menge jubelte immer noch vor Freude, während wir schweigend nach Hause liefen. Auf einmal gehörten wir nicht mehr dazu, vorbei war der Zauber, der uns noch kurz davor wie alle anderen erfasst hatte.

Es stürmte, so ein rötlicher Tag, der aussieht, als steht die Welt in Flammen. Es wurde immer dunkler, mitten am Tag, als wär die Sonne irgendwohin gegangen und gestorben. Der Regen prasselte tosend herab. Donner rumpelte, Blitze zuckten über den Himmel, und als ich die Nase ans Wohnzimmerfenster drückte und dem Unwetter zusah, schauderte mir ein bisschen, weil, woher wollten wir wissen, dass das hier nicht der Weltuntergang war. *Gabriel, Gabriel, blow on your horn and all ye dead rise up to be judged.*

Stattdessen zog das Unwetter einfach weiter, als wär nichts gewesen, und die gute alte Sonne segelte wieder übers Himmelszelt. Die Pfützen liefen ab in die Kanalisation, und bald waren die Gehwege wieder trocken, nur hier und da blieben ein paar runde Flecken, an denen man erkennen konnte, dass es geregnet hatte.

Die Straßen, die sich wegen des plötzlichen Unwetters geleert hatten, waren genauso schnell wieder voll, und alles war wieder beim Alten, nur das Gesicht von Harlem ein bisschen sauberer. Aber alles war nicht wieder beim Alten, wie ich später herausfand, weil während des Unwetters hatte China Doll es getan. Erst nach dem Abendessen schlug die Nachricht in Harlem ein wie der Blitz beim Unwetter am Nachmittag.

Ich war drüben bei den Caldwells und saß mit Maude am Boden, *Jacks* spielen, als Rebecca in die Wohnung stürzte. Die beiden kleinen Jungs von Elizabeth machten uns wahnsinnig, dauernd grabschten sie nach dem Ball und den Steinen und brachten unser Spiel durcheinander, während Mrs Caldwell in der Ecke Wäsche bügelte.

«Die sind gekommen und ham China Doll festgenommen», keuchte Rebecca, sie war ganz außer Atem, als wär sie die ganzen Treppen hochgerannt.

Mrs Caldwell stellte das Bügeleisen ab. «Um Gottes willen, was denn noch», rief sie.

«Sie hat Alfred erstochen», sagte Rebecca.

«Wen erstochen?», flüsterte ich, weil ich Angst hatte, schon beim ersten Mal richtig verstanden zu haben. Wo Sukie wohl war?

«Alfred, ihrn Zuhälter», sagte Rebecca. «China Doll hat ihn mit dem Schlachtermesser erwischt. Direkt ins Herz. Er ist tot.»

DREIZEHN

Ich rannte übers Dach zu Sukie und hämmerte an ihre Tür. Sie kam raus, ihr Gesicht geschwollen, die Augen rot.

«Haste gehört?», fragte sie mich.

Ich nickte und schob mich an ihr vorbei ins Wohnzimmer.

«Er hat sie dauernd verprügelt», sagte Sukie. «Der Scheißkerl. Den hätt sie schon vor 'ner Ewigkeit erledigen sollen.»

«Tja, jetzt hat sie's endlich gemacht», murmelte ich, weil ich nicht wusste, was ich sonst sagen sollte. Ich konnte es trotzdem nicht fassen, dass China Doll ihn erstochen hatte und im Gefängnis saß. Mehr wollte Sukie mir nicht erzählen, und weil ich nicht neugierig wirken und sie ausfragen wollte, warteten wir schweigend, bis ihre Mutter heimkam. Als wir Schritte hörten, machte Sukie ihr die Tür auf.

«Sie hams mir unten schon erzählt», sagte Mrs Maceo. «Wenn ich wieder schnaufen kann, geh ich zum Gefängnis. Haste schon gegessen?»

Sukie schüttelte den Kopf. «Kein Hunger.»

Mrs Maceo ließ sich auf einen Stuhl fallen; ihr kupfriges Gesicht war noch finsterer verzogen als sonst.

«Hallo, Mrs Maceo.»

«Francie, bist du das?»

«Ja, Ma'am.»

«Tut mir leid, Francie, hab dich gar nicht gesehn. Da sitzt du wie 's blühende Leben, und ich seh dich nicht.»

Dann fing sie zu meinem Entsetzen an zu weinen. Ihr Gesicht fiel in sich zusammen wie ein zerknülltes Taschentuch, als hätte dieses Nichtsehen das Fass zum Überlaufen gebracht. Sukie rannte zu ihrer Mutter und warf sich an ihre Brust, aber Mrs Maceo schob sie weg.

«Ich will, dass du diesen Tag in Erinnerung behältst», sagte sie scharf. «Deiner Schwester hats nicht gereicht, eine nichtsnutzige Hure zu sein. Nein. Sie musste auch noch diesen Zuhälter töten. Töten. Aber auf mich hat sie ja noch nie gehört. Kein Wort hat sie gehört. Jetzt kannste sehen, was für ein böses Ende sie genommen hat. Und du, Miss, bist fleißig dabei, in ihre Fußstapfen zu treten, das seh ich jetzt schon. Stur und aufsässig bist du. Willst nicht zur Schule, willst nichts lernen. Du bist mein Kreuz, Sukie, mein Kreuz.»

Sukie wich zurück. Sie drückte sich an die Wand, als wollte sie auf der anderen Seite wieder rauskommen.

«Willste mich vor meiner Zeit ins Grab bringen?», fragte ihre Mutter. «Willste 'ne nichtsnutzige Hure werden wie deine Schwester?»

«Nein», flüsterte Sukie und schüttelte dabei heftig den Kopf. «Nein. Nein!»

Mrs Maceo seufzte. «Ich hab nichts als meine Kinder, aber manchmal sind die mehr, als ich aushalten kann.» Ihre Augen waren wieder trocken, als sie mich anguckte. «Francie, lauf heim und frag deine Mutter, ob sie in 'ner halben Stunde mit mir zum Gefängnis geht.»

Als ich zur Tür raus bin, hab ich versucht, Sukie nicht anzusehen, die zusammengefallen in der Ecke kauerte und sich auf die Unterlippe biss, um nicht zu weinen. Ich stieg übers Dach, dann runter zu unserer Wohnung. Als ich mich gegen die Tür stemmte, ging sie nicht auf.

«Mutter!», schrie ich, auf einmal panisch. «Mutter. Mutter.» Ich wusste noch nicht mal, ob sie schon von der Arbeit zurück war, aber da kam sie schon.

«Was ist, Francie? Was ist los?»

Ich drängte mich an ihr vorbei. «Die Tür ist nicht aufgegangen. Ich hab gedrückt und gedrückt.» Ich schluckte, und der Knoten in meinem Hals verschwand, und mit ihm der Drang zu schreien. Ich folgte Mutter in die Küche. «Alfred ist tot», sagte ich. «China Doll ist auf ihn los und hat ihn umgebracht.»

«Ich weiß. Hat mir Mrs Caldwell schon beim Reinkommen durchs Fenster erzählt. Haste deswegen geschrien? Ich dachte, jemand ist hinter dir her oder so was.»

«Ich … hab nur Angst gekriegt. Die Tür ist nicht aufgegangen.»

«Weißt doch, die klemmt manchmal. Wovor hast du denn Angst gehabt?»

Ich schüttelte den Kopf. «Weiß nicht. Nichts.»

Wir guckten uns an, und kurz hab ich gedacht, dass sie mich gleich umarmt. Wir schritten unsicher aufeinander zu, aber beide nicht weit genug. Am Ende hab ich gesagt: «Mrs Maceo will, dass du mit ihr zum Gefängnis gehst. In einer halben Stunde.»

«Gut», sagte Mutter. Sie strich sich kurz über die Augen, und ich dachte, sie ist müde, immer ist sie müde, aber noch nie hat sie darüber geredet.

Nachdem sie gegangen war, setzte ich mich auf die Feuertreppe, drückte mich an die Mauer und zitterte vor mich hin, obwohl es ein warmer Spätsommerabend war. Ich zog die Knie an die Brust und dachte an die arme China Doll, die ins Gefängnis eingesperrt war. Warum hatte sie Alfred getötet? Schließlich hatte er sie schon oft vermöbelt, aber sie hat ihm nie was getan. Hatte er sie wieder zusammengeschlagen? Ich musste an ihr blaues Auge denken und an die Kratzer im Gesicht. Da kam mir ein finsterer Gedanke. Er war so entsetzlich, dass mir davon speiübel wurde. Ich drückte mir die Fäuste in die Augen und schlug mit dem Kopf gegen die Mauer, um Klarheit in mein Hirn zu kriegen. Aber der Gedanke ließ sich nicht wegschieben. Immer noch hörte ich Chinas Stimme, als sie Alfred drohte, er sollte ihre Schwester nicht anglotzen, mit seinem bösen Blick.

Ich erinnerte mich an das Aufblitzen, damals, als ich heimlich in Sukies Fenster geguckt hatte. Vincent hatte keinen Diamantring, in dem sich das Mondlicht spiegeln konnte. Ich schlug noch mal mit dem Kopf gegen die Mauer. Nein. Nein. Das durfte nicht sein. Ich wurde langsam verrückt, genau wie Mutter es vorhergesagt hatte.

Wieder sah ich es vor mir, das Aufblitzen in der Dunkelheit, und dazu hörte ich die tiefe Männerstimme. Vincents Stimme war doch heller, oder? Alfred war der mit der tiefen Knurrstimme. Und Sukie hätts mir sofort stolz unter die Nase gerieben, wenn sie's mit Vincent gemacht hätte. Deswegen hatte sie's geheim gehalten, weils nicht Vincent gewesen war, sondern ...

Ein Fremder. Ein Fremder wie Alfred, mit tiefer Stimme und Diamantenring. Mein Herz hörte auf, wie wild zu schlagen, und mich überlief ein erleichtertes Schaudern. So war das gewesen.

Mir war schwindelig, deswegen kletterte ich wieder rein und ging, ohne das Sofa von der Wand zu ziehen, ins Bett. Da lag ich, in Gedanken versunken und zerquetschte Bettwanzen. Ja, so war das gewesen. Ein Fremder war mit Sukie zusammen gewesen. Gleich in der Früh würde ich sie danach fragen.

«Wer war das, Sukie?»

«Alfred», sagte sie. «Duke, Sonny, Slim Jim, Pee Wee, Max der Bäcker, Vincent. Dein Daddy.»

Sie lachte, und ihre Zähne funkelten, ein Diamantring, der kurz aufblitzte, bevors wieder dunkel wurde, wie ein Neonlicht, an und aus, an und aus, zum Klang ihres irren Gelächters.

Ich schreckte hoch und konnte ewig nicht wieder einschlafen, auch nachdem Mutter schon lange wieder zu Hause war.

Wer war das, Sukie? Wer war das? Jedes Mal, wenn ich sie sah, stellte ich ihr stumm diese Frage. Aber ich wusste auch, dass sie sie mir nie beantworten würde. Sie hatte sich irgendwo in sich selbst zurückgezogen und erzählte mir gar nichts mehr. China Doll saß immer noch. Wie sich herausstellte, hatte Alfred sie tatsächlich wieder mal verprügelt. Alle meinten, der wär zu fies, sogar für einen Zuhälter. Wie fies konnte man sein?

Ungefähr eine Woche später stromerte ich die 118th Street entlang, als ich Daddy sah. Er kam rüber und begleitete mich bis zur Fifth Avenue.

«Wie ists dir ergangen, Francie?»

«Gut, danke.»

«Willste ins Kino? Ich hab einen Quarter, den kann ich dir geben.»

«Nein, danke.»

«Deine Mutter? Gehts der auch gut?»

«Ja, danke.»

«Sag ihr, ich versuch, ihr morgen die Miete zu bringen. Mein Bauch sagt mir, sieben zweiundzwanzig gewinnt heute, da hab ich einen Dollar draufgesetzt.»

Ich antwortete nicht. An der Ecke wartete ich, bis klar war, in welche Richtung er weitergehen wollte, dann schlug ich die andere Richtung ein.

«Francie.»

Ich seufzte laut. «Ja», drehte mich aber nicht um.

«Sicher, dass du nicht ins Kino willst?»

«Sicher, danke», und ging davon.

Seit dem einen Mal, wo ich ihm die Treppe runter nachgelaufen war, nahm ich kein Geld mehr von ihm, aber er tat, als wär alles in Ordnung, und drängte mir seinen Quarter auf, einmal sogar einen ganzen Dollar, aber ich lehnte immer höflich ab und suchte auch nicht mehr nach ihm.

Er war nicht der Einzige, der tat, als wäre nichts passiert. Erst vergangene Woche, als Sterling eine freche Bemerkung darüber gemacht hatte, dass Daddy nicht mehr bei uns wohnte und hoffentlich auf Nimmerwiedersehen, hatte Mutter ihn gepackt. So schnell wirbelte sie ihn herum und klatschte ihm so fest ins Gesicht, dass er richtig geschockt war. «Dein Vater ist immer noch Herr in diesem Haus», sagte sie, hielt ihn an den Schultern und sah ihm direkt in die Augen. «Und du wirst deinen Vater achten, solange du lebst.»

Ich ging ein Stück die Straße entlang, drehte mich dann um und sah Daddy die Avenue runterschlappen.

Irgendwie war er nicht mehr so groß wie früher, und erst später fiel mir auf, dass er mich gar nicht angemotzt und von der 118th Street gescheucht hatte.

Als ich am Samstag aus dem Wohnzimmerfenster guckte, kam mir ein richtig komisches Gefühl. Es war zu kalt, um auf der Feuertreppe zu sitzen, deshalb schaute ich den Jungs aus dem Fenster zu, die auf der anderen Straßenseite vor dem Drugstore wie immer ihre Faxen machten. Die Knickerbocker hingen ihnen unter den Kniekehlen, die Kappen saßen falschrum, sie pfiffen den Mädchen hinterher und bogen sich vor Lachen über ihre eigenen Witze. Während ich sie so beobachtete, kamen sie mir auf einmal nicht mehr so schlimm vor, sie hatten nur mächtig Spaß, und ich wollte gar nicht mehr, dass sie vom Dach fielen oder sich gegenseitig aufschlitzten oder ins Gefängnis geworfen wurden, nein, sie sollten einfach dableiben, für immer gesund und munter und lachend vor dem Drugstore. Ich verzieh ihnen, dass ich wegen ihnen nicht vorbeigehen wollte, wenn sie riefen:

«Lass ihn wackeln. Herrje, schaut diesem Kind beim Gehen zu.»

«Sie hat ein fein erzogenes Hinterteil.»

«Kleines braunes Baby, liebst du mich nicht ein winziges bisschen?»

Ich wollte ihnen um den Hals fallen, jedem Einzelnen. Wir gehörten zusammen, irgendwie. Ich werde krank, dachte ich, als ich mit den Ellbogen auf der Fensterbank herumrutschte. Eine seltene Krankheit hab ich mir eingefangen. Aber das süße Gefühl verging nicht, ich liebte ganz Harlem mit großer Zärtlichkeit, wollte nicht puerto-ricanisch sein oder irgendwas anderes, sondern einfach ich selbst, so rostig, wie ich war.

Als ich an diesem Abend im Bett die Augen schloss, hörte ich die Hufschläge näher kommen. «Hier bin ich», flüsterte ich. Im Mondlicht kam er herbeigeritten, beugte sich zu mir herab und zog mich in den Sattel. Aber es war nicht Ken Maynard. Seit einigen Wochen war das Gesicht meines Helden, das ich mir immer zum Einschlafen herbeigeträumt hatte, zunehmend undeutlicher geworden. Ken Maynard war mittlerweile ganz verschwunden, mein Reiter war gesichtslos und hatte auch keine Farbe. Wir ritten die Fifth Avenue entlang, am Central Park und dem Empire State Building vorbei in den Mondschein. Aber ich konnte mir seine Gesichtszüge nicht mehr ausmalen, ihn weder weiß noch schwarz machen, sosehr ich mich in den kommenden Wochen und Monaten auch bemühte.

Es lief im Radio, und als ich am Morgen runterkam, prangte es in Riesenlettern auf der Titelseite jeder Zeitung in Mr Rathbones Ständer. Die Ganoven hatten Dutch Schultz und drei seiner Komplizen niedergeschossen. Sie waren alle tot oder am Sterben. Ich stand vorm Süßwarenladen und las mir langsam den Artikel durch, dann blätterte ich um zur nächsten Seite, wo's weiterging, es war spannender als jeder Film. Da kam Mr Rathbone raus und fuhr mich an, ich sollte ihm nicht die Zeitung zerknittern, aber egal, ich war fertig mit Lesen, und kaufen wollte ich sie wieso nicht, deswegen gab ich sie ihm einfach mit einem zuckersüßen Lächeln zurück. Seit Mutter ihm damals wegen seiner fetten Tochter Rachel die Meinung gegeigt hatte, hob er keine alten Zeitungen mehr für mich auf.

Als Sterling zum Mittagessen heimkam, erzählte ich ihm haarklein, wie Dutch Schultz in einer Taverne in New Jersey seine Quittung gekriegt hatte. Es kam mir vor, als wär der gute alte Dutch unser persönlicher Bekannter, schließlich war er der Chef vom Nummernspiel und alles.

«Glaubst du, die Ganoven kommen und schießen Jockos Laden zusammen, Sterling?»

Er biss in das Büchsenfleisch-Sandwich, das ich ihm geschmiert hatte, und guckte mich finster an, als würde ihm das Essen richtig wehtun. «Du klingst ja richtig fies, Francie. Warum sollte jemand Jocko abknallen?»

«Hab gar nicht gesagt, jemand würde das machen, nur gefragt, ob die Ganoven sich ums Nummernspiel streiten und ...»

«Du hast die Zeitung nicht gründlich gelesen», sagte Sterling, «sonst würdst du wissen, dass einer namens Lucky Irgendwas unserem Dutch das Nummernspiel schon vor Monaten abgenommen hat, nämlich als Dewey versucht hat, den alten Dutch in die Wüste zu schicken.»

«Du hast schon alles gelesen?», fragte ich. «Wieso hast du mich den ganzen Mist überhaupt erzählen lassen, wo du's wieso schon weißt?»

«Weil ich zu müde war, dir zu sagen, du sollst den Mund halten.»

«Der Bestatter hats dich bei der Arbeit lesen lassen?»

«Gelassen nicht, ich tus einfach.»

«Ich würd denken, du hättst so viel Angst vor den ganzen Leichen, die da rumliegen, dass du sie keine Sekunde aus den Augen lässt.»

«Geh mir nicht auf die Nerven. Ich hab keine Angst, nicht vor Lebenden oder Toten.»

Jemand klopfte an die Tür.

«Geh aufmachen», sagte Sterling.

Es war der Verkäufer vom Elektroladen, ein großer Weißer mit Sommersprossen, der meinte, er wär gekommen, die Rate fürs Radio zu holen.

«Meine Mutter ist nicht da», sagte ich.

«Na, dann muss ich das Radio wohl wieder mitnehmen», sagte er, schob die Tür auf und marschierte einfach in unsere Wohnung.

«Sterling!», brüllte ich.

Sterling kam ins Esszimmer gerannt. «Was wolln Sie hier?», fragte er den Mann.

«Er hat gemeint, er muss das Radio mitnehmen», sagte ich.

«Sie sind zwei Wochen mit den Raten im Rückstand», sagte der Mann, «entsprechend unserer Geschäftsbedingungen ist es ...»

«Sie glauben, Sie können hier einfach so reinspazieren und uns das Radio wegnehmen?», fragte Sterling.

«Falls Sie den Rückstand nicht auf der Stelle begleichen, bin ich gezwungen ...»

«Sie sind gleich gezwungen, die Treppe rückwärts runterzufallen und sich den dummen Hals zu brechen, wenn Sie noch einen Schritt näher kommen», sagte Sterling. «Seit drei Monaten zahle ich persönlich zwei Dollar pro Woche für dieses Radio, und es ist keinen Dime mehr wert. Genau genommen ist es nicht mal die Hälfte wert.»

«Ihre Frau Mutter hat sich vertraglich verpflichtet, zwei Dollar die Woche zu zahlen, bis ...»

«Bis was? Ans Ende ihrer Tage?», fragte Sterling.

Ich hatte schon oft gesehen, wie Daddy Weißen gedroht hatte, sie die Treppe runterzuwerfen, wenn sie nicht sofort verschwanden, wie damals, als der Stromableser im Zähler den Überbrücker entdeckt und fünf Dollar verlangt hatte, damit er uns nicht verpetzt, aber es war das erste Mal, dass ich Sterling in Aktion erlebte, und er war genauso gut wie Daddy. Als er mit dem Wüten und Wettern fertig war, hatte der Vertreter ein puterrotes Gesicht und sauste ganz von selbst die Treppe runter.

Nachdem Sterling die Tür geschlossen hatte, rieb er sich zufrieden die Hände. Er sah mich an, und wir brachen in Gelächter aus.

«Francie», sagte er, und wenn er so lachte, sah er genauso aus wie James Junior, «seit heut gehört uns ein Ra-di-o.»

Endlich haben sie China Doll entlassen. Notwehr, haben sie gesagt. Sterling erklärte mir, das heißt, man darf sich verteidigen, wenn jemand einen schlägt.

Ich ging Sukie suchen, um ihr die gute Nachricht zu überbringen. Vielleicht sollten wir losgehen und China Doll bei ihrer Heimkehr willkommen heißen. Ich ging auf und ab, überall suchte ich nach Sukie, und als ich zurückkam, saß sie auf ihrer Treppe, die Ellbogen auf die Knie gestützt, den Kopf zwischen den Händen vergraben.

«Hey!», rief ich. «Sie haben China Doll freigelassen.»

«Ja, ich weiß», sagte Sukie, schaute aber nicht mal hoch.

«Freuste dich nicht?», fragte ich. Da fiel mir auf, dass sie weinte.

«Ich wünschte, sie hätten sie für immer weggesperrt», sagte sie.

Mir blieb glatt das Herz stehen. «Wieso?», flüsterte ich. «Weil sie Alfred getötet hat?»

«Nein. Wer schert sich um den Mistkerl? Der hätte nie geboren werden sollen.»

«Warum dann, Sukie? Warum?»

«Weil alle denken, ich werd genau wie sie. Meine Mutter redet über nichts anderes. Aber ich werd nicht wie sie, Francie. Nie werd ich 'ne Hure.»

«Ich glaube nicht, dass du 'ne Hure wirst, Sukie.»

«Du bist nicht erwachsen, du zählst nicht.»

«Rutsch rüber», sagte ich und setzte mich neben sie. Es gab nichts mehr zu sagen. Entweder man war 'ne Hure wie China Doll oder rackerte sich in der Wäscherei ab oder schuftete den ganzen Tag oder veranstaltete Pokerrunden oder kriegte jedes Jahr ein Kind. Wir saßen da, Sukie wischte sich mit dem Handrücken die Nase ab und schniefte, und ich war kurz davor, es ihr gleichzutun.

Sterling kam hoch. «Wieso sitzt ihr wie die Tranfunzeln hier rum und heult?», fragte er.

«Sukie will keine Hure sein wie China Doll, und ich mag hier nicht mehr wohnen. Es ist grässlich hier.»

«Rutscht rüber», sagte Sterling und setzte sich zwischen uns.

Die Sonne ging schnell unter, schon bald würde sich die Dunkelheit wie eine staubige Decke über die Avenue legen und den Dreck ein bisschen verbergen, aber nicht ganz. Die Straße war voll mit Schwarzen, die in den Eingängen ein und aus gingen, hierhin und dorthin hasteten und sich auf dem Gehweg in die Quere kamen. Es war einfach verdammt deprimierend. James Junior war Mutter nicht wie versprochen besuchen gekommen, wahrscheinlich hatte er doch keinen Job, zumindest keinen ehrlichen. Vallie und die anderen würden auf dem elektrischen Stuhl landen. Selbst wenn ihr Einspruch doch noch durchging, würden sie ein Leben lang hinter Gittern sitzen, wo war da der Unterschied? Und Daddy würde auch nie mehr heimkommen.

Ich versuchte, wieder dieses zärtliche Gefühl für Harlem zu empfinden, das ich noch vor ein paar Wochen gehabt hatte, aber es wollte mir nicht gelingen. Wir warn alle arm und schwarz und würdens auch bleiben, aus und vorbei.

«Mutter meint, irgendwann ziehn wir weg von der Fifth Avenue», sagte ich zu Sterling.

Er brummte was, dann sprach er es laut aus.

«Scheiße.»

Wir schwiegen, und das Wort hing zwischen uns. Schließlich seufzte ich und wiederholte es.

«Scheiße.»

«Autorin, Aktivistin, Peacenik»: das politische Leben und Schreiben der Louise Meriwether

EIN NACHWORT VON MAGDA BIRKMANN

Mit einem resoluten «Scheiße» aus dem Mund ihrer jungen Protagonistin lässt Louise Meriwether ihren Roman ausklingen und bringt damit die desolate Lage der Schwarzen Bevölkerung Harlems – und der USA im Allgemeinen – zur Zeit der Weltwirtschaftskrise, die sie uns zuvor 200 Seiten lang so anschaulich durch die Augen der 12-jährigen Francie Coffin hat sehen lassen, lapidar auf den Punkt. Eine «beinahe tödliche Wunde» nennt James Baldwin Francies Erkenntnis am Ende von *Eine Tochter Harlems*, eine Wunde, «die von der Erkenntnis zugefügt wird, als wertloses menschliches Wesen angesehen zu werden». Und dennoch: Francie geht an dieser Wunde nicht zugrunde – neben aller nachvollziehbaren Resignation über die Armut, die Gewalt, den Rassismus, den Sexismus, die wirtschaftliche Ausbeutung und die allgemeine Chancenlosigkeit, der Francie, Sukie, Sterling und all die anderen Mitglieder ihrer Harlemer Community tagtäglich ausgesetzt sind, schwingt in Francies Ausruf auch eine Note des Trotzes mit, die uns ahnen lässt, dass das desillusionierte Mädchen nicht mehr lange bereit sein wird, diese Zustände widerstandslos hinzunehmen. Denn in *Eine Tochter Harlems* erzählt uns Louise Meriwether, die im Mai 2023 ihren hundertsten Geburtstag feierte und sich ihr Leben lang in der Bürgerrechts- und der

Friedensbewegung engagierte, die Geschichte einer politischen Bewusstseinsbildung, die vieles mit ihren eigenen Kindheitserfahrungen gemeinsam hat.

Louise Jenkins Meriwether wurde am 8. Mai 1923 in Haverstraw, New York, als drittes von fünf Kindern – und einzige Tochter – des Ehepaars Marion Lloyd Jenkins und Julia Jenkins geboren. Ihre Eltern, die ursprünglich aus South Carolina stammten, gehörten zu den rund 1,7 Millionen Afroamerikaner:innen, die während der ersten «Great Migration» zwischen 1910 und 1940 in der Hoffnung auf ein besseres Leben aus den von Armut und rassistischer Gewalt geprägten Südstaaten in die Industriestädte des Nordostens und mittleren Westens der USA strömten. Einige Jahre nach Louises Geburt zog die Familie von Haverstraw zunächst nach Brooklyn, wo ihr Vater genau wie im Roman auch Adam Coffin eine Stelle als Hausmeister in einer fast ausschließlich weißen Wohngegend annahm, und später in den in Manhattan gelegenen Stadtteil Harlem. Jenes «Gelobte Land», das nur wenige Jahre zuvor während der «Harlem Renaissance» der goldenen 20er als Hochburg des Schwarzen kulturellen und politischen Lebens die Hoffnungen und Sehnsüchte der Menschen schürte, erwies sich spätestens mit Beginn der «Great Depression» größtenteils als Fata Morgana. Die überwiegend Schwarze Bevölkerung Harlems wurde von der 1929 einsetzenden Wirtschaftskrise besonders schwer getroffen, rassistische Diskriminierung auf dem Wohnungs- und Arbeitsmarkt führte für die meisten von ihnen zu beengten Wohnverhältnissen in heruntergekommenen und schlecht ausgestatteten Häusern, überdurchschnittlich hohen Arbeitslosenquoten und einer damit einhergehenden Armut, die viele Familien der Gefahr einer chronischen Unterernährung aussetzte.

Ein Großteil der Bewohner:innen Harlems, die sich mit Gelegenheitsjobs und unzulänglichen, oftmals von erniedrigenden Kontrollen und Sanktionen begleiteten staatlichen Sozialhilfemaßnahmen mehr schlecht als recht über Wasser hielten, setzten, wie auch Francies Vater, all ihre Hoffnung in das sogenannte «Numbers Game», eine seit den 20er-Jahren immer mehr florierende illegale Zahlenlotterie, die besonders unter der ärmeren Schwarzen Bevölkerung New Yorks, aber auch anderer Großstädte wie Boston, Chicago oder Detroit sehr beliebt war. Die Institution der Lotterien reicht bis an den Beginn der Vereinigten Staaten zurück – in allen dreizehn der ursprünglichen amerikanischen Kolonien wurden offizielle staatliche Lotterien betrieben –, und auch der Versuch, mithilfe von Glücksspielen die eigene finanzielle Lage zu verbessern, ist eng mit der afroamerikanischen Geschichte verknüpft. So erkaufte sich beispielsweise der später für das Anzetteln eines Sklavenaufstandes hingerichtete Denmark Vesey im Jahr 1799 seine Freiheit mit den 1500 Dollar, die er zuvor in der offiziellen Lotterie der Stadt Charleston gewonnen hatte. Beim «Numbers Game», wie es auch im Roman fast alle Figuren täglich betreiben, entschieden sich die Spieler:innen für eine dreistellige Zahl, die auf einem Papierstreifen notiert und zusammen mit ihrem Wetteinsatz an einen «Number Runner» übergeben wurde, der beides an einen ihm übergeordneten «Banker» überbrachte. Die jeweiligen Gewinnzahlen ergaben sich aus bestimmten Kombinationen der täglichen Börsenzahlen, und wer alle drei Ziffern richtig getippt hatte, konnte das Sechshundertfache des ursprünglichen Wetteinsatzes gewinnen. Solche großen Treffer jedoch waren selten und blieben für die meisten Spieler:innen ein ferner Traum, den größten Gewinn machten die Banker und Organisatoren im Hintergrund, bei denen es sich oft um weiße Gangsterbosse wie den auch im Roman mehrfach erwähnten Dutch Schultz handelte. Das größte Risiko wiederum lag häufig bei den «Number Runners», meist arme Schwarze Männer ohne regelmäßiges Einkommen, die ständig Gefahr liefen, von der Polizei durchsucht und, falls diese von den Gangsterbossen nicht ausreichend bestochen worden war oder ein Exempel statuieren wollte, verhaftet zu werden. «Es gab 'nen Patzer beim Bezahlen [...], deswegen haben die Cops ein paar Leute mitgenommen, damit alle sehen, wer der Boss ist. Die großen Jungs haben sie nicht angerührt, nur ein paar kleine Laufburschen wie mich», berichtet etwa Francies Vater, als er nach seiner eigenen Verhaftung und anschließenden Freilassung zu seiner Familie zurückkehrt. Tatsächlich machte Mitte der 30er-Jahre der Besitz illegaler Wettscheine den Grund für etwa ein Drittel aller Verhaftungen in Harlem aus. In den meisten Fällen bot das Glücksspiel also weder für die Spieler:innen noch für die Runners eine zuverlässige ökonomische Alternative.

Für Schwarze Frauen bot der Arbeitsmarkt zur damaligen

Zeit kaum bessere Chancen als für Männer. Laut Zensusdaten aus dem Jahr 1930 waren von 1,3 Millionen Schwarzen Frauen, die außerhalb der Landwirtschaft arbeiteten, rund 85 % im Dienstleistungsgewerbe tätig, die Hälfte von ihnen entweder als Waschfrauen oder als Angestellte in zumeist weißen Privathaushalten, so wie Henrietta Coffin im Roman oder zeitweise auch Meriwethers eigene Mutter Julia Jenkins.

Für Mrs Rathbone, die Frau eines weißen Süßwarenladeninhabers, und ihre Tochter Rachel scheint es daher auch völlig selbstverständlich, die gerade mal dreizehnjährige Francie für – teilweise äußerst gefährliche – Putzarbeiten in ihrem Haushalt anzuheuern, während sie bei einem gleichaltrigen weißen Mädchen vermutlich größere Hemmungen verspürt hätten. Die Mutter von Francies bester Freundin Sukie wiederum sieht es als gegeben an, dass ihre Tochter später einmal genau wie ihre ältere Schwester China Doll in die Prostitution abrutschen wird. Es fehlt Francie und ihren Freundinnen an positiven Rollenvorbildern, die über die begrenzten Möglichkeiten der Harlemer Elendsviertel hinausweisen. Alle Lehrerinnen an Francies Schule sind weiß, und als Francie während des Nähunterrichts offenbart, dass sie später einmal keineswegs wie von der Lehrerin empfohlen als Näherin arbeiten will, sondern davon träumt, Sekretärin zu werden, wird sie von Mrs Abowitz sofort entmutigt: «Nun, Francie, wir müssen pragmatisch sein. Für *negroes* gibt es in diesem Bereich nicht viele Stellen. Es ist mir ein Rätsel, warum sie Sachen unterrichten [wie Stenografie und Schreibmaschine], die bei solchen wie euch nur zu Enttäuschungen führen.»

Am Ende des Romans bringt Francie die spärlichen Optionen, denen die meisten jungen Schwarzen Mädchen und Frauen ihrer Zeit sich gegenübersehen, verbittert auf den Punkt: «Entweder man war 'ne Hure wie China Doll oder rackerte sich in der Wäscherei ab oder schuftete den ganzen Tag oder veranstaltete Pokerrunden oder kriegte jedes Jahr ein Kind.» Trotzdem vermittelt der Roman seinen Leser:innen die Hoffnung, dass die aufgeweckte Francie es mit der Unterstützung ihrer Mutter Henrietta irgendwie schaffen wird, einen anderen Weg einzuschlagen.

Louise Meriwether selbst gelang es ebenfalls, sich gegen die Widerstände, denen sie sich als Schwarze Frau gegenübersah, durchzusetzen. Nach ihrem Highschool-Abschluss arbeitete sie tatsächlich mehrere Jahre lang als Sekretärin und Buchhalterin, u. a. für das Navy Department in Washington, D. C. – und strafte damit die Behauptung von Francies Lehrerin Lügen. Nebenher studierte Meriwether in Abendkursen an der New York University, wo sie schließlich einen Bachelor-Abschluss in Englisch erlangte. Zusammen mit ihrem ersten Ehemann, dem Lehrer Angelo Meriwether, zog sie nach Los Angeles, wo sie in den frühen 60er-Jahren als freie Berichterstatterin für den *Los Angeles Sentinel*, eine der ältesten Schwarzen Zeitungen des Landes, tätig war und 1965 ein Masterstudium in Journalismus an der UCLA abschloss. In ihrer Zeit als Reporterin interviewte sie zahlreiche einflussreiche Schwarze Persönlichkeiten wie

Malcolm X, Muhammad Ali oder James Baldwin, mit dem sie später eine enge Freundschaft verband (bei seiner Beerdigung im Jahr 1987 war sie eine der Sargträger:innen), und begann schnell, sich auch selbst politisch zu engagieren. So wurde sie beispielsweise bei einem gegen die rassistische, rechte Birch Society gerichteten Sit-in verhaftet, außerdem war sie Gründungsmitglied der Anti-Apartheid-Gruppe «Committee of Concerned Blacks» und der «Black Anti-Defamation Association», die gegründet wurde, um die Hollywoodverfilmung von William Styrons Roman *Die Bekenntnisse des Nat Turner* zu verhindern, einem Buch, das von vielen Schwarzen Bürgerrechtler:innen als rassistisch und geschichtsverfälschend empfunden wurde.

Von 1965 bis 1967 arbeitete Meriwether als Drehbuch-Analystin für die Universal Studios – und war damit die erste Schwarze Frau, die je von einem Filmstudio in dieser Rolle eingestellt wurde! Das Angebot, die Chefredakteurin des neu gegründeten Magazins für Schwarze Frauen *Essence* zu werden, lehnte Meriwether dagegen ab, ein Artikel von ihr mit dem Titel «Sensual Black Man, Do You Love Me?» («Sinnlicher Schwarzer Mann, liebst du mich?») erschien dann aber immerhin im Mai 1970 als Titelstory der ersten Ausgabe der Zeitschrift. Während ihrer Zeit in Los Angeles trat Meriwether auch dem «Watts Writers Workshop» bei, einer aktivistischen Schreibgruppe, die infolge der als «Watts Riots» bekannten Rassenunruhen im August 1965 gegründet wurde und hauptsächlich aus Schwarzen Autor:innen bestand. 1968 veröffentlichte die Literaturzeitschrift *The Antioch Review* eine Ausgabe mit Texten von Mitgliedern der Schreibgruppe, darunter auch einen Ausschnitt aus Meriwethers zu diesem Zeitpunkt noch unvollendetem ersten Roman, der die Aufmerksamkeit eines Verlagslektors erregte und schließlich zwei Jahre später unter dem englischen Originaltitel *Daddy Was a Number Runner* im Verlag Prentice Hall erschien. – mit einem Vorwort von James Baldwin. Darin impliziert dieser, dass Meriwethers Roman der erste sei, in dem die ungeschönte Realität Schwarzen Lebens «aus dem Blickwinkel eines schwarzen Mädchens [...], das an der Schwelle eines furchterregenden Daseins als Frau steht», erzählt werde. Tatsächlich jedoch reiht sich *Eine Tochter Harlems* in eine ganze Gruppe von Werken afroamerikanischer Schriftstellerinnen ein, in denen ab Anfang der 70er-Jahre Aspekte der zu diesem Zeitpunkt unter Schwarzen Autoren vorherrschenden Ästhetik des «Black Nationalism» aus einer weiblichen Perspektive infrage gestellt wurden.

Ziel dieser Ästhetik war es u. a., durch die literarische Darstellung einer stabilen und solidarisch vereinten Schwarzen Community die revolutionären Kräfte zu bündeln, mit deren Hilfe die wirtschaftliche, soziale und politische Befreiung der afroamerikanischen Bevölkerung vorangetrieben werden sollte.

Autorinnen wie Alice Walker, Gayl Jones, Toni Morrison, Toni Cade Bambara, Michele Wallace, Ntozake Shange und auch Louise Meriwether jedoch zeigten in ihren literarischen Werken auf, dass ein solches Schwarzes «Nation-

Building» nicht gelingen konnte, ohne dabei auch das Verhältnis zwischen Schwarzen Männern und Frauen in den Blick zu nehmen und dabei insbesondere die spezifischen, von sexualisierter Gewalt, Ausbeutung und Missbrauch geprägten Lebensrealitäten Schwarzer Frauen und Mädchen in den Fokus zu rücken.

Es dauert keine zehn Romanseiten, bevor Francie, mit ihren zwölf Jahren eigentlich noch ein Kind, auf der Straße von Jungs aus ihrer Nachbarschaft sexuell belästigt wird.

Es ist nur das erste von vielen Malen im Laufe des Romans, dass Francie oder eine ihrer Freundinnen auf die eine oder andere Art sexualisierte Gewalt erfährt. Ob die Übergriffe durch den weißen Metzger und den Bäcker, die Francie in der Hoffnung auf ein paar zusätzliche Lebensmittel still erträgt, die weißen Familienväter, die ihr und Sukie regelmäßig im Kino, im Park und auf dem Dach ihres eigenen Hauses auflauern, oder die versuchte Vergewaltigung durch einen Schwarzen Jungen aus dem Freundeskreis ihrer Brüder: Francie muss schon in jungen Jahren lernen, dass sie als weibliche Person vor männlicher Gewalt nirgends sicher ist – und dass sie von den Männern in ihrer Community keinen adäquaten Schutz erwarten kann. Am Ende des Romans haben sowohl ihr Vater als auch ihr ältester Bruder die Familie verlassen (Letzterer, um Zuhälter zu werden, seine Karriere also selbst auf der Ausbeutung von Frauen aufzubauen), die Jungs aus der Nachbarschaft, die einen von Francies weißen Belästigern erschlagen haben, sitzen im Gefängnis und sehen ihrer Hinrichtung entgegen.

Letztlich ist es China Doll, die den Vergewaltiger ihrer kleinen Schwester Sukie in Notwehr ersticht, und Francie selbst, die beschließt, dem regelmäßigen Gegrapsche des Metzgers und des Bäckers durch körperliche Gegenwehr endlich ein Ende zu setzen: «Ich hob ein Knie und rammte es ihm zwischen die Beine. [...] Morgen würde ich mir den miesen Metzger vorknöpfen, mit seinem Gratis-Gammelfleisch.»

Nach seinem Erscheinen erhielt Meriwethers Roman mehrere euphorische Besprechungen in großen Zeitungen wie z. B. der *New York Times*. Dort lobte die Schriftstellerin Paule Marshall, die selbst elf Jahre zuvor mit *Brown Girl, Brownstones* einen Coming-of-Age-Roman aus der Sicht eines jungen Schwarzen Mädchens im Brooklyn der 40er-Jahre veröffentlicht hatte, die Kraft und Authentizität von Meriwethers Geschichte, die «ehrlich erzählt und sorgfältig gestaltet» sei – in Marshalls Augen ein «äußerst wichtiger Roman», dessen größte Errungenschaft darin liege, so ein starkes Gefühl für Schwarzes Leben zu vermitteln, für all die «Lebensfreude und Stärke hinter der Verzweiflung». Für Maya Angelou stellte Meriwethers Roman ein «universales Statement» dar, eine «mikrokosmische Ansicht der Welt im Ganzen». Auch jüngere Autorinnen erzählen immer wieder davon, wie sehr sie Francies Geschichte in ihrer eigenen Kindheit geprägt hat. «Ich konnte nicht glauben, dass so jemand wie ich in einem Buch existierte! Ich hatte noch nie in meinem jungen Leben ein Buch gelesen, in dem ein junges Schwarzes Mädchen die Hauptfigur war», schilderte beispielsweise die Autorin Bridgett M. Davis 2020 in einem Interview ihre erste Begegnung mit Meriwethers Roman, der in ihr den Wunsch weckte, selbst zu schreiben. Und auch für die Schriftstellerin Deesha Philyaw war Meriwether eine wichtige Inspiration für ihr eigenes Schreiben, weil sie einen Roman geschrieben hatte, der «ein Schwarzes Mädchen in den Mittelpunkt ihrer eigenen Geschichte stellt. Was eigentlich keine radikale Sache sein sollte, es aber dennoch ist.»

Trotz der lobenden Worte ihrer literarischen Zeitgenoss:innen und Nachfolger:innen erlangte Meriwether jedoch als Autorin im literarischen Mainstream nie den Status einer Toni Morrison, Alice Walker oder Maya Angelou. Der satirische Schriftsteller Ishmael Reed, dessen gemeinnützige Organisation «Before Columbus Foundation» Meriwether 2016 mit einem Preis für ihr Lebenswerk auszeichnete, führt diese mangelnde Anerkennung auf Meriwethers ungeschönte Darstellung von Themen wie Polizeigewalt, Arbeitslosigkeit und der gesellschaftlichen Ungleichbehandlung von Schwarzen und Weißen in *Eine Tochter Harlems* zurück, die womöglich Menschen in gesellschaftlichen Machtpositionen verärgert habe. Doch Meriwether, für die zeit ihres Lebens Literatur und politische Verantwortung schon immer eng miteinander verflochten waren und noch heute sind, ließ sich von mangelnder Anerkennung durch das Establishment nicht weiter beirren. Nach der Veröffentlichung ihres Debütromans, an dem sie nach eigenen Angaben rund zehn Jahre gearbeitet hatte, und nachdem sie zurück nach New York gezogen und der dortigen, u. a. von ihrer Freundin, der Schriftstellerin Rosa Guy, gegründeten, «Harlem Writers Guild» beigetreten war, wandte sie ihre Aufmerksamkeit einer neuen Aufgabe zu: die Leerstellen auszufüllen, die innerhalb der amerikanischen Geschichtsschreibung in Bezug auf die Leistungen Schwarzer Menschen vorherrschten. In einem Essay aus dem Jahr 2001 schildert Meriwether, wie ihre eigenen Erfahrungen als einziges Schwarzes Kind in ihrer Grundschulklasse und später als einzige Schwarze Studentin in den meisten ihrer Kurse an der NYU, in denen sie noch dazu herabwürdigenden Aussagen ihrer weißen Lehrkräfte über versklavte Afrikaner:innen ausgesetzt war, bei ihr tiefe Schamgefühle hervorriefen. Später, als Erwachsene, erkannte sie, wie viel Schaden die bewusste Nichtberücksichtigung von Schwarzen Menschen innerhalb der amerikanischen Geschichtsschreibung bei Schwarzen und weißen Kindern gleichermaßen anrichten konnte, indem sie bei den einen Minderwertigkeitsgefühle und bei den anderen den Mythos der Überlegenheit verstärkt. Aus diesem Grund veröffentlichte Meriwether zwischen 1971 und 1973 drei biografische Kinderbücher über wichtige Persönlichkeiten der afroamerikanischen Geschichte. So wie im Roman Francies Vater Adam Coffin hatte auch Meriwethers eigener Vater ihr und ihren Brüdern mit seinen Erzählungen über die Vorfahr:innen der Familie Stolz auf ihre Herkunft zu vermitteln versucht; besonders fasziniert war Meriwether dabei immer von der Geschichte ihres

Großvaters Fred Jenkins gewesen, dem als in die Sklaverei geborener Säugling zur Zeit des Bürgerkriegs gemeinsam mit seinen ebenfalls versklavten Eltern eine spektakuläre Flucht aus Charleston und in die Freiheit gelang. Ihre Beschäftigung mit diesem Teil ihrer Familiengeschichte führte Meriwether auf die Spur von Robert Smalls, der zur Zeit des amerikanischen Bürgerkriegs zusammen mit anderen Sklaven ein Kanonenboot der konföderierten Armee entführte und sich und seine Familie darauf in die Freiheit rettete – später wurde er ein erfolgreicher Politiker und u. a. für South Carolina ins amerikanische Repräsentantenhaus gewählt. Meriwethers Kinderbuch über ihn, *The Freedom Ship of Robert Smalls*, erschien 1971, es folgten 1972 *The Heart Man* über Dr. Daniel Hale Williams, den Schwarzen Chirurgen, der im Jahre 1893 eine der ersten erfolgreichen Herzoperationen durchführte, und 1973 *Don't Ride the Bus on Monday* über Rosa Parks, deren Weigerung, ihren Sitzplatz in einem Bus für einen weißen Passagier zu räumen, gemeinhin den Beginn der amerikanischen Bürgerrechtsbewegung markiert. Besonders die Geschichte von Robert Smalls übte dabei eine große Faszination auf Meriwether aus, sodass sie beschloss, ihr Kinderbuch zu einem historischen Roman für Erwachsene auszuarbeiten. Das ungemein rechercheintensive Projekt, das sie für die nächsten zwanzig Jahre beschäftigen sollte, gipfelte schließlich 1994 in der Veröffentlichung ihres zweiten Romans *Fragments of the Ark*, der fiktionalisierten Lebensgeschichte von Robert Smalls, der im Buch jedoch den Namen Peter Mango trägt.

Meriwethers bislang letztes Buch *Shadow Dancing* erschien 2000, es erzählt von der Dreiecksbeziehung zwischen einer Journalistin, einem erfolgreichen Theaterregisseur und dessen Ex-Frau im New York der 80er-Jahre. Mit beiden Büchern allerdings konnte Meriwether weder kommerziell noch in den Augen der Kritiker:innen an den Erfolg ihres Debütromans anknüpfen.

Auch wenn es literarisch betrachtet in den letzten zwanzig Jahren etwas stiller um Louise Meriwether wurde, ist sie in dieser Zeit keinesfalls untätig gewesen, ihren politischen Aktivismus beispielsweise ließ sie selbst im hohen Alter nicht ruhen. 2002 wurde sie im Alter von 79 Jahren zusammen mit 600 anderen Aktivist:innen, die gegen den Internationalen Währungsfonds protestiert hatten, verhaftet. Außerdem ist sie Mitglied der Granny Peace Brigade, einer Gruppe New Yorker Friedensaktivistinnen, die sich hauptsächlich aus älteren Frauen zusammensetzt, und Vorstandsmitglied der 1991 gegründeten Organization of Women Writers of Africa.

2011 wurde Meriwether für ihr soziales Engagement mit dem Clara Lemlich Award for Social Activism ausgezeichnet, im Rahmen der Preisverleihung bezeichnete sie sich selbst als «Autorin, passionierte Aktivistin und Peacenik», die sich zeit ihres Lebens immer in der Friedensbewegung engagiert habe. 2016 rief der Verlag The Feminist Press ihr zu Ehren den Louise Meriwether First Book Prize ins Leben, der seither regelmäßig an herausragende literarische Debüts von Frauen und nicht binären Autor:innen of Color vergeben wird. 2018 wurde ihr vom Center for Black Literature eine Auszeichnung für ihr Lebenswerk verliehen.

In seinem Vorwort zur englischen Originalausgabe wünschte sich James Baldwin 1970, *Eine Tochter Harlems* möge an das Weiße Haus, den Justizminister und überhaupt an alle Menschen im Land, die des Lesens fähig sind, versandt werden. Diesem Wunsch können wir über fünfzig Jahre später nur unseren eigenen hinzufügen: dass auch hierzulande die Geschichte von Francie Coffin, ihren Brüdern, Eltern und Nachbar:innen, von Sukie und China Doll und all den anderen Mitgliedern ihrer Harlemer Gemeinschaft viele begeisterte Leser:innen erreicht und Louise Meriwether so endlich auch international den Klassikerinnenstatus erlangt, der ihr zweifellos zusteht.

ANMERKUNG ZUR ÜBERSETZUNG

Louise Meriwether verwendet in *Eine Tochter Harlems* in der direkten und indirekten Figurenrede und erlebten Rede bewusst Rassismen und diskriminierende Sprache in Form von Fremd- und Selbstbezeichnungen Schwarzer Figuren. Diese entspringen auch dem historischen Kontext der erzählten Zeit sowie der Zeit des Romanentstehens. Die Übersetzung orientiert sich bei Ausdrucksweisen und Vergleichen eng am Original. Da bestimmte Begriffe im Deutschen anders konnotiert sind oder gar keine Entsprechung haben, werden das N-Wort in beiden Varianten und andere rassistische Ausdrücke bewusst auf Englisch belassen und ausgeschrieben. Das N-Wort sollte von nicht Schwarzen Menschen aus Respekt nicht vorgelesen oder reproduziert werden.

rororo
Entdeckungen

Christa Anita Brück, Ein Mädchen mit Prokura
Mary Renault, Freundliche junge Damen
Louise Meriwether, Eine Tochter Harlems

Die Rowohlt Verlage haben sich zu einer nachhaltigen Buchproduktion verpflichtet. Gemeinsam mit unseren Partnern und Lieferanten setzen wir uns für eine klimaneutrale Buchproduktion ein, die den Erwerb von Klimazertifikaten zur Kompensation des CO_2-Ausstoßes einschließt.
www.klimaneutralerverlag.de